U0452956

CASE STUDY
寻找丽贝卡

GRAEME MACRAE BURNET

[英] 格雷姆·麦克雷·伯内特 著 林微云 译

译林出版社

图书在版编目（CIP）数据

寻找丽贝卡 /（英）格雷姆·麦克雷·伯内特（Graeme Macrae Burnet）著；林微云译. —南京：译林出版社，2023.11
书名原文：Case Study
ISBN 978-7-5447-9859-4

Ⅰ.①寻… Ⅱ.①格… ②林… Ⅲ.①推理小说 - 英国 - 现代 Ⅳ.①I561.45

中国国家版本馆CIP数据核字（2023）第151791号

Case Study by Graeme Macrae Burnet
Copyright © 2021 by Graeme Macrae Burnet
This edition arranged with Blake Friedmann Literary Agency Ltd through Andrew Nurnberg Associates International Limited
Simplified Chinese edition copyright © 2023 by Yilin Press, Ltd
All rights reserved.

著作权合同登记号　图字：10-2022-451号

寻找丽贝卡　[英国] 格雷姆·麦克雷·伯内特／著　林微云／译

策　　划	朱雪婷
责任编辑	潘梦琦
装帧设计	尚燕平
校　　对	王　敏
责任印制	单　莉

原文出版	Saraband, 2022
出版发行	译林出版社
地　　址	南京市湖南路1号A楼
邮　　箱	yilin@yilin.com
网　　址	www.yilin.com
市场热线	025-86633278
排　　版	南京展望文化发展有限公司
印　　刷	苏州市越洋印刷有限公司
开　　本	850毫米 ×1168毫米　1/32
印　　张	11
插　　页	2
版　　次	2023年11月第1版
印　　次	2023年11月第1次印刷
书　　号	ISBN 978-7-5447-9859-4
定　　价	58.00元

版权所有·侵权必究

译林版图书若有印装错误可向出版社调换。质量热线：025-83658316

目 录

序篇	001
第一本笔记	007
布雷思韦特研究之一：早年生活	061
第二本笔记	073
布雷思韦特研究之二：牛津时期	133
第三本笔记	153
布雷思韦特研究之三：杀死你的自我	211
第四本笔记	237
布雷思韦特研究之四：安格路事件	281
第五本笔记	297
布雷思韦特研究之五：逃离	321
第二版补充说明	341
致谢	346

序篇

2019年底,我收到了马丁·格雷先生一封寄自滨海克拉克顿的电子邮件。他手上有几本他表妹写的笔记,他觉得用这些笔记的素材能够写成一本有意思的书。我回信致谢,并提议说,最适合利用这些素材的人是格雷先生本人。他不同意,说他并非作家,而且他也不是随随便便找个作家来写。他解释,他曾读过我所写的一篇提及活跃于20世纪60年代的、早已被人遗忘的精神科医生科林斯·布雷思韦特的文章。笔记中含有一些指控布雷思韦特的内容,他认为我应该会对此有兴趣。

话已至此,这确实引发了我的好奇心。几个月前,我恰好在格拉斯哥杂乱得人尽皆知的伏尔泰与卢梭书店找到了布雷思韦特的《反治疗》一书。布雷思韦特与苏格兰精神病学家罗纳·戴维·莱恩是同一时代的人，在20世纪60年代的所谓反精神病学运动中，布雷思韦特名噪一时。这本书是一本案例研究集，内容色情，颠覆传统，引人入胜。可惜网上关于这位作者的资料相当匮乏，无法满足我对他的好奇心。我是如此沉迷，便驱车前往位于布雷思韦特故乡达灵顿以北25英里的杜伦大学图书馆，查阅了其屈指可数的馆藏资料。

所谓"馆藏资料"不过是几个纸板箱，里面装有布雷思韦特做了大量注释的手稿（时不时会有色情但不失艺术性的涂鸦），一些剪报和少量信件，主要由布雷思韦特的编辑爱德华·西尔斯和他昔日的情人泽尔达·奥格尔维提供。我一边拼凑布雷思韦特人生的细枝末节，一边开始考虑为他写传记，我的经纪人和出版商对此兴趣索然。他们质疑，有谁会想要看一位著作绝版几十年、早已被世人遗忘且名誉扫地的人物的传记呢？我不得不承认，他们所言极是。

这就是格雷先生给我写信时的情况。我告诉他，我终究还是想看一看这些笔记，并附上了地址。两天后，包裹寄到了。包裹所附的纸条并没有对出版附加任何条件的限制。格雷先生不想要任何报酬，且出于对其家人隐私的尊重，宁愿匿名。他坦承，格雷并非他的真名。如果我对这些笔记不感兴趣，他请我务必要把它们寄回。不过他确信此类情况不会发生，所以没有附上回信地址。

我一天之内就读完了五本笔记，曾经有过的疑虑随即烟消云散。作者所述的故事非常精彩，尽管作者自谦不擅长写作，但她写出了一种古怪的冲劲。资料的排序杂乱无章，但我认为，这只增添了其所述内容的真实性。

然而，在几天之内，我左思右想，总觉得自己被人戏弄了。还有什么比宣称找到一系列刚好可以指控我感兴趣的人犯罪的笔记来引我上钩，更让人觉得费尽心机的吗？话虽如此，即使这是个骗局，格雷先生捏造这些旧笔记也够处心积虑的。我决定检查一下。笔记本（本身不贵，是英国西尔文纸制文具公司出品的学生用笔记本）确实是那个年代常见易得的类型。笔记本上未标明日期，但据其所述之内容提及的种种事物，我推测事情应该发生在1965年秋，彼时布雷思韦特就住在樱草山（伦敦摄政公园北侧的一处山丘），且正是他声望如日中天之时。第一本笔记抄录的内容只在初版的《反治疗》里才有，而且初版书并不好找，这表明笔记是在书籍出版不久后抄录的。其中的诸多细节与我在大学档案馆或当时的报纸文章中所读到的内容一致。但这也无法证明什么。倘若这些笔记本系伪造的，伪造者只需与我做同样的调查研究即可。其他细节则不太准确。如笔记中所述之酒吧其实不叫彭布里奇堡，而叫彭布罗克堡。不过，类似这样的错误，也有可能是作者在真实记录自己的思绪时犯下的，而非试图行骗之人所为。格雷先生本人在笔记中也客串了一个不光彩的角色，倘若笔记出自他手，他实在不太可能如此下笔。

动机也是个问题。我想不出来有什么理由可以让任何人如此大费周章地来欺骗我。以此类推，也不太可能是有人要故意诋毁布雷思韦特的名声，毕竟他在职业生涯结束时已声名狼藉，精神病学史的著述在脚注中也几乎不会提到他。

我给格雷先生发了电子邮件，说这些资料确实很有吸引力，但如果没有确切的证据证明其来源，我可能无法采取进一步的行动。他回复说，他不知道他能提供什么来证明。他是在清理他舅舅在梅达谷的房子时发现这些笔记本的。此外，他与表妹从小认识，知根知底，笔记所用之措辞和文风完全与她本人的表达方式一致，若说这些笔记为他人所写，他是绝不会相信的。当然，以上回复并非我想要的证明。我问格雷先生是否愿意与我见面，他拒绝了我，他有理有据地反驳说，就算见面也证明不了什么。简而言之，倘若我无法信赖他的"诚实信用"，只需退还笔记本即可，为此，他向我提供了一个邮政信箱号码。

很显然，我没有退回笔记本，我此前所做的研究已足以说服我自己，这些笔记是真实的，只不过我无法确信笔记所述之内容是否真实。或许其中所述之事件不过是自认有文学野心的少女的奇思妙想，毕竟用她自己的话来说，她心神不宁。但我跟自己说，重要的不是这些事件是否真的发生过，而是诚如格雷先生一开始所说的那样，这些笔记的内容可以成为一本有意思的书的素材。这些从天而降的笔记和我的研究方向一致，实在是让人难以抗拒。我于是加倍努力，走访了相关地点，更详尽地研究布雷思韦特的著作，并多次采访与他有关联的人。现在，稍做编辑之后，我把我所收集到的资料与笔记本的内容一并呈现在大家面前。

GMB，2021年4月

第一本笔记

我决定把所发生的一切通通记录下来，因为我感觉，我猜想，我可能已经陷入了某种危险之中，如果一切如我所料（诚然不太可能发生），那么这本笔记就能成为某种证据。

然而，遗憾却又日渐明确的是，我这个人没什么写作天赋。读到我所写的上一句话时，我确实感到汗颜，但倘若我在写作风格上畏畏缩缩，踌躇不前，那么我将一句话都写不出来。我的英语老师莱尔小姐经常责备我，说我总想在一句话里写太多东西。她说这是思绪混乱的表现。她向我传授写作心得："首先，你要决定你想表达什么，然后用最朴素直白的方式表达出来。"这是她的准则，无疑是好的写作方法。我知道，但我做不到。刚才写到我可能身处危险之中，下一句马上就离题千里，虽然我也曾想重新开始，但既来之则安之，就这样继续吧。这本笔记重要的是内容而非写作风格，以下将记录一些即将发生的事情。倘若我过于精心打磨我的叙事，那么其可信度势必会大打折扣。从某种程度上来说，真相就藏在不恰当的表达风格之中。简而言之，我无法按照莱尔小姐的建议来写作，毕竟我还不知道我自己想要表达的是什么。但为了那些不幸会读到这本笔记的人着想，我将竭尽所能地用最清晰、最朴素直白的方式来表达自己。

本着这种精神，我将从陈述事实开始。我上文提及的危险来自科林斯·布雷思韦特这个人。因为他在精神病学方面的观点，你应该听到过他被媒体描述为"英国最危险的男人"。然而，在我看来，有危险的不仅仅是他的观点。我非常肯定，你看清楚了，是布雷思韦特医生杀了我的姐姐韦罗妮卡。我所说的"杀死"并不是指字面意义上的谋杀，而是指他应当对我姐姐的死亡负责，这就如同是他亲手掐死了她一样。两年前，韦罗妮卡从卡姆登的铁路天桥上一跃而下，被4点45分开往高巴尼特的列车撞死。你无法想象有人能真的做出这种事情来。她当时年仅26岁，机灵聪明，事业成功，人也算得上颇有魅力。尽管如此，在我父亲和我毫不知情的情况下，她竟然去找布雷思韦特医生做了心理咨询，历时数周。我是从医生本人的文字中才得知此事的。

和大多数英国人一样，早在见到布雷思韦特医生本人一前，我就听过他那粗野的、拉长尾音的北方口音。我在收音机里听过他讲话，甚至有一次在电视节目里见过他。那一档讨论精神病学的电视节目由琼·贝克韦尔主持。[1]布雷思韦特的长相跟他的声音一样没有吸引力，他穿了一件开领衬衫，没有穿外套。他的头发长及衣领，乱蓬蓬的，而且他烟不离手。他的五官很大，就好像被漫画家夸大了一样，但即使在电视荧幕上，他身上也有种奇特的魅力让人无法移开目光，对同一节目演播室里的其他嘉宾我只留下了模模糊糊的印象。实际上他说了什么，我已经不记得了，只记得他说话的方式和态度。他身上有一种让人无法抵抗的气质。他的言谈举止之间弥漫着一种略带疲惫的权威感，好像厌倦了向智识低于他的人进行解释。嘉宾们围坐在贝克韦尔小姐身边，围成一个半圆，每个人都如同在教堂般坐得笔直，只有布雷思韦特用手掌支着下巴，姿态懒散得像个无聊的在校男学生。他似乎看不上其他嘉宾，觉得他们让人生厌。当节目快要结束时，

---

[1] 这期《深夜连线》节目于1965年8月15日（周日）在英国广播公司第二台播出。其他嘉宾分别是精神病学家安东尼·施托尔、儿童心理学家唐纳德·温尼科特，以及伦敦当时的主教罗伯特·斯托普福德。节目组也邀请了罗纳·戴维·莱恩，但他拒绝与布雷思韦特同台。不幸的是，节目录像没有保存下来，但琼·贝克韦尔后来曾写道，布雷思韦特是她倒了霉才遇到的"最傲慢和令人不快的人之一"。——原书注释

他收拾烟具，起身离开片场，同时嘴里在不停地低声咒骂，他骂的那些话没必要在这里重复。贝克韦尔小姐吃了一惊，但很快镇定下来，评论说布雷思韦特医生不屑于与思想贫瘠的同行辩论、交流。

第二天的报纸上充斥着对布雷思韦特医生的行为举止的谴责，认为他是现代英国一切问题的化身，批评他的著作里充斥着色情至极的观点，展现了人性中最卑劣的一面。自然而然，第二天午餐时间我就去了趟福伊尔书店，买了布雷思韦特最新的著作《反治疗》，书名听起来没什么吸引力。书店员工把书递给我的样子就好像这本书有传染病一样，我再次看到了自上次购买D. H. 劳伦斯先生声名狼藉的小说《查泰莱夫人的情人》后久未见到的那种不以为然的眼神。直到当天吃完晚饭，安全地藏身于自己的房间后，我才拆开这本新买的书。

我不得不说，在此之前，我对精神病学的了解完全来自电影。在电影中，那些病人半躺在长沙发上，跟一个操着德国口音的大胡子医生讲述自己的梦。可能是出于这个原因，我发现《反治疗》这本书的开头部分很难理解。书里充斥着各种陌生的词语，句子冗长又纷繁复杂，作者若能听从莱尔小姐的写作建议，必定会大有长进。前言中我唯一能看懂的内容就是布雷思韦特一开始甚至并不想写这本书。他所谓的

"访客"是指一个个具体的人，而不是那些在杂耍小节目中出现的怪人的"案例研究"。他之所以把这些故事写出来，纯粹是因为当权派（他大量地使用这个词）对他的理念一面倒地予以嘲讽，他要挺身而出，为自己的理念辩驳。他宣称自己是位"反治疗家"，他的任务就是说服大众，他们并不需要治疗，他的使命就是推倒精神病学草率拼凑的"豆腐渣工程"。我觉得他所选择的立场真的很独特，但正如我说过的那样，我并不懂精神病学。此书，他写道，是他先前出版的著作的导读，其中的一系列叙述基于他与病患之间的关系。不言而喻，这些人物的名字和身份细节都被改编过，但他坚持说，每个故事都是真人真事。

熬过令人费解的开头后，我发现书里的故事都很精彩，特别吸引人。读那些不中用的人的故事，我想，会有某种心理安慰的作用，跟他们比起来，自己的怪癖就没那么怪了。读到一半时，我觉得相形之下自己还算是个正常人。当我读到倒数第二章时，我才发现自己读的是韦罗妮卡的故事。我想，现在最合理的做法就是，把书里的内容抄录如下。

第九章　多萝西

多萝西二十五六岁，是一位接受过良好教育的女性。她在英国大城市的中产阶层家庭长大，在两姐妹中排行老大。父母亲是冷淡疏离的盎格鲁-撒克逊人，多萝西从未见过他们之间有什么亲昵的举止。多萝西说她父亲是性情温顺的公务员，总是用默许的方式来顺从妻子的要求。她16岁时，母亲骤然离世，在此之前她从未经历过什么重大的人生创伤，可是当你问她童年是否快乐时，她回答不上来。最后她承认，从小她就对自己有一个比很多人都宽裕舒适的成长环境却不觉得快乐这一点心怀愧疚。然而，她经常假装开心，以取悦父亲，因为她父亲似乎要看到她开心才会开心。他经常哄她一起玩游戏，但她宁可自己一个人玩。另一方面，她母亲则不断提醒她和她妹妹，她们有多幸运，因此她从很小的时候就变得很克制，特别是当父亲用冰激淋、生日礼物、糖果等物品来诱惑她的时候。从孩提时代起，她就讨厌妹妹，她坚持认为这与那种弟弟妹妹出生后瓜分了父母的关注与宠爱而产生的正常嫉妒无关。实际上，她讨厌妹妹是因为妹妹经常捣乱且不守规矩，却平等地得到了父母同样的对待。她安分守己的行为没有得到奖励，妹妹任性胡来也没有得到惩罚，她觉得这不公平。

多萝西在校期间成绩非常优异，因此获得了去牛津大学学习数学的奖学金。在牛津，她依然出类拔萃，虽说性格内向，但她能较好地融入校园生活。在那里，她发现没有义务去"参与"，也没有必要表现得开心，于是变得孤僻疏离。她说，这是她第一次能够"做自己"。即便如此，当她的同学参加舞会或在宿舍开即兴派对时，她依然十分嫉妒。她以一等荣誉学位毕业，在攻读博士学位期间，她遇见了一位年资较浅的教师，两人后来订了婚。她说，她对未婚夫没有强烈的情感，当然也没有性欲；她之所以跟人家订婚，是因为她觉得他是那种她父亲会认可的正派年轻人。后来，多萝西的未婚夫以打算暂时专注于事业为借口跟她解除了婚约。不过，多萝西认为真正的悔婚原因是有段时间她神经衰弱，不得不在疗养院短期休养，他担心她的状况会不稳定。不管怎么样，对方主动解除婚约都让多萝西松了一口气，毕竟她还没准备好要嫁人。

第一次来办公室见我时，多萝西打扮得很好，言行举止都显得很专业，好像是来参加面试一样。那天很暖和，但她仍穿着一套斜纹软呢套装，这让她看起来比实际年龄成熟。她只化了很淡的妆或没化妆。对来找我的中产阶层访客来说，这很常见。他们通常都渴望给人留下好的印象，以便与想象中那些在心理医生咨询时流着口水的疯子区别开来。但多萝西比大多数人更进一步。我们还没坐下来，她就问："那么，布雷思韦特医生，您觉得我们怎样做才比较好？"

这是一个掌控欲极强的年轻女子在这种情形下的表现。我顶了她一句，"你想怎么进行就怎么进行。"

她为了拖时间，脱下手套，仔仔细细地收到放在脚边的手提包里，然后开始跟我讨论我们见面的时间和次数等实际安排。我让她说，直到她没话可说。在这种情况下，对治疗师来说沉默是金，我还没见过哪个访客能够抑制住说话的冲动。多萝西摸摸她的头发，理了理裙子的下摆，动作一丝不苟。然后，她问我们是不是应该开始了。

我告诉她我们已经开始了。她张口想抗议，但话说到一半就咽了回去。

"哦，对，我们当然已经开始了，"她说，"我想你正在研究我的身体语言，可能觉得我想回避跟你说来这里的原因。"

我点点头示意，表示她说得可能没错。

"还有，你觉得只要你不说话，我就会东拉西扯，把我最隐秘的秘密都说出来。"

"你没有必要一定要说什么。"我说。

"但我说的任何话都可能被记录下来，作为对我不利的呈堂证供。"她为自己这个机智的笑话笑了起来。

知识分子是最难攻克的硬茬。他们打算凭借对自己状况的了解来给你留下深刻印象，所以他们常常在叙述的时候加入自己的评论。"又来了，我又偏离了真正的问题，"他们会说，"我希望你会觉得我的措辞能揭示真相。"所有这些表演都是为了证明他们和我旗鼓相当，而且他们对自己有什么毛病一清二楚。显然，这样做很蠢。首先，如果他们真的像他们所演的那样那么了解自己，他们又何必来找我呢？他们没有意识到的是，正是他们的才智，以及他们不断对自己的行为进行合理化这件事本身，才是他们的问题的根本所在。

但在这个案例中，多萝西的小玩笑还是说明了很多事情：她觉得自己即将被人指控，被人审判。而且，即便是自愿来找我的，她也仍视我为敌。在这一点上，我并没有把我的想法告知她，只是重复问了一次，她想要怎么进行。

"好啦，我还以为你在这方面会有一些想法。"她说。然后，她傻傻地笑着说："难道这不是我付钱请你的原因吗？"退回到金钱问题上，这也是中产阶层经常做的事。他们总是忍不住要提醒你，你是给他们干活的。

多萝西进入房间时，一副习惯事事都在掌控之中的样子，但只要真的把掌控权交给她，她就会全盘放弃。要么放弃，要么她不知道该如何处置这份权力。我把这个问题告诉了她。

她的回应是哈哈一笑。"对，对，当然，你都对，布雷思韦特医生，你简直是个人精。我现在能够明白为什么大家对你的评价都这么高了。"（奉承话：另一个转移注意力的策略。）

虽然很有趣，但这种情况很快就令人厌倦，而且，毕竟满足访客的预期本身也没有错。我问她为什么来找我咨询。

"嗯，是这样的，"她说，"可能这就是我东拉西扯的原因。我不确定我是否真的能说出来。"我鼓励她继续说下去。"我的意思是，我没有疯，没有幻听，也没有看到什么幻象，我不想跟我父亲做爱，也没想过类似的事情。我确信很多人比我更疯。"

"那还有待观察。"我说。"或许我可以参加某种测试，"她提议，"我向来对测试很在行。说不定我们可以用那种墨迹测试[1]。我现在就能告诉你，在我看来，它们都跟蝴蝶差不多。"

"真的吗？"我问。

她低头看了看自己的手，"也不是，不全是"。

我完全没有让她做罗夏墨迹测试的意思。我也不是精神病学界所钟爱的50分钟工作时限的拥趸，不过提醒访客时钟的嘀答声就是金钱的嘀答声，倒也不失为一种鞭策。每一个走进治疗师办公室的访客肯定在心里早已上百次地演练过进来后的情景，但他们肯定无法想象，直至离开都没有触及来到这里的真正原因。这种动力学对多萝西这种务实、有科学思维的人来说显得尤为重要。她的数学

---

[1] 即罗夏墨迹测试，一种常用的人格测试方法，由瑞士精神病学家赫尔曼·罗夏（Hermann Rorschach，1884—1922）创立，医生向被试者呈现标准化的由墨渍偶然形成的图案，让其自由观看并说出由此联想到的东西，据此分析被试者的人格特征。——译注。（除特别标明为原书注释外，本书页下注均为译注，以下不再一一标明。）

训练和素养很有可能让她相信，只要她向我描述她的症状，我就可以直接套入某个公式，并神奇地开出疗方。尽管某些理论会让我们相信存在一个人类行为普遍遵循的公式，但其实并没有这种东西。身为个体，我们全都不可避免地遭受一系列独一无二的情景冲击。这些情景以及个体对这些情景的反应组合在一起，才造就了我们每一个人。

我看到多萝西瞥了一眼腕上的男式手表，她深深地吸了一口气。"你会觉得我真的很傻，"她开始说，"我只是做了些被压垮的梦；这些梦正在把我慢慢压垮。"

我点点头。"你是说梦吗？我不确定我对梦境有特别的兴趣。"

"哦，它们不仅仅是梦，"她接着说，"也是思绪，清醒时的想法。我会有被建筑物、汽车或人群压垮碾碎的想法。有时，甚至是被像苍蝇那样微小的物体压垮。前几天，有一只青蝇飞进了我的房间，我就强烈地觉得，它如果飞到我身上，会把我整个人都压垮碾碎的。"

接下来的几个月里，多萝西每周来找我咨询两次。她慢慢舍弃了掌控局面的企图。事实上，她似乎很快就喜欢上了扮演更加顺从的角色。在第五次或第六次来咨询时，她问我她是否可以躺在长沙发上，而不是好好地坐在上面。我跟她说，她可以做任何她想做的事，不需要得到我的许可。

"那，我是坐着好，还是躺着好呢？"她问。

我没有回答，她好像要躺在一张针床上似的小心翼翼地躺下了，我还没见过哪个人像她那样在长沙发上躺着还那么不放松的。但几周之后，她一进咨询室就会脱掉鞋子，并以某种近似慵懒的姿态伸展开来。

多萝西最初的几次咨询，差不多让我了解到我所需要的关于她的一切信息。在孩童时期，她被父母朝着两个相反的方向拉扯。父亲想要溺爱她，希望她开开心心的；母亲却诱导她对任何一段愉快的经历都充满了负疚感。她不可能同时满足父亲和母亲的期待，而且由于非常清楚自己的行为对他人的影响，所以她从未发展出取悦自己的能力。她厌恶妹妹，是因为妹妹做了她想做的事，却没有因此受到惩罚。

相较于前几章讨论的约翰和安妮特的案例，多萝西并不渴望恢复那个自认为失去了的、被理想化了的"真我"。事实上，她根本就没有发展出适当的自我意识。第七次咨询时，在我的怂恿劝诱之下，她终于承认，在母亲去世后，她有一种得到了解放的感觉。她解释说，这就好像是一个独裁政权垮台后，她终于可以自由自在地做任何她想做的事情了。她开玩笑地将母亲去世之事与独裁者之死相提并论，然后又习惯性地斥责自己做了一个如此不恰当的类比。

当我问这种环境的变化是如何改变了她的行为时，她回答说没有任何改变。她解释说，对母亲之死表现得欢欣喜悦并不会有任何帮助。我问她究竟什么才是她想做的事。

她没办法说得很详细。"我并没有什么特别想做的事，如果有的话，再也不会有人阻止我去做了。"

在牛津大学上学的那些年，无论是在性方面还是酒精或毒品等方面，多萝西都没有像其他人那样在成长过程中去放纵自己的天性，去尝试各种可能性。她甚至连烟都没怎么抽过。她坚称不是她拒绝了这些"所谓的欢愉"，而是她首先就无意去尝试。

我问她，她是否在学术成就中找到了快乐。她摇了摇头。这些对她来说都没有意义。不过她承认，能让父亲引以为傲，她确实会有一些满足感。同样，至于她那短暂的婚约，她对自己能吸引到一个抢手的年轻男人而感到欣慰。而当被问到喜欢她的未婚夫哪一点时,她最多只能说他很干净,从未对她有过任何不适当的举动。

隔了几周后,我才重提多萝西那个害怕被压垮的话题。一开始,她试图想把这当成一个笑话,一笑而过。

"恐怕之前我有点一惊一乍,"她说,"自从来到这里后,我就没有那种想法了。"

尽管如此,我并没有放过她。我坚持认为,那些想法是真实存在的,当她告诉我那些话时,我看得出来,她非常焦虑不安。

"是的,"她回答,"但我也很清楚那些建筑物不会突然倒塌并把我活埋。"

我之前和她解释过,她将事情合理化的习惯是一种逃避,用以背叛[1]那些想法带给她的感受。建筑物确实不可能坍塌并把她活埋,这个物理上的事实并不重要,重要的是,她所经历的恐惧是真实存在的。

我仔细问她第一天来时曾提过的青蝇,她略显尴尬。

---

1 此处的"背叛"在《反治疗》后来的版本中被改正为"转移"。——原书注释

至少在物理上，建筑物或汽车确实有可能压垮一个人，青蝇则不可能。她再次试图对她的恐惧进行合理化的解释，说青蝇是携带很多病菌的肮脏昆虫。是的，我回答，但这并不是你向我表达的恐惧。也许青蝇只是一种象征，她又说，显然她误认为自己只是溜达进了精神分析家的办公室。我解释说，我对象征不感兴趣，只对事物的本来面目感兴趣。她反驳说，在数学中，象征符号或代数常被用来解决问题。我告诉她，如果她的问题可以用数学来解决，那么她自己就能解决。

当然，多萝西的问题既不是建筑物也不是青蝇。问题在于，多萝西感到外部世界正在压迫她，这让她感到很压抑。她对此做出的习惯性反应是告诉自己，她没有做出反应的欲望。多萝西否认了这一点。她内在的压抑系统太有效率且过于完善，以至于她很难意识到它的存在。对她来说，相信自己无欲无求比相信自己在压抑欲望要容易得多。要说服她外部世界实际上并没有在压迫她，也很简单（我只需要诉诸她高度发达的理性思维即可）。难的是让她相信她所感受到的压迫是来自内在而非外在。她压抑得太彻底了，以至于她在这世间的存在方式就是对一套纯粹想象出来的约束做出反应。

153

"所以,我活得更不受约束,就更能做自己?"

"这不是**更能做自己**的问题,"我说,"你的自我与现在的你并不是独立的两个实体。问题的关键在于,少做自己,以及做一个不同的自己。"

这个问题让多萝西沉思了一下。我想起了奥斯维辛集中营囚犯的故事,当盟军终于抵达并释放他们时,他们竟没办法自行离开营地。"但如果变成了另一个自我,我就不再是我了。我将成为另外一个人。"

我告诉她,如果她"做自己"很安逸舒坦的话,根本就不会来寻求治疗师的帮助。

我没必要强迫她接受我的观点。但如果人生的全部意义取决于自己是否取悦他人的多萝西,仅仅为了讨我的欢心就改变她的行为方式的话,那就太讽刺了。我终止了这次咨询,因为我知道作为一名受过高等教育的年轻女性,多萝西有能力得出自己的结论。

在我们的最后一次咨询中,我让她想象自己得到了一张许可证,允许她在24小时内做任何她想做的事情。没有人知道她做了什么,她的任何行为都不会有任何后果。我问她,在这种情况下她会怎么做。她在这个概念上挣扎摇摆,问了很多问题,以一一厘清这个想象中的许可证有哪些详细的规则。经过一番安抚之后，她开始思考这个问题。最后，她的双颊变得绯红。我问她在想什么，她的脸却更红了，这证明我的目的已经达到。她不需要把她的想法说出来，生出这些想法就表明她已经迈出了第一步。对多萝西来说，这已经是进步。我让她把注意力专注于那些想法上，并问她如果她真的这样做了，会有什么后果。

"没事，"她说，"不会有任何后果。"

我告诉她，她可以做任何她想做的事。她看上去松了一口气，跟我说再也不想当多萝西了。在向我致谢之后，她就迈着一种我从未在她身上见过的轻盈步伐离开了我的办公室。

刚开始读到这些时，我被"多萝西"和韦罗妮卡之间的相似之处逗乐了，布雷思韦特医生对细节的改动让我没意识到多萝西正是韦罗妮卡。事实上，韦罗妮卡是在剑桥而非牛津读书；我父亲是一名工程师而非公务员；布雷思韦特对我们姐妹俩之间关系的描述更是误导读者。韦罗妮卡和我或许不像寻常姐妹那么亲密，但她对我也从未有过任何怨恨。然而，其他方面的证据悄悄来袭。布雷思韦特描述他的病人如何小心翼翼地躺在长沙发上，这跟韦罗妮卡实在是过于相像了，我忍不住笑出声来。跟多萝西一样，韦罗妮卡总是对黄蜂、蜜蜂、飞蛾、青蝇有一种极其夸张的恐惧。更何况，她是一个墨守成规的人。但是，多萝西使用的一个词语让我变得深信不疑。孩童时期，当我表现得对某件事情过于热情洋溢或者垂头丧气时，韦罗妮卡总是习惯性地劝诫我，"哦，你有必要这么一惊一乍吗？"她说这话时一副咄咄逼人的样子。这正是她用来训斥自己的词。后来，当我发现从布雷思韦特的办公室到韦罗妮卡一跃而下的铁路桥走路只需要几分钟时，我更加确信她离开办公室时的步伐并非他所宣称的"轻盈"，而是她下定决心离开这个世界。或者说，恰恰是那份决心让她的步伐变得轻盈。尽管我有时会被人指责想象力过于丰富，但我不想急于下结论。第二天我又回到了福伊尔书店。

我走近一名戴着金边眼镜、穿着费尔岛圆领毛背心的热心年轻男子。他看上去不像是个会对客户品位评头论足的人。我低声向他解释自己最近才读过《反治疗》，想咨询一下科林斯·布雷思韦特是否还有其他著作。年轻人看我的眼神好像我是刚从山沟沟里出来的。"其他著作？"他回答，"当然有！"他侧头示意我跟着他走，我有种我们正在密谋某事的感觉。上了两层楼后，我们来到心理学专区，他从书架上抽出一本书，递给我，悄声说："煽动性的玩意。"我低头一看，封面上有一个破裂成碎片的人体剪影，书名是"杀死你的自我"（*Kill Your Self*）。那天下午上班时，我有一种拿着违禁品的感觉，发现自己无法集中注意力，于是跟布朗利先生说我头痛欲裂，问他是否介意我早点下班。回到自己的房间后，我马上拆开包装。恐怕我没办法证明书里的内容有煽动性，因为它对我来说简直是本天书。我毫不怀疑那是因为我学识短浅，不过整本书看起来就像是一堆语意不明的句子堆集在一起，前言不搭后语，风马牛不相及。尽管如此，书名还是让我不寒而栗，我从布雷思韦特医生表面上的疯狂看出其内在的条理和方法。

当然，我的第一反应是直接报警。第二天早上，我打电话给布朗利先生说会晚点去上班。他问我身体好点了吗，我回答说有人犯罪了，我作为证人要做证。对父亲，我则口风很紧,一个字没说,但当我在往早餐的吐司上抹奶油时,我想象着自己迈着大步走进哈洛路警察局,说要揭发一桩谋杀案。倘若被要求提供谋杀案指控的证据,我会平静地把布雷思韦特医生的书放在柜台上。"你们需要知道的一切,"我戏剧性地说,"全在这本书里。"

不过,我只走到了埃尔金大道的拐角处。我想象着警局柜台后那张和《狄克逊警探》剧中人物一样和蔼可亲的面孔上,露出疑惑的表情。他会问我到底在指控什么,或许他会走到里面向长官请示该如何处理,又或者干脆躲在隔间后面,跟同事说他在外头遇到了一个真正的疯子。我想象自己在听到他们的讥笑之后,满脸涨得通红的样子。不管怎么样,我都意识到,在没有真凭实据的情况下,这个计划是有缺陷的,只会让我丢人现眼。

预约布雷思韦特医生的咨询时段反倒是件极其简单的事。我在电话黄页簿的"杂项服务"下找到了他的号码。一天下午,趁布朗利先生外出时,我用办公桌上的电话拨通了号码。一个女孩爽快地接起了电话,我紧张地问是否可以安排一次咨询。"当然可以。"她回答,好像这是世界上最平常的事。除了问我的名字,她没有问其他问题。我们约好了下个周二下午四点半的咨询时段,就像在牙医那里预约一样简单明了,然而放下话筒后,我意识到自己刚刚做了有生以来最莽撞的事。

我比约定时间整整早了一个小时到达乔克农场站。出站后,我拦住一个人,问他安格路该怎么走。被我拦住的那个人一开始描述了一下路线,但话没说完便自告奋勇要带我去。我拒绝了他的好意,不想在走路时跟人没话找话闲聊,更不想回答为何跑来这个地区的盘问。

"不麻烦,"他回答,"恰恰相反,这是我的荣幸。我自己也要去那条路。"他是个年近而立的英俊小伙子,穿着爱尔兰渔夫毛衣和黑色短外套。他胡子刮得很干净,却带着一股"垮掉的一代"的气息。他没戴帽子,前额的黑发浓密厚实,令人印象深刻。从他的口音我听不出来他是哪里人,但那倒也不难听。这个尴尬的处境完全是我自找的,在拦住他之前,前面明明有几个看起来人畜无害的人能问路,我却略过了他们,现在我真的有点骑虎难下了。

"我保证不会骚扰你,"他哈哈一笑,"当然,除非你想让我这么做。"

我脑子里出现了自己被拖进灌木丛中,被这个男人强行压在身上的画面。这至少为我提供了一些可以跟布雷思韦特医生聊一聊的话题。在这种情况下,我不知道该怎么做才能抽身,只好跟着他一起往前走。我的护花使者两手深深插进大衣口袋里,似乎在向我保证,他没有对我动手动脚的意图。他告诉我他的名字,并问我的姓名。我相信,这样的个人信息交流属于正常范畴，无疑也是我用来试一试我的假名字的机会。

"丽贝卡·史密斯，"我回答，"带有y的那个史密斯（Smyth）。"

我是坐在埃尔金大道上的里昂茶馆里时，决定要用这个假名的。我以前想出的那些名字，如奥利维娅·卡拉瑟斯、伊丽莎白·德雷顿、帕特里夏·罗布森，感觉假得太明显了，没有一个看起来像真名。当时有一辆小型货车停在街对面，车侧边喷着一行字：詹姆斯·史密斯父子，中央供暖工程师。史密斯正是那种无聊乏味到没人会选来用作假名的名字，因此对我来说最为合适。然后，当我决定改变姓氏单词的拼写时，我顿时觉得一个令人信服的人物出现了。"带有y的那个史密斯。"我会假装不经意地说，如同我已经说了一辈子说到厌倦那般顺口。而且，也许是因为达夫妮·杜穆里埃的小说《蝴蝶梦》，我一直觉得丽贝卡是最耀眼的名字。我喜欢那三个短音节在嘴里爆开的感觉，也喜欢最后的音节是要张嘴吐气的"卡"。我自己的名字没有这种感官上的愉悦，它是单音节的词，像块砖头一样无趣，只适合那种穿着朴实而舒适的鞋子的女生代表。为什么我不能假装成为丽贝卡呢，哪怕就一次？没准我会跟布雷思韦特医生说，我之所以神经衰弱，心神不宁，就是因为没能活出与我的名字相配的样子。在浴室的镜子前,我对镜练习,伸出一手,掌心朝下,手指微微弯曲,一如那些傲然睥睨的女人。然后我抬起头,露出我认为算得上是撩拨的微笑。我已经开始享受做丽贝卡·史密斯了。而现在,当我第一次大声把这个名字说出来的时候,汤姆(或别的什么名字)的眼睛连眨都没眨一下。他为什么会这样呢?他不是那种会被女孩子用假名搪塞的男人。"是什么风把你吹到了樱草山呢,丽贝卡·史密斯?"他说。

我认定丽贝卡不会为这种事感到羞愧,所以我回答说和一名精神病科医生有约。

我的同伴尽管没有停下脚步,却也重新打量了我一番。他抿了抿下嘴唇,说:"不好意思,但你看起来不像是那种类型。"

"哪种类型?"我问。

汤姆看起来有点局促不安,好像他或许冒犯了我一样。

"你的意思是,我看起来不像是个疯子?"我说。

"哦,如果你要这么说的话,对的,你看起来不像疯子。"

"我可以向你保证,我就像3月的野兔一样疯。"我带着丽贝卡最得意的笑容说。

他看起来没有一点嫌弃的意思。"这么说来,你是我见过最有魅力的3月的野兔。"他说。"又是什么风把你吹来了呢?"我问。

"我在附近有一个工作室,"他说,"我是一名摄影师。"

"你不打算请我过去当你的模特儿吗?"我问。这玩笑开得非常丽贝卡。

"不好意思,我不是那一类的摄影师。"他说,"我拍静物,不拍人物。就是食物搅拌器、餐具、罐头汤,诸如此类。"

"那可真太有意思了。"我说。

"这让我住得起老肯特公寓。"他回答。

"什么意思?"我说,一想到这家伙可能跟皇室有关系,我吃了一惊。

"肯特公爵,房租。"他说,我意识到他一直有玩押韵俚语的习惯,[1]但幸好他还懂得跟我一样觉得不好意思。

当我意识到我们正在穿越韦罗妮卡跳桥自杀的地方时,我忍不住打了个寒战。这是我第一次来到这里。在这种地方了结人生真是够无聊的,不过转念一想,其他地方也没好到哪里去。

"你冷吗?"汤姆问,很显然他是个懂得献殷勤的人。

我把外套拉紧点好盖住脖子,冲他微微一笑。"只是突然来了点风。"

我们转进了一条类似乡村大道的路,汤姆在一个路口停了下来,指了指通往安格路的方向。丽贝卡·史密斯伸出了

---

1 在英文原文中,汤姆的回答是 Duke of Kent. Rent,kent 与 rent 押韵。

手，汤姆握了握她的手，并表示很高兴认识她。

"彼此彼此。"她说，然后转过身，走了。

"你看起来还是不像个疯子。"他对着她离去的背影大声喊道。我有点期待他会追过来问我的电话号码，但他没有。过了一段相当长的时间后（我可不想显得饥不可耐），我转回头看，汤姆早已不见踪影。

安格路旁是一排常见的联排房屋，与人行道隔开的是狭窄的前院，院里散落着生锈的儿童脚踏车和倾倒的天竺葵。人行道上有几棵病怏怏的树，11月最后的树叶悲伤地挂在枝头，尽管知道了自己的命运，但还没有在内心做好准备。这些房子看起来死气沉沉的，像没有人居住一样，弥漫着一股破败陈旧的气息。这条街唯一值得注意的是，房屋的门牌号码不是单数一排、双数一排，而是连续排的，因此形成了一种闭环。我要找的地址和街上其他房屋没什么不同，[1]不过是这栋房子有两个上下并排的门铃，想必房子曾经被分割成两套住宅。门柱上钉着一块纸板，上面写着"布雷思韦特"，这是唯一表明这里有一位臭名昭著的精神科医生的痕迹。离我约好的咨询时间还有40分钟，我转头往回走，在找和汤姆走

---

[1] 此处住宅至今仍在，和笔记中的描述一致。出于对当前住户隐私的尊重，我隐瞒了确切地址。——原书注释

路经过的那条小商业街上，我看到了一间茶馆。

它叫克雷茶馆。门上铃铛的声音知会了我的光临。里面没人，空荡荡的，鉴于当时是周二下午近4点，倒也不令人惊讶。茶馆的目标客户此时应该都在家里忙着削土豆，在老公到家前准备好晚餐。柜台后一个粗壮的女人看到我之后，淡淡一笑，一直盯着我走到里面。我盘算着怎样坐在那儿才不会那么显眼。不过，她向我走过来时的步态表明，我似乎来得不是时候。对她来说，克雷太太这个名字真是恰如其分，她好像是一个会动的泥偶[1]。我先点了壶茶，为了讨好她，还点了司康与果酱，柜台上有块招牌，宣称本店使用的是天然黄油而非人造黄油。"因为他**能**吃出来两者之间的差别！"我发现自己竟然在想汤姆这家伙能不能吃出来两者之间的差别。我猜他吃不出来吧。又或，他的心思会放在比司康的成分更重要的事情上。我和他一样对此漠不关心，我这辈子从未烤过一块司康（省得在家政事务上留下不堪回想的记忆），将来也不打算这样做。我不太可能会嫁人，倘若真嫁了，他必定得适应没有司康的生活，要不然就只能去别的地方寻找他的司康了，呵呵。我也无法想象丽贝卡·史密斯会把她那双精心修剪过指甲的手放入一碗面粉中，把手弄得脏兮兮的，而

---

[1] 在英文原文中，克雷这个姓对应的是Clay，而这个单词还有黏土之义。

且倘若不得不这么做，她肯定不会同意使用像人造黄油这样普通的东西。

老板娘先给我端来了茶。我试图说些好话来博取她的好感，但似乎这只是徒劳。她毛手毛脚地把茶杯和茶碟放在桌上，回头再送司康来时，更是粗鲁地往桌上一扔，把餐刀都震落到地上了。我不得不在脚踝处到处摸索，才把餐刀捡起来，还一边摸索一边向她道谢。我很纳闷自己是不是无意中违反了这家店的什么规矩，才会得到如此冷淡的招待。而我能想到的最宽容的解释，就是无论对我还是对老板娘来说，彼此都是生面孔，所以没必要给予特别照顾。当门上的铃铛声再次响起，一位身穿驼色大衣、披着羊毛围巾的老太太进来时，我的疑虑更深了。老太太拄着一根手杖，头戴一顶男式斜纹软呢帽，帽子上面时髦地插着几根彩色羽毛。克雷太太立刻就像换了个人。她极其热情地招呼着这位刚进门的亚历山大太太，以至于如果看到她从柜台后面走出来把玫瑰花瓣撒在地板上，我也不会觉得惊讶。亚历山大太太在显然属于她的、靠窗的固定位置上坐下，一壶茶和一块维多利亚海绵蛋糕适时奉上。我注意到，克雷太太是小心谨慎地把食物放在她面前的桌子上的。

我从手提包里拿出来一本小说，在面前打开。这是一本无聊至极的小说，不值得我过多关注，但我想克雷太太不太会对此进行一番文学评论。无论如何,我发现先前那位同行伙伴的话又在耳边回响:我看起来一点也不像个疯子。通常情况下,这种恭维话会让人大喜过望,但就我目前的任务而言,似乎有点不合时宜。那天早上,我比往常更重视自己的服装仪容,在离开布朗利先生的公司之前,还跑到楼道的盥洗室里去补妆。这是个错误的做法。疯子才不会去圣约翰伍德的史黛芬美发店做头发,也不会为了眼影的颜色搭配一条漂亮的围巾,或穿着彼德森牌的长筒袜。疯子们不会有时间讲究这些。如果我以现在的模样进入布雷思韦特医生的咨询室,他肯定对我的心思一目了然。我走进茶馆后面的盥洗室,对着镜子审视自己。疯子不会抹口红,我想,于是用手背擦掉了口红,再用一根手指抹开睫毛膏,晕染在眼睛四周,伪装出好几周没睡觉的熊猫眼。我洗干净双手,然后拿掉夹在头上的黑色小发夹,随意地用手指抓了抓发丝。领巾必须得拿掉,我把它塞进了大衣的口袋里。然后我放下马桶盖坐下,弯腰俯身,用指甲戳破了左膝下的丝袜,这样做让我很心疼(这是我花十先令买的)。这可是点睛之笔,每一个神志清醒的女人都不会容许这样的疏漏。我站起来,用洗手盆上方的镜子检视自己的仪容。做得太过头了。我看起来就像是阁楼上的疯女人。我不想被送到附近的疯人院去,所以又弄湿了一团卫生纸,把眼睛周围晕开的睫毛膏擦干净。还有,粉底也应该卸掉才对。最后，我觉得很满意。我看起来脸色苍白，或者，用苏格兰人惯用的那种生动说法——面无血色。当然，男人完全不会知道我们为了在他们面前呈现出一副有吸引力的容貌，花费了多少功夫，但我希望布雷思韦特医生能够欣赏我在这一相反方向上所做出的一切努力。

我冲了冲马桶，回到我的位置上。老板娘听到椅子摩擦的声音，便朝我望了过来，满脸惊诧地盯着我，仿若看到一个完全不同的人从洗手间走了出来。我的茶已经凉了，我一点也不饿，但仍在司康上抹了随盘附赠的黄油和杏子酱，有条不紊地吃了起来。司康点都点了，怎能不吃呢？当我在收银台等着结账时，我不想与那些会被人造黄油蒙骗的恶棍混为一谈，因而夸了夸她的烘焙手艺。

她仍用那副难以置信的表情看着我，我以为她要对我的外表说三道四，不过她克制住了自己，并在收银台上为我结了账。我付完钱后，在碟子里留了两便士，希望这能修复她对我的好感。

外面的天气变得更加阴沉了。现在看来，安格路是凶险多过破败。我走到门槛前，按了一下两个门铃中下面的那个，没人来应门。我直接推开门，走进一条狭窄的走廊，一辆自行车靠在墙边。栏杆上钉了一张字条，指示访客上楼。地毯已经磨损破旧，楼梯上少了几条楼梯板，感觉爬这楼梯上楼有点危机四伏。随便一个人就能把你推下来，然后宣称他们不过是脚滑了一下而已。空气中有一股潮湿的味道。楼梯平台上有一扇门，门上有一块磨砂玻璃，上面写着几个字：A·科林斯·布雷思韦特。

看到这个名字，我不由自主地打了个寒战，我突然怀疑自己跑来这里是不是太轻举妄动了。此前，这似乎只是一个游戏，现在却已蒙上了一种阴暗的色调。我可以听到屋里传来打字机的咔哒声，那是熟悉且令人安心的声音。我敲了敲门，进入一个小的前厅。办公桌后方，一个比我年轻的女孩抬起了头，她金发碧眼，穿着精心熨烫的白色上衣。她的蓝眼睛涂了睫毛膏，嘴唇也涂了淡粉色的口红。我先是为自己仪容不整而羞愧难当，然后又提醒自己，她一定习惯了看见别人这副样子。

"你好，"她兴高采烈地说，"你一定是史密斯小姐吧？"

"是的，带有y的那个史密斯。"我画蛇添足地补了一句。她似乎完全不受我的邋遢仪容影响，并请我坐下来。三把不相配的木椅靠墙排成一列，还有一张桌子，上面放着多本《笨拙》和《私眼》杂志[1]。我坐下来，交叉双腿，试图掩盖我

---

[1] 《笨拙》(*Punch*)，英国幽默周刊，1841年创刊，2002年停刊。《私眼》(*Private Eye*)，英国时事半月刊，1961年创刊，至今仍在出版发行。

丝袜上的破洞。

"丝袜破了真的很让人抓狂，"她说，"昨天我刚穿的一双新丝袜就抽丝了。"

我假装不知道她在说什么，然后低头看了看我的膝盖。"哦，我现在才注意到，"我说，"真的很讨厌！"

"我的办公桌里有一双备用的，如果你需要就先用吧，下次来还给我就好。"她疑惑地睁大了双眼。

她的建议听起来很友好，但我觉得不合适。或许，她化妆化得有点过了。我母亲对她认为妆化得太浓的女人有一套称号：胭脂女郎、耶洗别[1]、荡妇和妓女（在她以为我们姐妹俩听不到时）。她自己从来不化妆，她也不赞同任何美化身材而不是遮掩身材的服装。她喜欢说的一句话是："你们听过哪个男人只吃蛋壳不吃蛋吗？"我母亲的观点不过是更加点燃了我的好奇心。每当一个女人被贴上耶洗别的标签时，她毫无疑问总是房间内最有魅力的那个。我父亲倘若不小心把目光停留在了那样的一个尤物身上，那就只有上帝才能帮得了他。"妓女"这个称号一般供法国女演员专用，因为既是女演员又是法国人，所以她们加倍该死。因此，当我开始每周六在克

---

[1] 耶洗别，《圣经》中以色列王之妻的名字，英文里常用其指浓妆艳抹的荡妇。

拉克鞋店工作，好赚取几个先令用来买口红和胭脂时，我就有了某种触犯禁忌的快感。我会拿张椅子卡在卧室把手下，晚上偷偷把自己装扮成一个耶洗别，并对着镜子自娱自乐，镜中鲜艳的红唇与涂得如同娼妇的双颊都让我沉迷。

我礼貌地拒绝了前台的建议，拿了本《笨拙》翻了几页后，把杂志摊在腿上，茫然地望着虚空。我想，表现出对世上任何正在发生的事情有兴趣是不行的，我应该是颓废的，至少得装出一副空洞茫然的样子。毫无疑问，备用丝袜小姐会在稍后向她的雇主报告对我的印象。她继续打字，我向来很喜欢打字机的咔哒声和叮当声。然而，面前的这位小姐的打字技术实在是令人不敢恭维。我得出的结论是，鉴于这个时代在对待女性方面不好的倾向，她之所以会得到这份工作，凭借的应该是她的长相而非她的文员技能。

我把注意力集中在前台办公桌后面的墙壁上，墙上贴着无害的花卉图案的墙纸，大概是为了安抚每周都要到此凝视墙壁几分钟的躁动灵魂。然而片刻之后，我就注意到在离地面七八英尺的地方，墙纸上有一个小裂缝，裂缝的大小跟指甲差不多大。这道裂缝像狗耳朵一样折叠起来，露出了最下面的壁纸。这很奇怪。壁纸若是在粘贴的过程中发生撕裂，很难想象施工的工程队会罔顾专业精神而不把它修补好。也许这反映了我缺乏想象力，但我想不出有什么情况会导致壁纸施工完成后在那么高的地方发生这种撕裂。不管怎么样，卷曲折叠的壁纸裂缝让我开始恼火，恼火到我觉得喉咙发紧，呼吸变得短促，不由得庆幸自己早前取下了领巾。我有一种想向前台提建议的冲动：不如我们一起来修补这个壁纸裂缝吧。既然她这么聪明机智，懂得在办公桌抽屉里放备用丝袜以备不时之需，那么她一定也会未雨绸缪，准备些多用途胶水或透明胶带。只要站到她的办公桌上，我就能轻易够到这个壁纸的裂缝。不过，即使我想表现得疯疯癫癫，疯起来也该有个限度，因此我保持沉默。

当布雷思韦特医生咨询室的门打开，一位大约30岁的女人走出来转移了我的注意力时，我感到很高兴。她身材苗条，穿着一件长及膝盖的羊绒连衣裙，深棕色的头发做得精巧别致。在我看来，她根本不需要任何形式的精神治疗。恰恰相反，她看起来正常得很。她从门边衣帽架上取下一件毛皮外套，从容不迫地穿上。她丝毫没有因为在精神科医生的办公室被人看到而感到不好意思。她瞥了我一眼，但我保持着紧张的神情。她离开时说："再见了，黛西。"

前台用欢快的语气回道："周四见，开普勒小姐。"

我吃了一惊，一个看上去如此沉着优雅的女人，一周竟然需要来做两次心理咨询，而不是仅仅一次。她必定病得很严重，不过如果大街上有人看到她，眼光中会充满了羡慕。

我站起身来，但黛西说布雷思韦特医生还得过几分钟才能见我。我看了一眼手表，紧张得胃都在刺痛，我母亲会说这是我咎由自取，我承认，我现在就是自食其果。几分钟后，门后也没有任何明显的指示，但黛西表示我可以进去了。

坐在办公桌后的是我那架子十足的精神科医生，他正在一个笔记本上笔走如飞。我真的好想看看他到底在写什么！过了一会儿，他抬起头来，啪的一声合上笔记本，起身向我打招呼。他穿着一件领口敞开的法兰绒衬衫，搭配棕褐色的灯芯绒长裤，脚上穿着一双褐色拷花皮鞋，鞋带没系好。

"史密斯小姐！"他热情地说，"还是夫人？"他穿过房间，向我伸出了手。我们握了握手，我告诉他是"小姐"。他的面容并没有电视节目上那么令人反感。电视上，他的眼睛圆鼓鼓的，但在真实生活中，他的眼睛闪烁着警觉的光芒。本人看起来也比较年轻，据说上电视会让人变老十岁，变胖十磅。

"请坐，请随便坐。"他就像魔术师在请观众挑选一张牌一样说道。咨询室像一间相当杂乱的休息室，或者，也许更准确地说，是一个男人的"窝"。办公桌后和门旁的墙上摆满了书，地板上也凌乱地堆放着更多的书籍与文件，俯瞰街道的窗户上滴着凝结的水珠。这里唯一显示出专业性的是一个绿色的金属文件柜，柜子最上面的抽屉敞开着。我克制着穿过房间走过去把它关上的冲动。我能选的座位有破旧的皮制手扶椅、不太吸引人的靠背藤椅，还有椅背上套着人造丝罩子的长沙发。当我意识到这一定就是布雷思韦特描述过的、韦罗妮卡慵懒地躺在上面（这个举动完全不符合我姐的性格，她这辈子从未"慵懒地"做过任何事）的那张长沙发时，我感到一阵寒意。房间中央有一张咖啡桌，上面放着一个没被清空的烟灰缸、一个木雕香烟盒与一盒纸巾。我忽然起意想走过去坐在他办公桌后面，只是为了激怒他，但我没有这样做。我在那张长沙发的右侧坐下。布雷思韦特点了点头，仿佛这正是他所预料我会去坐的地方。他把木椅从办公桌后面拉了过来，坐在我对面。他伸开双腿，在脚踝处交叉。他没有穿任何袜子。他把双臂交抱在啤酒肚上。

"我们这里容易找吗？"他问。

我点了点头。他的皮肤上长了斑点，太阳穴处开始出现一些灰白色的头发。他有40岁了，如果有人要我猜他的年龄，我也肯定会说40。

"那么，史密斯小姐，"他用一种该进入正题的语气说道，"你为什么要来这里呢？"他不急不躁地等待着我的回应，他的目光从我乱糟糟的头发一路游移到我的鞋子上。当他的目光掠过丝袜上的抽丝时，一边眉毛的细微抖动暴露了他的惊讶，让我觉得这双丝袜的十先令到底没有白花。

"我不知道该从何说起。"我含糊地说。

他展开双臂，摊开双手。"那就从是什么事让你决定预约咨询说起吧？"

"好。"我说，意识到他肯定习惯于应付各种怪异的行为举止。毕竟，这是干这行不可避免的事情。举例来说，一个正常人一定会觉得不能在布雷思韦特医生的咨询时段浪费时间，以确保自己的钱花得物有所值。话又说回来，正常人根本不会来这里。

"我比较喜欢你叫我丽贝卡。"我说。

"如你所愿，"他回答，"你想怎么称呼我呢？"他停顿了一会儿，然后提供了几个选择，"如果你想正式一点，可以叫我'布雷思韦特医生'，如果你愿意，就叫'布雷思韦特'也可以。我妈叫我'阿瑟'，朋友叫我'科林斯'，敌人叫我——呃，我们就不说这个了。"他对自己开的玩笑哈哈大笑起来。我估计这都是例行公事，目的是让我安心，减轻防备心理。"那么，你要选哪个？"

他的说话方式很奇怪，嘴角向一边倾斜。

"这个嘛，如果你要叫我'丽贝卡'的话，那么我应该叫你'阿瑟'。"我说。我低头看了看放在腿上的双手，前一天晚上我抹了光亮的指甲油，指甲精心修饰过的样子似乎与我仪容的其他部分不太协调。这样很好，这么精心修剪指甲的人却穿着一双破洞丝袜出门，这人得有多疯啊。男人通常不会注意到这种小细节,但我感觉没有什么能逃过布雷思韦特的法眼,我很后悔选择叫他"阿瑟",这暗示了一种不适当的亲密关系。我也不想让他以为,我有意让他认为我希望与他的母亲联系在一起,或是对他怀有母性,没有什么比这更离谱的事了。这辈子我从来没有过母性的渴望。我讨厌小孩,讨厌他们黏糊糊的脸,讨厌他们结痂的膝盖,讨厌他们吵吵闹闹(一直制造可怕的噪声),更别提生孩子有多恐怖了,还有肮脏的性交。

布雷思韦特点了点头,"那么,丽贝卡?"

他的语气非常和蔼(毕竟咨询费烧的不是他的钱),我意识到我必须说点什么,只有真正的疯子才会去找精神科医生,并假装他们没有什么问题。

"我一直觉得……"我环顾室内,装作正在寻找适当的措辞,"我一直有一种坐立不安的感觉,"我补充说,"一种强烈的坐立不安。"我对自己的措辞十分满意。

"啊,坐立不安(malaise)!"布雷思韦特重复道,"这个词是从法语'mal à l'aise'演变而来的,意思是不自在。唔,这不能怪你,丽贝卡。这个世界发生了这么多事,谁能自在呢?我自己就非常不自在。"

"不仅仅是不自在,"我说,"我觉得我已经失去了自我。"

这似乎让他很高兴。他从椅子上一跃而起,动作夸张地把几个抱枕丢到一边。他手脚并用地趴在地上，在沙发椅底下四处寻找。接着他打开门，对黛西说："史密斯小姐是不是把她的自我留在外面了？没有吗？"不等黛西回答，他就把门用力关上了，然后转身面向我。"没准它在你的手提包里？"他说，"对我来说，女人的手提包里究竟放了什么一直是个谜，想知道她们脑子有什么就更难了。哈哈。"他把我的手提包从地上拿起来，我有一瞬间很害怕，害怕他会在里面发现用纸巾包着的死老鼠。但他只是把它递给我，并示意我往里面看。当我顺从地打开搭扣往里看时，他问："不在里面吗？"

他坐下来，摆出一副疑惑的表情。"让我们想想，"他说，"你的这个自我啊，你还记得最后拥有它是在什么时候吗？"

我真的觉得他在取笑我，我也告诉了他这一点。

"完全没有，丽贝卡。失去自我是一件很严肃的事情，我的问题也不是在开玩笑，你认为自己最后一次拥有它是在什么时候？"

我见布雷思韦特医生不过短短几分钟，但我已经看出他是那种令人钦佩的人。他不修边幅的外表只是强调了这一事实。他不需要像其他男人那样用西装和领带来增强自己的权威。他有那种经常被讨论但很少有人见识过的神秘特质：个人魅力。很明显，科林斯·布雷思韦特可以随心所欲地摆布你。我既觉得害怕又觉得万分刺激，终于明白开普勒小姐为什么一周要找他咨询两个小时了。

"我不确定我能说得上来。"我回答他的问题。

"好吧,不用担心,"他爽快地回答,"如果那算是个还不错的自我,你就不会失去它,对吗?没有它,你好像也不错。"

我不知道该说什么。如果他的目的是要迷惑我,那么他已经成功了。

这个小时剩下来的时间里,我告诉他一些我自己的事,或者说,丽贝卡的事。丽贝卡和我有很多共同点,但为了掩盖我与韦罗妮卡的关系,有必要改变某些细节。(也许我应该在此指出,我与我姐姐一点也不像。她皮肤黝黑,像我母亲,脚踝很粗,至于长相,恕我直言,她的五官看起来比较笨重。我不敢说自己是个美女,但是五官也相当精致。如果韦罗妮卡就是电影《蝴蝶梦》里的女管家丹弗斯太太,那么我就是女演员琼·芳丹。)总有一天要说出全部真相,但肯定不是现在。为此,我告诉布雷思韦特医生,我母亲已经过世,我现在和父亲住在一起,他是一位退休的建筑师。我决定丽贝卡必须是独生女(所以总是孤独得要命),不过她和我本人一样,在一家演艺经纪公司从事愚蠢的前台工作。

布雷思韦特对以上叙述没提什么问题。事实上,我后来回想,他对我说的一切几乎都全盘接受。我坐在那里喋喋不休地谈论自己,好像自己是伦敦最迷人的女人。事后我感到相当羞愧,但他一次都没瞥过他的手表,他的注意力一刻也没有从我身上移开过。我从未被人如此审视过,所以不太记得我们还说了什么,只记得要用上极大的意志力,才不会被他牵着鼻子走。我完全忘记了我来这里的真正目的。我意识到,我想取悦他。到了某一刻,他只不过是站起身来,而我感觉就像一个魔咒被打破了一样。我以为这表明本次咨询已经结束,同时发现自己一直处于恍惚状态,忍不住怀疑他是否对我进行了催眠。我收拾好自己的东西,站了起来,双腿有些发软。

布雷思韦特站在门口和长沙发中间的空地上。我向门口走去时,他将身体倾斜,使我不得不停下来。我们站得太近,我感到浑身不自在。尽管他根本没碰到我一根汗毛,也没有给我戴上任何镣铐,但我突然感到自己被俘虏了。

"很高兴认识你,丽贝卡,"他说,"如果你想再来,请跟黛西预约。"

我感到很茫然。"可是,你怎么看呢?"我问,"你认为我应该再来吗?"

布雷思韦特像要丢硬币给街头流浪儿一样举起双手。"这得由你自己决定。"

"但你觉得你帮得了我吗?"我追问道。

"问题不在于我认为我帮不帮得了你,问题在于你认为我帮不帮得了你。"他瞪大了眼睛盯着我，我感到相当无助。

"我以为你或许能治好我。"我平静地说。

他从他的鼻子里发出一阵轻微的笑声。"史密斯小姐，丽贝卡，我们这里不做'治疗'，江湖郎中才做治疗，天知道有多少人以为我也是其中之一！首先，治疗这个概念预设你出了问题，这一点我们还没有确定。其次，如果你真的有什么问题，我怀疑那到底能不能治好。"

"但如果我不能被治好，那回这里又有什么意义？"我说。

"那是你的问题，不是我的问题，"他回答，"如果非要说的话，你认为自己或许有问题，这个事实就已经表明你比大多数人清醒理智。"

他向旁边迈出了一小步，从而准许我离开，于是我朝门走去。我走到前厅，预约下一次的咨询。黛西把我的名字写在她桌子上的分类账簿上，然后低声说："那我们下周见。"

或许是因为她用了"我们"这两个字，或许是因为她那种心照不宣的神情，我觉得自己像是秘密加入了某种下流的俱乐部。

在外面，我停了下来，审视着一根灯柱上生锈的油漆，把头歪过来又歪过去，仿佛在辨别其中的神秘图案。我猜布雷思韦特医生会从他的窗户窥视我，我如果是一名精神科医生，一定会看着患者离开。我会成为一位很好的精神科医生，这一点我深信不疑，父亲说我有识别他人错误的天赋。

我用手指触摸油漆，摸了好一会，我把脸凑近灯柱，近到只有几英寸的距离，然后从手提包里拿出一把指甲钳，用指甲锉开始给那部分金属抛光。布雷思韦特会觉得我得多疯啊。"可怜的人，"他想，"她是多么努力地让自己看起来正常啊。"或许他还会把黛西叫到窗边，说："你看看，我们有个访客是真正的疯子。"当然，这些都是我的想象。过了一会儿，我往后一站，仔细检查我的手艺，然后点点头，一副好像对结果很满意的样子。我把指甲钳收回手提包里，开始迈着笨拙踉跄的步子走到街道尽头。一绕过街角，确认没人在跟踪我之后，我就挺直身躯，松了一口气，重新做回了自己。我恭喜自己表现得不错。我觉得我已成功塑造出丽贝卡的形象。

我发现自己走到一条环绕着公园的繁忙道路上，我的习惯，也可以说是个人癖好，是不走同样的路线回家，沿着原路会让我觉得被自己缠住了。每当想到在希腊神话中依靠携带的线团在迷宫中找到出路的忒修斯时，我总是先想到他的脚，然后是腿，再就是整个身体被束缚住了，最终他浑身上下被捆得结结实实的，无法动弹。现在，我发现自己来到了安格路的另一头，和来时恰好相反的位置。说起来可能有点怪，我之前从未来过樱草山，也从未想过这里真的确实有一座山丘。这个名字听起来很不伦敦，更像是德文郡的某个村庄或其他一些乏味的田园风光（我讨厌乡村）。但是它，樱草山，就在这里。我沿着公园周围的路走，一直走到了大门前。

当时大概是5点45分，天色已经暗了下来。车流的咆哮声不绝于耳，震得山丘似乎在动。它犹如一个肿胀的肚子，随时准备爆炸，并喷出一些地底的脓液。我好像被这座山丘吸引住了。公园里寥寥无几的几个游客均匀地分布在不同的位置散步，好像特意为了我着想一样。在通往山顶的小路上，一个男人牵着一只黑狗在走。人与狗走路的姿态都像在攀登绞刑架，有一种听天由命的感觉。我沿着山丘脚下的一条小路走，柏油路面因为先前下过小雨而湿漉漉的，在阴沉的暮色中，草坪散发着微微的银光。一切都不正常。地平线的位置不对，山丘在我面前忽然隐现，我有一种想把自己像一张纸一样折叠起来的冲动。

我在小径边缘发现一个物体，大约有六英尺长，由四块喷漆的木板组成。前两片木板在离地约两英尺之处与地面平行，第三和第四片则与前两片呈直角。整体结构用以锻铁制成的外壳加固，有四条腿和两个支柱，支柱将第三、第四片木板与前两片和地面平行的木板稳固贴合。它的两腿间也有锻铁，我想这是为了提升硬度。当然，我知道这是一张长椅，我见过并坐过很多张长椅。但在那一刻，我觉得它是一个蹲坐着的、恶毒的东西，就像一只蟑螂或一只螃蟹，伺机突袭毫无防备的猎物，然后再拖进灌木丛中将其吞噬。我在它面前站了一分钟或更久，它没有逃走，它真的只是一张长椅。似乎是为了检验我的判断，我缓缓坐到长椅上面，把手提包放在脚边，一只手放在臀部旁的木板上，手掌触及的油漆非常粗糙。我缓慢地连做了几次长呼吸，我可以感觉到伦敦涌入我的体内，如同血管的脉动。我闭上眼睛，倾听着城市的隆隆声响。然后我抬起双脚，脸朝下趴着，双臂垂在身侧，起泡的木板紧贴着大腿和胸口。我感觉到龟裂的漆面紧贴着我的双唇。我迟疑地用舌尖去触碰它，尝起来微苦中带着点金属味。木板闻起来像潮湿的森林大地。城市的脉动越来越强烈。我感觉到长椅抬起了我，我们开始在大都会上空翱翔。我紧闭双眼，双手紧紧抓住两侧。伦敦的灯光和街道在下方远处，我们以缓慢的弧线俯冲和倾斜，这真是令人振奋。我不知道飞了多长时间，肯定有几分钟。然后我听到一阵说话声，感觉自己从沉睡中被唤醒了。我睁开眼睛。一个男人正俯看着我。

"你还好吗，小姐？"他说。他的语气有一种紧迫感，表明这不是他第一次询问。

我挣扎着坐了起来。那人身边有一只黑色的拉布拉多犬。也许这就是我之前看到的那个人和那只狗。他的脸上满是关切之情。

"当然,我没事,"我说,"能有什么事呢?"

他冲长椅比了个手势,似乎这充分解释了他的关切。"可能会有人偷走你的钱包。"

这倒是真的。"对,你说得对,"我说,"谢谢你。"

我拿起我的手提包,放在腿上。那人点点头,向我说声"晚安"便道别了。我一直待在长椅上,等他的人影消失了,才站起来离开长椅。

当然,我错过了晚餐。我们家是6点开饭,卢埃林太太一声不吭地把饭菜端给我之后,便在后面背靠餐具柜站着,看着我吃饭。她没有费心去帮我把汤加热,分明是想让我生气,不过我把汤喝得干干净净。她等了一会儿才把我的餐具收走,再端来一盘放在烤箱保温的烤猪肉。餐盘上有三块我素来讨厌的西蓝花,这种蔬菜的颜色就像医院的墙壁。肉汁已变成了片状,就像是纸上干涸的血迹。值得庆幸的是,在我吃主菜时,卢埃林太太没站在我身边。我只嚼了几口肉,把剩下的食物倒进了我的手提包。我稍后会去洗手间把它们处理掉。卢埃林太太回来后,看到我把这样一道不合胃口的菜都吃完了,无法掩饰脸上的惊讶。这算得上是一场胜利,我的奖励是一碗牛奶冻加柑橘罐头。牛奶冻是我最喜欢的一道甜点,完全不需要咀嚼就可以吞下。我喜欢在舌头上含一勺牛奶冻,然后让它滑入我的喉咙,想象它是一艘从停泊处滑入浩瀚大海的小船。我没有碰那些柑橘瓣，它们的形状和质地莫名让人觉得很色情。

趁卢埃林太太还没回来之前，我赶紧离开餐厅走到客厅去。父亲从《泰晤士报》前抬起头来，露出了温和的笑容。

"晚上好，爸爸。"我说。

我知道对像我这个年纪的女性来说，称呼自己的父亲为"爸爸"有点肉麻做作，但这不该被恶意曲解。这只是我一直没改过来的习惯，如果现在改口，我会觉得我是在发表某种要拉开父女之间距离的宣言。再说，也没有其他更称心如意的选择。我总觉得"爸"这个字平民化得可怕，是嘴里一个平淡无奇的灰色音节。而"父亲"在口语上则太过于正式，称呼他的教名又显得过于粗野不雅。谢天谢地，我们还没那么美式。

"哦，你回来了。"他说，"我们刚才还很担心你，我的宝贝女儿。"

我讨厌我父亲把他自己与卢埃林太太合称为"我们"，仿佛他们是某种单一的实体。无论如何，暗示卢埃林太太会担心我的行踪是胡诌乱说。我确定，没有什么比警察通知我被公交车撞倒更让她高兴的了。

"你和年轻小伙子出去玩了，是吗？"父亲在取笑我，我装作什么都没感觉到。我回答说，布朗利先生要我留下来开会。我喜欢假装自己是不可或缺的员工，但实际上，任何一个会打字的白痴都可以做我的工作。父亲说他希望布朗利先生会付我加班费。我在他对面扶手椅的格子软垫上坐下来。

他的目光又回到了腿上摊着的报纸。他正在玩填字游戏。我很享受我们晚上一起度过的时光。我们之间不怎么说话，却沉默得相当自在舒服。即便如此，我也知道我让他很失望。韦罗妮卡才是他最爱的女儿。我敢说，他竭力地想隐藏这一点，有时甚至对我比对她更好，但他从未用看她的眼光来看过我。韦罗妮卡去世后，他活力尽失。无论我怎么努力去讨他欢心，他都无法从这场打击中恢复过来。自然，他在场时，没有人会提到"自杀"这个词。韦罗妮卡只是出了意外，除此之外的其他说法都是对她的玷污。

自从在印度感染疟疾之后，父亲的身体一直就不太好。他是一名工程师，和我母亲结婚后不久，他们就搬到了加尔各答。他的工作是监督横跨胡格利河的豪拉大桥的建造工事。韦罗妮卡在那里出生，由于她肤色黝黑，父亲喜欢叫她"小印度人"。我母亲讨厌加尔各答，当父亲患病，他们不得不提早返回英国时，她很高兴。1940年，他们启程回国，由于她当时正怀着我，我猜我身上也有一点点印度的印迹。妈妈总不厌其烦地跟我说，在旅途中不知道晕船和孕吐哪一个更糟。在余生中，她把一切都归咎于印度。如果在街上看到包头巾的印度人,她会把脸转过去,或者用手帕掩住鼻子。

我问父亲我能不能帮他做填字游戏。

他说:"恐怕我被卡住了。"他读出了一条线索。

"哗众取宠。"我说。这是我们父女间的小玩笑,每次他读出填字游戏的一条线索,我就用这个词来回答。

"有九个字母,亲爱的,第二个是A,第七个也是A,"他复述,"肢体卡在生病的法国果酱里(Limb stuck in sick French jam)。"好像每一个音节都有重大的意义。他已经跟我解释过上百次填字游戏晦涩难解的密码,但对我来说,那无异于我听不懂的孟加拉语。对我来说,填字解谜就是吃力不讨好的事情。父亲和韦罗妮卡常常在冬夜花几个小时以埋首拼图解谜为乐,盒盖上印着的图案通常是一栋豪华古宅,要不然就是一座火车站。既然你已经看到了答案,那么为何还要花几个小时把所有拼图拼起来呢?每当我表达这个观点时,他们就会绝望地翻白眼,然后继续一言不发地分类和筛选拼图。然后,有一次,趁他们不在房间里,我把三块拼图藏在手心,第二天在去学校的路上把它们扔进了下水道。事后,当他们发现拼图不完整时,我感到非常害怕和羞愧。但他们都没有指责我拿走了拼图,可我怀疑他们知道那是我干的。

父亲靠撰写与桥梁有关的书籍来补充退休金。我们回到英国后,他写了第一本书《印度大桥》,以自娱自乐。写完后，他原本打算将其作为专著出版，所以当一位出版商找到他，向他保证这种主题有市场的时候，他感到很惊讶。那本书算得上成功，经过一番利诱和劝说之后，父亲又出版了一系列类似的书籍，包括《非洲大桥》《美国大桥》等，俨然成了桥梁爱好者圈子中的名人。当然，对于这种成功，他一直都谦虚低调。直到不久前，他还在土木工程学会上做讲座。还是小女孩的时候，韦罗妮卡和我经常被带去参加这些讲座。讲座通常在有木镶板的会议室或教堂礼堂举行，听众则清一色是穿着西装外套和粗花呢套装的白发男人。爸爸会带着某种自豪感宣称，唯一读过他著作的女性就是韦罗妮卡。他的讲座都用同一套开场白开始：工程师和诗人的不同之处在于，工程师认为桥梁是一道数学题；而对诗人来说，桥梁是个象征。接着，他会说，他是一名工程师，但对他来说，数学里自有诗意。这种观点总是得到低声赞许，有时甚至会博得零星的掌声。我很喜欢看父亲谦虚地微笑，目光低垂，以感谢这种赞许。不过，近年来，他因为身体不好，已经没办法再参加这类活动，就连家里的两层楼梯对他来说都已成了一种折磨。他每写完一本书都发誓要封笔，但不管怎么说，七大洲快被他写完了。

"橘子酱（marmalade）！"他忽然大声宣布，"肢体（limb），是指手臂（arm）。卡在生病的果酱里：法语中的生病（sick）

就是果酱（malade）。你懂了吗？"

"哦，是的，当然啦。"我说。

他写下答案后，开始读下一条线索。

我站起来，在他脸上亲了一下，说我要去睡觉了。我们的公寓有两层楼，第一层是玄关、厨房、洗碗间、餐厅、客厅、父亲的书房、一个洗手间，第二层是公寓顶楼，有三个卧室，以及一间储藏室和浴室。卢埃林太太住在韦罗妮卡以前的房间，我的卧室则在她和我父亲的卧室之间。卢埃林太太受到严格的指示，绝对不能进入我的卧室，但我仍会上锁，房门钥匙放在手提包里随身携带。不过，晚上我会让门虚掩着，以确保他们两个人之间不会发生任何有意思的事情。我的脏衣服放在门外的藤篮里。

我换上睡衣，在梳妆桌上的镜子前卸下脸上的残妆。我眼角周围已出现细纹，我用手指拉伸皮肤，企图让它们消失不见。我马上就要变成老太婆了。我下定决心，一定要多吃新鲜水果和蔬菜。

布雷思韦特研究之一：早年生活

1925年2月4日，阿瑟·科林斯·布雷思韦特出生在达灵顿。他的父亲乔治·约翰·布雷思韦特是当地一位成功的商人。乔治出生于1892年，来自铁路工人家庭。跟他的父辈一样，他矮胖敦实，胸肌发达。从照片上看，他年轻时是一个英俊的小伙子，浓密蓬松的乱发下有一双热忱的黑眼睛。一战期间，乔治在凡尔登打了两年仗并活了下来，1917年，他被炮弹碎片击伤，然后被送到萨西克斯郡的一家诊所救治休养。正是在那里，他遇到了诊所的护士艾丽斯·路易斯·科林斯。

艾丽斯是附近村庄埃钦汉教区牧师的女儿。她当时才20岁，有一头金发和温柔的棕色双眸，漂亮迷人又不谙世事。乔治用他在前线的冒险经历，以及在化名"达洛"的达灵顿的成长故事讨她欢心。滔滔不绝的北方人乔治和伦敦周边一个郡里的矜持女孩站在一起,难称般配,但在艾丽斯休假的时候,他们会在周围的乡村散步。后来,乔治彻底康复了,马上要被遣返前线,在离开的前一天晚上,他向艾丽斯求婚。羞怯的艾丽斯既不敢接受,也没办法拒绝,乔治甚至连她父亲都没见过。"可是谁会不认可我呢?"乔治反问道。结果,战争仅在几周后就宣告结束了,乔治仍然穿着军装,来到埃钦汉的牧师住处。他机敏地扮演恭顺的未来女婿,一边喝茶,一边对自己在战场的战功表示自谦(他曾三次凭借英勇的表现而受到表彰)。很快,他就得到了他想要的答案。六周后,在艾丽斯父亲的见证下,这对情侣在当地教堂举行了婚礼。

新婚夫妇回到达灵顿,在卡特梅尔特伦斯租了一栋红砖排屋,这房子楼下有两个房间,楼上有两间卧室。乔治在克拉克庭院开了一间五金店,不到两年就搬到了斯金纳门这条繁华大道上,有了更大的店面,后来又在杜伦郡、哈特浦和米德尔斯堡开设分店。事实证明,他是一个精明的商人。在阿瑟人生的最初几年,他都睡在父母卧室的婴儿床里。对那段岁月经历的记忆显示出他的早熟。他后来写道,那栋房子"又黑、又冷、又潮湿",当夜晚父亲在旁边的床上发出野兽般的呼噜声时,他会假装自己睡着了。他渴望爬上床和母亲睡在一起，却又害怕躺在她身旁的"野兽"。

阿瑟排行最小，上面有两个哥哥，大哥小乔治（生于1919年）和昵称泰迪的二哥爱德华（生于1920年，以艾丽斯父亲的名字命名）。当阿瑟准备开始上学时，全家已经搬进了柯克顿富裕社区边缘的韦斯特兰兹路。在这栋半独立式的房子里，阿瑟终于有了自己的房间，可以俯瞰小小的后花园。乔治总是不厌其烦地提醒任何听他说话的人，尽管出身低微，但现在他跻身"有产阶级"了。他加入地方商会和保守党俱乐部，甚至在1931年和1935年的大选中作为他们的候选人参加选举。

然而，艾丽斯发现自己适应不了达灵顿的生活，矜持沉默的个性让她很难交到朋友。乔治从早到晚忙着经营各家分店，周日又会带着三个儿子在附近的北约克沼泽公园进行长时间的远足。艾丽斯原本在埃钦汉的生活一直以教会活动、村落庆典以及安宁的阅读和写信为主，所以觉得北方崎岖的地形和粗犷的口音令人生畏。在结婚几个月后写给她姐妹的信中，她写道："这里的一切都是那么阴暗，我觉得自己像是一群乌鸦中的一只麻雀。"乔治是个精力旺盛、性格开朗的人，他对妻子的内向性格越来越不耐烦。"你需要出去走走，到处看一看，小姑娘。"他会对她说。当初他身上吸引艾丽斯的那些特质，现在看来反而像是对她的指责。

乔治从不肯休息放假。他坚持认为，客户如果去了别的地方消费，就再也不会回来。艾丽斯每年两次回南方去看望她的家人。然而，年复一年，她待在娘家的时间越来越长。1935年夏天，她的父亲中风了，从此卧床不起，艾丽斯以此为借口滞留娘家不归，从此再也没有返回过达灵顿。十岁的阿瑟对母亲的离去感觉强烈，但他父亲以典型的实用主义态度来应付这个变化，并雇了麦凯太太当管家，让她住进家里，管理所有的家庭事务和杂务，以维持这个家庭的日常运转。

阿瑟比泰迪小五岁，因此与两位哥哥并不亲近。小乔治与泰迪形影不离，对小弟弟却兴趣不大。阿瑟如果跟着哥哥们去钓鱼，或是周六下午跟哥哥们进城，哥哥们就会利用一切机会让他知道他是个惹人嫌的拖油瓶。到了1935年，两个哥哥已经从学校毕业，并在他们引以为豪的布雷思韦特父子五金店里工作。艾丽斯写了很多信，恳求乔治准许阿瑟在学校假期里去看望她，但乔治不同意这个想法。"如果她真那么想见你，完全可以自己搭上该死的火车回来。"于是，关于这件事情的讨论就到此为止。阿瑟对父亲的决定没有异议，只能在夜里对着枕头啜泣，既渴望母亲，又因母亲抛弃他而感到气恼。

阿瑟天生患有晶体散光，所以从小就戴着厚厚的眼镜。有一段时间，他遭到了无情的霸凌，因为他有一种不管不顾、不计后果的态度，不惮于挑战欺负他的人，于是在被打碎了无数副眼镜后，终于没人来招惹他了。不过，跟他母亲一样，他发现自己很难交到朋友，索性独来独往，转而投向书籍的怀抱，他喜欢阅读W. E.约翰斯《空中冒险家比格斯》以及其他的冒险故事。多年后，他在彼得·布鲁克执导的电影《蝇王》（1963年）中看到修·爱德华兹饰演的猪崽子时，他觉得看到的是童年的自己："一个完全无法适应环境的人，试图跟一些不讲道理的人讲道理。"这是一个贬义的自我评价。实际上，从照片上看，除了他厚厚的瓶底眼镜片，他其实是个相当英俊的小男孩，只是长相有些过于老成，直到快成年时，他的五官才开始与年龄相符。

和许多白手起家的人一样，乔治·布雷思韦特没有接受过多少正规的教育，但儿子阿瑟在学校的表现非常优异。虽然阿瑟没办法在足球场或田径场上与他人竞争，但至少可以在课堂上大放光彩。他特别乐于欣赏操场上的恶霸因为无法阅读基本的句子，或不会做长除法而当众出丑。大家开始把他看成一个脑子聪明的人，他是三兄弟中第一个上文法学校的。在12岁时，阿瑟第一次意识到要走出哥哥们的阴影，成为"他自己"。如果乔治对儿子在学校的学业有任何的骄傲自豪，那他也没有表现出来。对于学校成绩单，他也只是随便看一眼，就用一句"当你来给我干活时，这些都没有意义"

打发了。这样的评价只会让阿瑟更加坚定要选择自己的人生道路的决心，但就目前而言，除了每周六到他父亲位于斯金纳门的店打工，他别无选择。这至少为他提供了微薄的收入，让他在1939年暑假存够了钱，能第一次搭火车去伦敦，再转车到海斯汀斯，然后再搭便车到13英里外的埃钦汉。他母亲在牧师住所的后门看到他时，忍不住跪在地上开始哭泣。阿瑟不习惯看到这种直接的情感表露，所以只是呆呆站在一旁看着。他后来写道，母亲的情绪太过激动，让他感到尴尬。"我想我原先并不知道会发生什么。当时我还没发展出从他人的角度去看待世界的能力。"不过，当他的母亲仍然以跪姿拥他入怀时，他觉得"她拥抱的不是我，而是另一个已不复存在的我自己"。但是，她头发的味道让阿瑟变回了以前的自己，在他逗留的时间里，他"扮演妈妈的乖宝"，因为他觉察到这是他母亲希望他成为的样子。他说："变回孩子是一件很开心的事，不用像在我父亲的屋檐下那样，假装对所受到的冷落轻视无动于衷。直到那时我才明白，原来在家里我也一直在演戏。"

阿瑟发现母亲变了很多，她以前就一直很由条，现在却瘦成了皮包骨。她还经常心不在焉，丢三落四，而且每次发生这种情况她都很沮丧，她会喋喋不休地告诫自己，并责备无生命的物体为何没有待在它们本该待的适当位置上。科林斯牧师在两年前去世了。艾丽斯没有把这个消息告诉与她两地分居的丈夫，大概是不想毁了她滞留埃钦汉的表面理由。

当阿瑟回到达灵顿时，父亲开除了他，不让他继续在店里工作。阿瑟毫不在意。现在他既然已经见过了母亲，就不那么需要钱了。他从皇冠街的公共图书馆借书，有空就在可卡贝克附近的绿地丹尼斯看书，从那里到韦斯特兰兹路走几分钟就到了。那是个幸福、纯洁的夏天，可惜因为9月战争爆发而结束了。小乔治和泰迪立刻入伍从军，1943年阿瑟也应征入伍，但他因为视力不佳而被免于上战场。他被分配到医务兵队，担任医疗队的勤务兵，直到战争结束。1944年6月6日，在诺曼底登陆中，泰迪战死于黄金海滩。大小乔治似乎都为此埋怨阿瑟，似乎没上过前线的他该对哥哥的死亡负有某种责任。

战争结束后，阿瑟违背父亲的意愿，接受了在牛津大学攻读哲学的奖学金。他选择哲学的原因无非是它的抽象本质代表了他父亲秉持的北方教条主义的对立面。不出所料，他无法与大多毕业于名校伊顿公学和哈罗公学的学生打成一片。正是在这里，他第一次开始使用自己的中间名。"阿瑟·布雷思韦特"听起来像是无可救药的北方佬，而"科林斯·布雷思韦特"就带有某种庄重感。阿瑟刻意拉长他原本扁平的杜伦郡元音，并抽起了烟斗，而非伴随他长大的伍德拜恩牌香烟。当然,这些全是装腔作势,不过他倒是从中找到了某种自由。在牛津,他想做什么就做什么,想成为什么样的人就能成为什么样的人。他意识到,他所认为的那个自己,不过是一个人为的构造。你无法把人与其所处的环境割裂开来,人与其所来往的对象也亦然。到那时为止,他的身份,或者是他自以为的身份,不过是对他所受教养的一种反应,而攻读哲学也不过是将自己与父亲区分开来的一种肤浅尝试。

他的第一位导师是哲学家以赛亚·伯林。在第一个学期中,或许是被他天生的聪颖和无所畏惧所打动,伯林对他很宽容。然而到了秋季学期之初,布雷思韦特向伯林提交了一篇以笛卡尔为主题的论文。伯林只读了几句,就严厉批评了他,说他的思维很松散,没有系统性,他的论文并没有贴近文本,而是在表达个人毫无根据的看法。伯林的本意应该是鞭策学生更进一步,但布雷思韦特对此反应过度。或许伯林的批评让他想起了父亲批评他时的恶语相加,或许他只是太固执而听不进去教诲。在成长过程中,他一直坚信自己是个孤独的天才,他没有发展出"自己的想法要接受质疑"的成熟度。这是他在学业上的第一次挫败。在接下来的几个月里,他完全不能适应的一点是,作为大一学生,没有人期待他有任何原创观点。或者,更令人不安的是,他比他所想象的更像他的父亲,研究哲学所需的那种抽象思维对他来说并不容易。无论如何,在挣扎了一年半后,他退学了。布雷思韦特没有向他的父亲坦承这个耻辱。他先跑去伦敦,做了一系列卑微的底层工作。

然后,1948年的葡萄收获季结束后,他在法国与一群居无定所的朋友结伴同行。经历过牛津脱离现实生活的高雅氛围后,现在他喜欢上了体力劳动和工人之间的友谊。他不但学会了法语,而且很享受法国人随性轻松的性爱氛围。在那之前,他写道,他的性经验仅限于自慰,得到满足后不是"来一支事后烟",而是翻滚出一波波的愧疚、罪恶感和"被发现"的恐惧。在法国,如果遇到情侣在树篱下或外屋里翻云覆雨,似乎没有人会介意。"我回到英国后才发现,"他有些失望地写道,"性行为应该在室内进行。"但他还是回到了英国。

他在南安普敦附近的奈特利英国陆军基地,也就是他战时服役的地方,找到了一份工作。那里曾经是一个拥有2 500张床位的庞大综合建筑群,现在缩小了规模,专门收容心理上有创伤的退伍军人。疗养院的管理机制是个噩梦,住院患者被困在胰岛素诱发的昏迷中。由于担心光亮引起癫痫发作,病房里一片漆黑,以至于医生们不得不戴着头灯进出。那里禁止工作人员与病人交谈,反之亦然。

正是在这里,布雷思韦特第一次见到苏格兰精神病学家罗纳·戴维·莱恩。莱恩对他们的相遇毫无印象，他没有理由记得，但他给这位年轻的勤务兵留下了深刻的印象。在那之前，布雷思韦特不假思索地认可："疯子就是疯子，唯有穿白大褂的人最了解他们的状况，并为他们的最佳利益着想。"但旁观莱恩工作彻底改变了布雷思韦特的认知："他的行为不像医生，走路不像医生，甚至说话都不像医生。"莱恩的方式确实很激进，他与病人平等对话，甚至征求他们对治疗的意见。简而言之，他把患者当成一个个具体的人，而不是没有自由意志的活尸来对待。对莱恩和布雷思韦特来说，奈特利的经历都至关重要。莱恩后来写道："我开始怀疑胰岛素和电击疗法，更别提脑叶切除术了。另外，精神病院的整体环境才是摧毁一个人和把人逼疯的方式。"

在奈特利，布雷思韦特"逐渐明白，医院并不是雇我来当护理人员，而是雇我来当监狱看守的，被囚禁在里面的人没有一个犯了罪，却被关押在哪怕是最清醒的人都会被逼疯的环境里"。

1953年，莱恩离开了奈特利，布雷思韦特比他多待了几个月，但他发现这种环境已经影响到了自己的精神健康。他不断做噩梦，在梦里他变成奈特利精神病院的一名患者，他开始发现明亮的户外空间有压迫感且令人恐惧。这段经历让他决定重回牛津大学，他顺利申请到实验心理学研究所在

1947年设立的心理学、哲学和生理学课程项目。他的研究使他能够以一种全新的眼光去看待自己的人际关系。在回忆录《我的自我，以及其他陌生人》中，他写道："我父亲讲述他的战时经历，就好像在说面向男孩的那些杂志上的冒险故事，'到处都有炮弹砸下来。咔，砰！人被炸得四分五裂。我们陷入膝盖深的泥浆、血液和内脏堆中，子弹从四面八方呼啸着飞过'。即便在我还是一个小男孩的时候，我也没有怀疑过，所有的英勇事迹都是一副面具，掩盖住了他曾遭受的创伤。而且他坐不住，静不下来，这其实是一种逃避，逃避追逐在他身后的恶魔。"

在65岁生日那天，乔治·布雷思韦特驾驶他的捷豹马克七型汽车到北约克沼泽公园，先在乔普盖特的巴克旅馆喝了一品脱苦啤酒和一杯威士忌，然后驱车四英里到了方戴尔贝克，拿出儿子从战场上带回来的恩菲尔德二号左轮手枪，把枪管含在嘴里开枪自杀，身后没有留下只言片语。小乔治很快就卖掉家族企业，不到五年就酗酒而死。即使在小乔治死了十年后，布雷思韦特对哥哥也依然没有半分同情和怜悯："他就是个恶霸，而且当他意识到自己的人生之船行将倾覆时，一切为时已晚。"

这些年来，布雷思韦特依然不定期地去探望母亲。艾丽斯已经搬到她的姐姐家住，看上去过得称心如意。但随着时间的推移，她越来越记不得自己的儿子。她经常一连几天或几周躺在床上。最终，她完全不认识阿瑟了，他也不再去看望她。如果他为此感到忧伤苦恼，他也没有表现出来。"我母亲，实际上已经死了。如果现在有人栖居在她曾经的身体里，这与我又有什么关系呢？" 1960年，艾丽斯溘然长逝，尽管布雷思韦特的姨妈苦苦哀求，但他还是没有去参加母亲的葬礼。

第二本笔记

我十岁生日那天，也像韦罗妮卡一样，收到了一个五年的日记本。那是一个厚厚的小笔记本，封面是红色的人造皮革，配有搭扣。那天晚上，当我坐在床边，用手掂量着日记本时，我才意识到这把锁的重要意义：这是一种首肯，表示我已经长到了被允许拥有秘密的年龄，可以拥有不跟家人分享的想法。当然，这些都是骗人的鬼话。自从记事以来，我就一直有一些不怀好意的、恶毒的念头，现在这把小锁给了我这些想法一种许可。在这个日记本里，我可以直言不讳地记录下我的这些念头。

奇怪的是，据我所知，男孩们不会收到这样的日记本。男孩们并不复杂。他们会成群结队地大喊大叫、打架或追赶着各种球跑，**总是**吵吵闹闹，而我们女孩则坐在一旁，怀揣着怨憎。男孩不需要秘密，他们有什么想法都满不在乎地倒出来，女孩则需要保护自己的隐私。打开腿上的日记本时，十岁的我模模糊糊地意识到这一切。日记本的偶数页分成四个部分，奇数页分成三个部分，现实生活的每一天被分配到的纸上空间是两根手指的宽度。如果说我现在被允许拥有秘密了，那么显然，我的秘密不能太多。然而，显而易见的是，这个漂亮的新日记本是一个陷阱。送给我笔记本不过是希望我在纸上吐露心事。我很自然地认为我母亲会读它，就像我会偷看韦罗妮卡的日记本一样（只需要用一根黑色小发夹轻轻扭转即可开锁）。

我姐姐的日记内容始终积极向上。她记录在校的成绩（永远优异）、图书的读后感（永远乐观积极），还有对家庭的感受（永远相亲相爱）。我以前从未想过韦罗妮卡可能没有写出事实的全部真相，她可能对一些更黑暗、更恶毒的想法讳莫如深。你看，韦罗妮卡人很好。我甚至不需要小心谨慎地刻意掩饰偷看的行为。她是那么单纯天真，她永远不会怀疑有人会如此狡诈地辜负她的信任。我没她那么天真。我想用秘密把日记本填满的欲望消失了，但我意识到，什么都不写只会让人家以为正是因为我的想法过于邪恶，所以没办法白纸黑字写下来，空白恰恰会成为确凿的证据。于是，在填好扉页上的个人信息后，我开始写了。第一篇日记的内容如下：

1951年6月10日　周六

　　今天是我的十岁生日，我收到了这个日记本。未来五年里，我将在这个日记本中忠实地记录我的想法和感受。我还得到了一件新衣服，明天我要穿上它。今天下午，我们去了里士满公园，爸爸给我买了一个冰激淋。当时天气晴朗，但后来天公不作美，下起了毛毛细雨，我们不得不跑到树下躲雨，妈妈说我们出门时本该带伞。

在接下来的两年中，我的日记基本上都维持这种风格。每篇日记都从当天的天气写起，然后是一系列对学校生活、晚餐吃什么的真实评述，周日还会写韦罗妮卡和我去哪里散步。曾经有几个月，我对鸟类学产生兴趣，于是记录了我观察到的鸟类品种。无论是谁读了这些平淡无趣的傻话，他或她都完全有理由认为我是这个世界上最无趣的小姑娘。然而，我的日记实际上是我的一部虚构作品。我像个小说家一样塑造出一个人物角色，而且这一切完全是为了读者着想。不能说我写的内容不是真实的，至少就我的记忆而言，这些事情确实发生过。只不过这些内容综合在一起，形成了一种虚假的印象。真相不在于我写了什么，而在于我没写什么。

　　12岁生日过后，我渐渐不怎么写日记了。我不记得我做过停笔的决定，我想我只是觉得无聊了。有一天晚上吃饭时，我母亲用随意的语气问我是否还在坚持写日记。"当然在写啊。"我知道她不敢反驳我，所以甜甜地这样答道。"那很好，"她说，"把事情写下来很重要。等你长大了，很多事就都不记得了。"重读我小时候胡乱写的那些日记，读到1952年10月20日我看见一只棕柳莺并记录下来。记录一件事会赋予它某种程度上的重要性，但大体而言几乎所有事情都没什么意义，甚至对当事人来说，写下来也不过是徒劳。

然而，现在，我有了不同的看法。这并不是因为我认为我的生活变得更加重要了，而是因为房间可以上锁带来的安全感，让我再也没必要进行自我审查。我若想写下色情的文字和肮脏的念头，我完全可以这么做。毕竟，如果不能诚实以对，那么写日记的意义何在呢？回顾迄今为止我所写的东西，我甚至不确定我是否仍受制于得体感，是否仍受制于我母亲在我背后偷窥的念头。我只能说，从现在开始，我不会再有任何保留了。

（笔记本接下来的两页被撕掉了。）

自杀，把我们都变成了马普尔斯小姐[1]。人们不禁去寻找蛛丝马迹。自然，我们会从过去翻找，毕竟自杀的人也只拥有过去。正如我所说，大家会认为韦罗妮卡是世上最不可能自杀的人，就算没有别的原因，仅就她是一个单调至极的人而言，便足以如此判断。人们认为自杀者是性情狂热又备受折磨的鲁莽者。韦罗妮卡却完全不是这样的，至少，她看起来不是这样。但或许她呈现给这个世界的形象，和我在童年日记中所创造的形象一样是虚幻的。或许，还有另外一个韦罗妮卡，被她小心翼翼地锁起来了。像韦罗妮卡这样的人从铁路天桥上纵身跃下的时候，人们不禁要对他们另眼相看了。他们突然之间变得更有趣了。事情一旦被置于放大镜下检视，就连最无害的事件也会呈现出新的面貌。

有一件事我承认我不以为荣，那就是在听到姐姐"精神崩溃"的消息时，我曾经暗自叫好。当时她23岁，正在剑桥攻读博士学位，她不但在此前毕业时拿到了一级荣誉学位，还与一位方下巴的大学教师订婚了，二人的感情如胶似漆，让人恶心，而她看起来很享受。几周前，她把这个书呆子带回家吃周日午餐，这真是件前所未有的事。然而，当彼得问

---

[1] 马普尔斯小姐，英国著名侦探小说家阿加莎·克里斯蒂（1890—1976）创作的经典人物，她是一名业余侦探，在阿加莎的作品中多次出现。

我父亲是否可以跟他在书房里谈一谈时，我意识到有更加不祥的事情即将发生。当男人们在书房密谈时，我和韦罗妮卡在客厅里沉默地坐着。我责备地望向她，但她避开了我的视线。卢埃林太太拿出了酒杯和雪莉酒醒酒器，在和平年代，这些器具只有到圣诞节才会拿出来。这让我怀疑她是否事先就知道有客人要来。当然，她不会自作主张地端上雪莉酒。没过十分钟，两个男人回来了。韦罗妮卡站起来，满怀期待地看着父亲。他笑了笑，给了她一个热情的拥抱，这在我们家又是前所未有的事情。然后他简短地发言，欢迎彼得成为我们家的一分子，并祝福这对共谋者百年好合。他们紧挨着坐在沙发上，就像是给《尚流》杂志拍广告一样，韦罗妮卡紧抓着彼得肉乎乎的大手放在大腿上。父亲坚持让卢埃林太太和我们一起喝杯雪莉酒，她恪尽职守地迟疑了一下才表示同意，喝完酒又匆匆忙忙地回厨房烤肉。

我想我本该为姐姐高兴的，但是又忍不住想，她这样做不过是为了想赢我而已。她不仅征服了学术界，而且还不知怎的找到了一个非常适婚的丈夫。所以，当她"精神崩溃"的消息传来时，除幸灾乐祸外，我没有别的感觉，这真不能怪我。终于，她完美的伪装出现了一道裂缝。

周日早晨，父亲和我开车去剑桥郊区的疗养院，韦罗妮卡就住在那里。一路上，我们俩基本上没说话。父亲把没有点燃的烟斗叼在嘴里，习惯性地遵守交通法规驾驶。他认为，韦罗妮卡一定是因为成就太高了才不堪重负。我则一直盯着赫特福德郡平平无奇的风景，靠想象疯人院的景象自娱自乐。我幻想着病人们被铐在墙上，身上的病号服沾满了呕吐物和粪便的脏污，令人毛骨悚然的尖叫声划破天际。穿着油腻皮革马甲的、身材粗壮的管理员在走廊上巡逻，时不时停下来殴打那些卑躬屈膝的可怜虫。我想象着韦罗妮卡呆若木鸡，流着口水，对周围的混乱无动于衷，语无伦次地喃喃着数学公式。我想象着自己也被关在房间里，在木板床上扭来扭去，被紧身衣紧紧箍着，两腿之间绑的带子给了我某种隐秘的满足感，韦罗妮卡才体会不到这种束缚带来的乐趣。

当我们的车子驶进柏林顿疗养院的车道时，我失望至极。这里与其说像疯人院，不如说更像《蝴蝶梦》里的曼德利庄园。当我们把车停在门廊外的碎石路上时，我甚至半信半疑地期待着《蝴蝶梦》的男主角迈克西姆·德·温特会跑出来迎接我们，几只长耳猎犬围在他脚边欢呼雀跃。但是，我告诉自己，不要被外观迷惑，谁知道里面有多么恐怖呢？新鲜水果是治疗所有心理失调的良药，父亲在福南梅森百货公司订购了一篮水果，他让我从汽车后座上取出来。他按了门铃，我们站在离门有一段距离的地方，以免被人当成不知礼数的杂役。一个梳着发髻、臀部硕大的女人出来应门，父亲讲述了来意。我们被领进一个有方格瓷砖和宽大楼梯的走廊，并被要求在一本访客簿上签名，我在上面签了假名。护士长带领我们沿着走廊走到一间大会客室，透过房间里的法式落地玻璃窗，可以看到露台和斜坡草坪。

韦罗妮卡坐在一张皮革扶手椅上读书，她给我的印象是她知道我们要来，所以故意摆出这副姿态。看到我们后，她佯作惊讶，站起来，大步上前穿过房间。她穿着奶油色上衣、羊毛裙和平底鞋。遗憾的是，她似乎并没有被粪便弄得脏兮兮，也没有呕吐在身上的痕迹，不过我满意地注意到，她至少瘦了，双眼深陷于眼窝之中。

她伸出双手。"爸爸！"她说，"你真不该大老远跑来。我很好，什么事都没有，不过就是小题大做罢了。"

我躲在父亲身后，紧紧抓住水果篮。

"还有你！"她看到我时说。她伸出手来，我和她的手指紧紧相扣了片刻。

她英俊的未婚夫从她身后走了过来。他和我父亲用力地握手打招呼后，叫了我的名字，并亲吻了我的双颊，好像他是法国人一样。"她情况很好，不是吗？"他强调说，"她很快就会康复，回到我们身边。"

"实际上，我还挺喜欢这里的，"韦罗妮卡说，"或许我要装得更像个傻子一点，好在这里待久一点。"她把舌头从嘴边伸出来，翻了个白眼，以示疯癫。我们全都哈哈大笑。

手忙脚乱地拉来扶手椅之后，我们四个人围着一张小咖啡桌坐下来，形成一个松散的圆圈。我把水果篮放到桌上，韦罗妮卡看了一下篮子里的东西，念出每个水果的名字，好像她是伊甸园的夏娃似的。别人要是看见她这样，会以为她以前从未见过菠萝。

"你瘦了很多，亲爱的。"父亲说，"我相信这就是一定要带水果篮的原因。"他转向那个书呆子："你确保她会吃东西的，对吗？"

"一定会的，先生。"他答道，说得好像韦罗妮卡是一种养肥后送往屠宰场的家畜。

我环顾了一下房间。一个穿着睡衣披着睡袍的年轻人坐在窗边读书。他似乎对我们的闹腾无动于衷。如果有人看见他穿着便装坐在咖啡馆的角落里，绝不会把他当成一个疯子。当父亲向彼得询问疗养院餐食供应怎么样时，我站起身来，在房间里转了一圈，然后故意在法式落地窗前停下。

"你应该到外面去。"我对那个年轻人说。这正是我妈会说的那种惹人嫌的话。

他缓缓抬起头，但似乎并没有看我。我双腿交叉地站着。

"今天的天气真好，"我解释说。

他神情恍惚地看向窗外。"是啊，"他附和，"我想是的。"

我拉过一把椅子,背对着我的家人坐下,反正他们也没注意到我不在。年轻人坐在椅子上,身子前倾,好像要对我说些什么。他的书掉在了地上。那是一本法语书。多让人激动啊!他没有明显精神错乱的迹象,不过问他为什么"进来"似乎是不礼貌的。他身上有一种浪漫主义的气息。或许他只是心碎了。

我告诉他我的名字。"那边那位是我姐姐,"我低声说,"她精神崩溃了。"

"哦,韦罗妮卡,"他回答,肉眼可见地变得活跃起来,"她人很不错。"

"是的,"我说,"但心神不宁。"

"我以为她在剑桥念书。"

"哦,天啊,她这样跟你说吗?"我说,伤心地摇了摇头,"你不要相信她说的任何一个字。"

小伙子朝那边团聚的家人瞥了一眼。"那她的未婚夫呢?"他说。

"她的未婚夫?那是她的医生,**私人**医生。我父亲是个百万富翁。"

他茫然地看着我。

"你没有告诉我你的名字。"我说。

"你是护士吗?"他怀疑地问。

"不是,"我说,"我不是这里的人。"

"我叫罗伯特。"

"哦,罗伯特,"我用法语的发音方式念出他的名字,"你想去露台上走一走吗?"

他转头往外瞥了一眼。"我不确定这是否违反规定。"

我站了起来。"好吧,我要到露台去转一转。"

我以为他会站起来和我一起,但他只是把书从地上捡起来。我咯咯作响地晃动法式落地窗的把手,它被锁住了。我盯着它看了一会儿,然后又试了一次。如果只是为了证明自己,就要沿着走廊走回去,走到前门,再绕到疗养院后面,未免太麻烦。

"对了,马上就阴云密布了。"我说。

罗伯特似乎没有听到,他的注意力又回到了书上,只不过他把书拿反了。我回去找我的家人,当我坐下时,他们没有一个人看我一眼。一位五十多岁的医生正在对他们讲话,他面色红润,嘴角有一个刮胡子时剃须刀造成的小伤口。他说,韦罗妮卡只是需要好好休息一段时间,两三个月后就会恢复到以前的样子。这种情况在自我要求过高的年轻女性身上很常见。他没有指明"这种情况"到底是什么,但我没有问,我父亲也没有问。韦罗妮卡笑得很开心,似乎她为自我要求过高而感到自豪。

返程时，父亲坚持我们要在路过的一家小饭店停下来吃一顿迟来的午餐。他的精神好了很多，吃了牛排和腰子布丁，还喝了半品脱的啤酒。我吃了一块猪排和一份新上市的土豆，上面涂了一层厚厚的奶油，足以让我的臀部再肥一磅。除了对我们周遭的环境点评几句，我们吃得很安静。我和父亲从来没有多少话可聊，但这也恰恰是我们的父女感情得以维系的关键。我们没必要用毫无意义的闲聊来填补我们相处的时光。我环视整个餐厅，好奇其他食客会不会把我们当成一对情侣。

在那个时候，我对这件事没做过多的思考。不过就是出了一趟伦敦城而已。韦罗妮卡如她的书呆子未婚夫预测的一样，几周后就恢复了正常。这件事便再也无人提起。然而，她死后，我忍不住想，精神崩溃是否就是她后来自杀的预兆。我想，我们常常审视过去，好为现在发生的事情做解释。据我所知的一点皮毛，翻检过去的经历是暗黑精神病学艺术的一个重要组成部分。过去的经历里埋藏着蛛丝马迹，只有高深莫测的大胡子医生才能破译。

布雷思韦特医生没留胡须，而且迄今为止对我任何隐藏在过去的宝藏没有表现出任何兴趣。我承认，在跟他第一次见面之后，我觉得自己真是一个可怕的、自作聪明的人。从表面上看，他似乎完全被丽贝卡牵着鼻子走。然而，在这一周里,我逐渐明白我的计划是有失误的。除了体验到他的人格魅力,我没有发现任何实质性的东西。丽贝卡·史密斯必须用更多的东西来武装自己,而不仅仅是一种隐约的不适感。我决定,她必须有一种自我毁灭的倾向。整整一周,我都在心里默想我们之间可能的对话。我睡觉时在梦里见到的是科林斯·布雷思韦特,我醒来后第一个想到的也是他。

我不能再演戏了,也不能再穿破洞的丝袜或顶着一头乱蓬蓬的头发。从现在起,我将尽可能地在可行的范围内保持真实。从某种程度上来说,替丽贝卡准备第二次咨询让我很开心。我从大衣口袋里取出那条漂亮整洁的领巾。她的妆容应该是无可挑剔的。当我在布朗利先生办公室外的洗手间的镜子里检查自己时,丽贝卡看起来就是个都市女孩。若不是肩负着沉重使命,我可能会觉得整件事有点像一场恶作剧。

在前往乔克农场站的火车上,一个身着浅灰色西装的男人对我笑。我没有像平时那样躲避,反而迎上了他的视线。这是丽贝卡会做的事。他完全不加掩饰地盯着我看。他看起来非常体面,四十几岁,双鬓微白。一只胳膊上挂着一件折叠雨衣,右手拿着一份《泰晤士报》。他的目光在我的膝盖上停留了片刻,然后慢慢地往上扫过我的身体,最后停留在我的脸上。他的嘴唇上挂着一丝令人疑惑的微笑,并挑起了一边的眉毛。我用手摸了摸自己的脸,以掩盖脸颊上的红晕,然后把视线投向了车厢的尽头。这趟旅程剩下的时间里，我觉得他一直在看我。我不禁好奇，难道幽会就是这样开始的吗？快到站时，我朝他的方向瞥了一眼。让我失望的是，他正在全神贯注地看报纸，早已忘了我。我下车时，他甚至头都没有抬一下。我想我没把这个游戏玩对。尽管如此，我还是感觉到了某种刺激，好像曾经有那么一瞬间我们达成了某种心领神会的秘密共识。或许晚些时候，当他躺在妻子身旁时，心里想的人会是丽贝卡。

水灾、火灾或其他所有我预料会发生的天灾人祸都没有发生，因此我发现自己又一次站在了安格路附近，不得不找件事打发时间。跟上次一样，茶馆门上的铃铛宣告着我的到来。店里只有一个戴着药盒帽的年轻女顾客，她正悲伤地凝视着吃了一半的巧克力闪电泡芙。我想，她伤心，既不是为已经吃掉半个泡芙而后悔，也不是为泡芙只剩下半个而沮丧。靠窗的位置没有人，但我又坐到上次靠里的位置，像上次一样点了一壶茶、一份司康和果酱。虽然我并不想吃司康，但上次称赞过这家店的烘焙手艺，如果现在不点似乎有点怪。克雷太太给我端来餐点时，扯了扯嘴角，勉强挤出一个笑容，并成功地把餐具放在桌上，没有任何坠落事件发生。我原本想坐在我心中将其默认为亚历山大太太的位置，并不是出于想看窗外风景的淡淡冲动，而是因为暗自渴望看到汤姆（或者他其实叫别的名字）去工作室的路上会经过这里。确实，我不得不承认，我不是真的相信这趟行程会因为火灾、水灾或瘟疫而耽误，恰恰相反，我提前来这里不过是想跟汤姆来场偶遇。我勉强咽下司康，眼睛却一直盯着窗外，他没有出现。不管怎么样，就算他来了，我也不知道自己该怎么做。戴着药盒帽的女人已经起身离开。从我的角度看，我看不到她是否吃完了她的闪电泡芙，不过我想为了避免招致令人生畏的克雷太太的反感，她应该是吃完了。快到约定咨询的时间时，我结了账，像上次一样在桌上的碟子里留了两便士小费。

当我准备过马路时，我听到有人在叫丽贝卡。但直到他第二次叫我时，我才转过头去。汤姆举起右手打招呼，朝我走来。

"丽贝卡。"他走到我面前停住的时候又叫了一次。我不太记得他确切的名字，只能用微笑来回应他，忍不住希望克雷太太能从店里目睹这一幕。

"这么说，你还没有被送到疯人院吗？"他问。

"显然没有。"我不动声色地回应。

他停顿了一会儿，然后说："这真是意外之喜。不知道你愿不愿意跟我出去喝一杯。"这些话脱口而出，仿佛已经堵在他的喉咙里很久，但刚刚被一个偶遇的路人在背上一拍，拍了出来。

我看着他，表现出似乎对他的唐突感到惊讶的样子。他长得确实很帅。他用手摸了摸自己的下巴，他好像没有刮胡子，脸上冒出来很多青色的胡茬。我的父亲每天早上都要刮胡子，从未间断过。还是个小女孩时，我常站在浴室的小凳子上，他会让我用一支像修剪整齐的马尾似的粗短小刷子，给他的脸抹上肥皂泡沫。我会模仿他拉长了脸，绷紧皮肤，在看到他把剃刀刮过喉头之时心情越来越紧张。他很少会刮出血，真出了血也只会发出轻轻的啧啧声，然后让我递给他一块法兰绒毛巾，擦拭伤口。然后他就会往脸上泼水，水盆里的水会变成粉红色，就像牙医的漱口水一样。多年来，我始终认为牙医的漱口水里混有血液，所以拒绝使用。

"怎么样？"汤姆说。

"我看没什么不可以的。"我尽可能不动声色地说。

"太好了。"他说。有一家叫作彭布里奇堡的酒吧，就在街口。"那我们6点半见，好吗？"

我实在没办法承认我从未去过伦敦的酒吧，所以只是点头表示同意，或应该说是丽贝卡点头同意。

"那么，到时在那里见。"他说，仿佛这不过是再平常不过的一桩小事。他迈开大步走到街上，双手插在大衣口袋里。我估计他已经在想别的事情了。

黛西跟我爽朗地打了招呼。她是那种生性敦厚的人，对其他人跌宕起伏的人生经历并不会太在意。她长得不是很有威胁性，是那种对男性很有吸引力的女孩，但倘若因此而讨厌她，对她并不是很公平。我坐下后一直在想，如果我有个朋友，我希望是黛西这种类型，她不会嘲弄或讥讽我。她会借给我丝袜，不求回报。如果我们一起去看电影，她会让我选择看哪部电影，喝茶时，她会坚持"AA制"。我发现自己开始幻想我们是一对七十多岁的老太太，在一家破旧的乡村旅馆里计算着怎么分配账单，鄙视自己在对方身上浪费了多少时光。即便如此，想到自己手上的特殊任务，我觉得我和她联手可能更好。为此，我赞美了她的羊毛衫（事实上，它是薄荷绿色的，相当难看）。她正在埋头打字，听到了我的话抬起头来，显然没有听到我说了什么，于是我又说了一遍。

她非常开心地向我致谢，但没有提供关于这件衣服的任何进一步信息，也没像在这种社交对话中一般会礼尚往来那样称赞我的服装仪容。尽管如此，我并没有泄气。

"这不会是在希顿百货买的吧？"很显然不是，但我的话语达到了预期的效果。

"天哪，不是，"她说，"我是按照杂志上的花样自己织的。"

"你真聪明！"我说。

"我很乐意把花样借给你。"

"恐怕我不太会织毛衣，"我说，然后又无厘头地加上一句，"如果我会织的话，可能就不需要来看精神科医生了。"

她给我的笑容中现在带了一丝怜悯。她回到座位上继续打字。我安慰自己，我本来就该被当成个疯子，说出这种蠢话也没什么好奇怪的。尽管如此，我还是为把丽贝卡拉低到我自己的水准而觉得丢脸。像黛西这种圆滑周到的女孩，永远不会和我这种笨蛋做朋友。她说要借丝袜和针织花样给我，并不是出于友谊，而是因为显然我会多次付钱咨询，所以有的是归还物品的机会。

黛西肩膀上方的壁纸裂缝还没有被修复。我盯着它看，好奇裂缝是否已经变得更大了。那张呈三角形的壁纸松垮得就像一条向外耷拉着的苍白舌头。既然我已决心毫无保留地记录生活，那么我必须记录下当时有过的想法。我曾读到过一种做法（我是指性方面），涉及对私处使用舌头，我不知道那是不是杜撰的。当然，我无法想象有什么比让另一个人的生殖器靠近我的嘴更令人震惊的。但有时在取悦自己时，我会弄湿我的中指尖，想象它是一条小舌头，就像我读到的那种做法一样。我想象着如果我把这件事告诉布雷思韦特医生，他应该会很高兴。众所周知，精神科医生对性这个话题最沉迷。想到这个，我咯咯笑了起来，黛西从她的工作中抬起头来，和之前一样露出屈尊纡贵的微笑。我们都知道，疯子经常会莫名地大笑。

咨询室的门开了，开普勒小姐走了出来。她在穿上毛皮大衣时，目光转向了我。我迎上她的视线，但她的表情没有丝毫改变。我想在精神科医生的等候室闲聊于礼不合，而且我又是新来的，不想成为坏了规矩的人。和以前一样，在黛西表示我可以进入咨询室之前，有几分钟的间隔。

布雷思韦特医生坐在窗下的长沙发正中央，双臂伸展，横跨在椅背上，双腿不雅地大张着。他殷勤地跟我打招呼，但没有起身。我站在他面前，他在房间里打手势让我坐下来。我权衡了各种选择，仍然站在原地。

布雷思韦特观察着我，我觉得他在对我进行某种测试。

"有问题吗？"过了一会儿，他问。

"你坐在我的位置上。"我回答。

"是吗？"他无辜地说。

"你明明知道，"我说，"你这么做是为了试着动摇我。"

我之前已经决定，丽贝卡是那种想到什么就说什么的人，这样一来，她与我正好相反。我是那种什么事都藏在心里的人，有时是出于礼貌（有些事你就是不会说），其他情况下则是不想暴露底牌，透露自己的想法就等于让对手从中渔利。不管怎么样，我敢说，大家对了解我的真实想法兴趣不大。

如果布朗利先生赶着出去跟人开会（他总是迟到），并问我他看起来怎么样，他其实不想听到我说他的衬衫和西装不搭，或领带上有汤渍，他只想听到我说他很帅，那我就遂他所愿。但这不是丽贝卡·史密斯会做的事。丽贝卡会告诉他，他看上去像个脏兮兮的乞丐。话又说回来，从一开始她就根本不会为布朗利先生工作。

"'动摇你'，"布雷思韦特重复道，"这话很有趣。要不要解释一下这句话是什么意思？"

我仍站在房间的中央不动。"首先，我想要回我的位置。"我说。

他做了个鬼脸，似乎被我的决心打动了，然后站起来，摊手示意我现在可以坐下了。

等我在沙发上坐好后，他重复问了一遍他的问题。我回答他，我认为意思再明确不过，另外，如果他每次都想剖析我的言行举止，我们永远也不会有任何进展。

"你想要什么样的进展？"他说。

他一直站着，眼睛紧盯着我。我从手提包里翻出香烟，点燃了一支。他在那把看来很不舒服的藤椅上坐了下来。我第一次注意到，他竟然赤脚站着，双腿在脚踝处交叉，等着我回答。

"这个嘛，我也不是很清楚。"我终于说。

"但你希望有进展?"

"否则我就不会来了。"我说。

"可是当你进来,发现我坐在了你只坐过一次就认为是你的位置上时,你变得很不自在。其他人可能很乐意坐到其他位置上,而你的直觉却是回到你之前坐过的地方。"他停顿了一下,然后举起双手。"我承认。我确实是想动摇你,丽贝卡,我的工作就是要动摇你。你有你的心理问题,如果你想解决这些问题,那么有些事情必须得改变。你坚守同样的常规和习惯,即使你知道正是这些东西让你变得不快乐。而且你越是坚持这些东西,它们就越根深蒂固。我不相信你有多爱这张沙发,它其实一点也不舒服,尽管如此,你还是回到了你熟悉的地方,而不是尝试新的位置。"

这倒是真的。这张长沙发非常不舒服,我可以感觉到有一根弹簧正隐约顶着臀部。布雷思韦特离开他的椅子站了起来,让我也照着做,我还是没有行动。我觉得他的评论让我不舒服,但听从指示就等于承认他是对的。丽贝卡·史密斯可不是那种任人摆布的人。我告诉他,我对自己的位置非常满意。

"你怎么知道你在别的位置上不会更满意呢?"

我紧盯着他,与他四目相对。"你说得很有道理,"我说,"但我不认为强迫我移动对达成你的目的有什么帮助。"

布雷思韦特医生向我保证,他没有强迫我做任何事情。

他只是给我提供一个选择,如果我不想利用这个选择权,那是我的事。过了一会儿,他耸了耸肩,在地板上盘腿而坐。他圆鼓鼓的双眼紧盯着我,脸上露出疑惑的表情。但他一句话也不说。在这种情况下,短短的几秒钟感觉像是永恒。没有时钟的帮助,就不可能知道时间过去了多久。我开始感知到一切事物:布雷思韦特鼻子上的一簇鼻毛,他身边破旧地毯上形似防风草根的污渍,他肩膀后方门柱上起泡的油漆,远处某个水壶发出的微弱的嘶嘶声——也许是窗下铸铁散热器发出的声响,就连楼下的公寓也隐约传来一股草药的香味。我开始怀疑他是不是在对我进行催眠,怀疑这是不是就是催眠的感觉:时间的流逝仿佛大为放缓。当然,我感觉到我所拥有的意志力都在流走,归他所有。当我的目光再次回到他的脸上时,他几乎难以察觉地抿起了嘴唇。我明白他通过这个微小的动作在传达什么。他这是在告诉我,只要有必要,他可以想沉默多久就沉默多久,除非我换位置,否则他会继续这样做。我们双方都心知肚明,除非我移动,否则这个僵局会一直持续下去。

就我自己而言,我不想做任何抵抗,但丽贝卡·史密斯可不会接受这种摆布,她的个性要强硬得多。话说回来,我其实别无选择。我站起来,环顾室内,尽管我的本能是要去坐那把藤椅,但我想了想还是算了。藤椅是一个舒适的壳,布雷思韦特会将其解读成我在过度保护自己。于是我反其道而行，选最没有吸引力的选项：我们上次咨询时，布雷思韦特坐过的那把直背椅，它位于他右肩后面几英尺的地方。自然，我现在希望他能站起来，坐在我腾出的沙发上，但他只是转了一圈，坐在了我脚边，就像一个等着听故事的孩子。我才意识到他是多么聪明，这正是他想要的结果。自己的位置高高在上，这使我瞬间有一种掌控和主导的感觉，接着我立刻意识到，从他坐的位置，他或许能看到我的裙底，这有可能就是他操纵我坐在这张直背椅上的动机。我把双腿向右倾斜，把脚踝和膝盖紧紧夹在一起。

"现在我们坐得舒服了，"他说，"我们要不要来玩一个游戏？"

"我不喜欢游戏。"我回答。

"你会喜欢这个的，"他坚定地说，"告诉我你最早的记忆，我就告诉你我的。"

"如果我不想听你的呢？"

他给了我一个眼神。我意识到病人就该有病人的样子，我必须向他提供一些信息才对。每小时付给他五基尼却不说话，这说不过去。而且我敢说，那些去看精神科医生的自恋者，非常乐意喋喋不休地讲述他们的童年经历。

"我不是想故意刁难，"我用一种更中听的语调说道，"但人怎么能知道自己最早的记忆是什么呢?我的意思是,那都是杂乱无章的一团,不是吗?"

"你告诉我的是不是最早的记忆,并不重要。你说得对,你怎么可能知道最早的记忆是什么呢?重要的是,你脑子里留存下来的最早记忆是哪一件事。我看得出你已经在想什么了,所以他妈的别闹了,告诉我那是什么。"

我假装没被他粗鲁的语言吓到。丽贝卡是个世故的人。而且布雷思韦特医生一如既往是对的,一件丑陋的往事已经在我的脑海中出现了。我很谨慎,不想过多地透露自己的事,但因为没有掩饰的天分,所以我不可能当场编造出一个故事来。无论如何,布雷思韦特医生都会当场看穿这样的诡计。

我那时候必定只有三四岁,我开始讲。我和母亲在伍尔沃斯百货商店,当我们经过卖糖果的走道时,我问能不能买一包什锦糖,母亲拒绝了,说那只会坏了我的胃口。她带着我大步穿过商店。当时必定是冬天,因为我穿着红色的威灵顿长靴,我的粗呢大衣的袖子上有根绳子,上面缝着的毛手套在我的大腿旁晃来晃去。油毡地面滑溜溜的,上面还沾着泥巴。当我们到达商店后面的缝纫部时,我开始哭。我想要一包什锦糖,我一生中从未如此渴望过一个东西,母亲的拒绝感觉像是完全出于毫无理由的残酷。我号啕大哭。我很沮丧,而且我想让其他顾客知道我母亲是个冷酷无情的暴君,所以号哭了起来。大家都盯着我们看,我母亲讨厌任何形式的当众喧闹,她弯下腰来,用一种安抚的语调跟我说话,同时却掐着我的手臂外侧,这只让我号哭得更大声。一个女人停下脚步,问我们是否一切都好,我母亲更用力地掐我。那是一场我无法打赢的战役,我渐渐停止了啜泣。我母亲把注意力转移到了那本缝纫图样的书上,我站在她脚边,揉着我的手臂外侧。

没过多久,我溜走了,自己找路回到贩卖糖果的走道。我踮起脚尖,把手伸向柜台,紧紧攥住一把什锦糖就往嘴里塞,然后我又伸手拿了一把,这次我把它们塞进了大衣口袋里。我一定以为没人会发现我。当我要伸手去拿第三把和第四把时,一双腿出现在我身边。我抬起头,一个男人正严厉地看着我,问我是否打算为藏在身上的糖果付钱。我不记得他确切的用词了,但大意是这样的。我没有回答,只是把手里的糖果硬塞进嘴里,大部分糖果掉到湿漉漉的地板上。我蹲下来去捡。那个男人抓住我的手腕,把我的身子拉直,他问我母亲在哪里,我说不知道。然后,我希望他能可怜可怜我(他的语调并非不友善),我告诉他我是个孤儿。那人拉着我的手,把我带到商店后面的办公室。途中经过一条散发着潮湿锯末味道的走廊,我觉得自己永远不会从那个地方出来了。那个男人把我抱起来,让我坐在一把芥末黄的椅子上。

那里有一张散落着文件的桌子，办公室四周的墙面上堆满了空的厚纸箱。他问我叫什么名字，我因为年纪太小还不懂得去捏造假名，所以说了实话。他离开了房间。我思考着要不要趁机逃跑，桌子上方的墙壁上有一扇小窗户，只要爬上一摞厚纸箱，我就能从小窗户那里挤出去。但我知道我逃不了多远就会被抓住，所以只是坐在那里静静等候命运的宣判。我想象自己会被送进监狱，再也见不到家人。

几分钟后，我母亲被带进了办公室。她对我造成的麻烦深表歉意。她牵起我的手，我从椅子上滑下来，以为这场磨难到此结束。但事实并非如此。那人向我母亲解释说他发现我在偷东西，并要求我把口袋里的东西翻出来。我忽然很想撒尿，于是不得不把两个膝盖夹得紧紧的。他伸出手掌，我温顺地把口袋里的东西通通掏出来给他。我没敢看我母亲。小小的彩色方块上粘满了我口袋里面的绒毛。我母亲说了更多道歉的话，说我以前从没做过这种事。她是那么用力地抓着我的手腕，把我都抓疼了。她拉着我走向门口，那人却挡住了去路。

"不好意思，你恐怕得支付这些商品的费用，"他说，"从脏口袋拿出来的东西就没法再卖了，不是吗？"他微微一笑。

被人指控孩子的口袋里面很脏，我母亲肯定气疯了。她默不作声地拿出钱包，把对方要求的费用付给他。那人接着提醒她，她还必须提供配给簿上的配给券。我母亲提出抗议，但那人坚持认为，偷窃是一回事，非法的黑市交易又是另一回事。伍尔沃斯百货商店可不能参与非法交易。我母亲把配给簿给他，那人到处翻找剪刀要剪下相关的配给券，不过他没有找到剪刀，就把配给簿原封不动地递了回去，反正他已充分表达了自己的意思。到了百货商店外面，母亲把我带到一条小巷后，狠狠地打我的屁股。当天晚上吃饭时，她把这件事跟我父亲仔仔细细地说了，并着重强调了我的行为给她带来了怎样的屈辱。我父亲用温和的语气告诫我，我必须尽可能不去惹母亲生气。第二天晚上睡觉时，我在枕头底下发现了一小包什锦糖。

这件事发生后不久，他们买了一条防走失绳。它有细细的白色皮带，把我的整个胸部围绕起来，大人站在我身后抓着带子，像是牵着马的缰绳一样。我敢肯定，母亲购买这条绳的动机与其说是害怕我跑掉，不如说是避免以后我再让她那么丢脸。此后许多年，她一直用一句"我们不想再有一次伍尔沃斯事件，对吧？"来警告我不要轻举妄动。这句格言成了我们家的口头禅，哪怕大家已经不太记得这句话一开始是怎么来的。它成了一个针对任何可能造成意外后果的行为的万能告诫。直到我的同学听到这句话一脸困惑，我才意识到它并不常见。

但对我影响最深远的其实是那条防走失绳。如果我母亲的目的是制服我，那么防走失绳造成的效果恰恰相反。我非常喜欢那些带子捆绑胸部的感觉，我像只小狗被牵绳牵着一样被防走失绳硬扯着。每当我们外出时，我都会离母亲远一点，逼得她不得不一边拴紧我，一边低声说道："又一次伍尔沃斯事件。"这种被紧紧束缚的感觉使我的两腿之间产生了一种刺痛感，很像尿急但尿不出来时的感觉。后来，当我学会"战栗"这个词时，我发现它完美概括了那种感受。

不过，到了某个时间节点，母亲宣布不再使用防走失绳了，那不是给大女孩用的。"如果你想跑出去被公交车撞，那就去吧。"她说。但即使是那个时候，我也不认为她是真的关心我，她只是想剥夺我被束缚的乐趣。

我沉浸在对这件蠢事的讲述中。布雷斯韦特医生一直保持静止，他的目光从未离开过我，但我并不觉得有什么不好意思。当讲到最后的时候，我有一种从昏厥中清醒过来的感觉，我第一次明白了为什么那些看起来神志清醒的人，甘愿每小时花五基尼，以获得坐在布雷思韦特医生的咨询室里的权利。我说的故事对我并没有特别重大的意义。我一"清醒"过来，就这么对他说。我觉得我透露了太多自己的信息，布雷思韦特会从我的讲述中解读出各种各样的东西。在这一点上，我没猜错，他要我多谈谈防走失绳的事。

"没什么好说的。"我说。我没有提它至今还悬挂在厨房的一个挂钩上,也不提在它被禁用后的好几年里,我仍以玩马戏团游戏的名义,说服韦罗妮卡用防走失绳把我绑起来。说实话,我至今对它恋恋不舍。

布雷思韦特没有对我施压,他原先那种要吵架的语气变得柔和起来,甚至他的声音也失去了棱角。"但是你用了一个很有意思的词,"他说,"'被束缚',很有意思的词。你为什么喜欢被束缚?"

"我可没说喜欢被束缚,"我回答,"那不过是童年的一段经历,不重要。"

"但这是你脑海中浮现出来的要告诉我的故事。"他说。

我觉得浑身都被扒光了。

"'剥夺我被束缚的乐趣。'"他重复道。

"如果让我评价的话,这句话说得非常妙。你有没有想过把你的想法写成某种日记?"

所用的词能够得到他的认可,我暗自高兴。"我完全没有往那方面发展的野心。"我建议他可以在他的下一卷《案例研究》中使用这个案例。

他没有理会这个顽皮的评论。"我不是在暗示有人会读到这个案例,"他说,"不过你会发现这是一个宝贵的练习。"

我晃了一下烟盒,从里面抽出一支烟点燃,喷吐出一缕烟雾。

"你母亲听起来是个古怪的人,"他说,"你跟她关系亲密吗?"

"当一个人还是个孩子的时候,他或她并没有太多选择,不是吗?"我答道。

布雷思韦特认为这是一个有意思的回答。

"我15岁那年,她去世了。"我解释道。

"要不和我谈一谈这件事?"

我意识到我们即将进入危险的领域,于是反驳说我的咨询时间肯定快结束了。布雷思韦特答道,他不负责看时间。

我绝对不可能讲我母亲去世的事,那件事太不同寻常了,肯定会暴露我跟韦罗妮卡的关系。事情发生时,我们正在德文郡度假。父亲将德文郡称为英国的里维埃拉,但这只会让它显得更单调。如果说我和母亲有什么共同点的话,那就是我们都厌恶度假。我发现父亲坚持认为我们永远都该"做点什么"的想法让人感到厌烦,而母亲则对酒店的一切都有意见,从食物到床单的清洁度,再到奶油茶点的价格。父亲不理会她的抱怨,为了他,我也只能假装玩得开心。

那一天阳光明媚,微风习习。我们正在巴巴康比湾的悬崖上散步,韦罗妮卡和我父亲在绕过狭窄小径上的一个弯后就不见踪影了。他们一直在讨论这个区域的地理地貌特征,我不想听他们说话,于是放慢了脚步。不喜欢任何体力活动的母亲在我前面几码远的地方走着。当你身处狭窄的悬崖小径,走在别人身后时,你的脑中不可能不冒出把前面的人推下悬崖的念头。我正想象着这件事(双手紧紧地按压在背上)时,母亲为了查看我在哪里,突然转过身,却不慎绊到了自己的脚踝。她徒劳地挥舞了几下双臂,试图恢复平衡,却随即仰面落下悬崖。她脸上的表情不是恐惧,而是疲惫至极的失望,每次我在公共场合让她难堪时,她都是这种表情。在那么短的时间里,一个人的头脑中可以掠过那么多想法,真令人惊讶。就在母亲失去平衡、开始向后倒下的那一瞬间,我得出结论:如果我试图去搭救她,最有可能发生的结果是我也会被拉下去,所以我只是站在那里看着。不过,与其说是自我保护的本能决定了我当时的行为,不如说是我觉得这种死法实在不够优美。我想象的不是母亲的尸体,而是我自己的尸体在岩石上碎裂的样子,想象我的裙子绕着腰部皱成一团,被刚好经过的男学生看到内裤并嘲笑。好巧不巧的是,那时我正愚蠢地迷恋济慈,并且像他一样爱上了静谧的死亡。我决心要在25岁前自杀。但必须由我亲自决定死亡的时间和地点,而不是笨拙地在德文郡坠崖而死(这种死法有何诗意可言?)。我心悦的自杀方式是在口袋里装满石头,双眼凝视着海平线,缓慢而坚定地走向大海。在我死后,漂浮在汹涌海浪上的一条绿松石色围巾,是我曾经在这世间存在过的唯一证明。

  我一动不动地愣在原地好一会，然后环顾四周，看看是否有目击者。小径上杳无人迹。我试探性地向前迈了一步，从悬崖边缘往下看。母亲仰面躺在下面的岩石上，双臂落在身体的一侧。若不是因为衣着整齐，她看起来很有可能是在做日光浴（不过她讨厌这种活动）。很明显，她已经死了。后来有人说，我表现得非常冷静。我确实没有大声呼救。在荒无人烟的小径上呼救有什么意义呢？我也没有沿着悬崖小径奔跑，那样有可能会危及自己的性命。相反，我迈着轻快的步伐去找父亲和韦罗妮卡，他们正坐在长椅上等待。当我走到他们面前时，父亲问我母亲在哪里，我告诉了他这个噩耗。他先是不敢置信地望着我，然后奋不顾身地拔腿就沿着小径往回跑。我几乎要叫住他，说没有必要这么着急。他回来时，面无血色，抓着韦罗妮卡和我，带着我们大步往前走。他抓我的手腕抓得那么紧，我不由得心想，他是不是在某种程度上认为这是我的错。韦罗妮卡哭了起来，这在当时那个情境下似乎是适宜的反应，我也跟着模仿她的哽咽和啜泣。当我向警察讲述整件事的经过时，他们看来对此没有任何疑问。后来在警察问讯时，我又把上次述说的版本重复了一遍（到那时我已经记得一清二楚了）。治安法官跟我说，我的表现堪称典范，我一定不能因为这件事而责怪自己。她是个中年妇女,如果不是戴着丑陋的牛角框眼镜,她或许可以算是个有魅力的人。我垂下眼帘,郑重地点点头。

假期结束后,我和韦罗妮卡回到圣保罗中学,我发现我在同学心中的地位大大提升了。我得到了某种程度上的尊敬,这通常是只有那些宣称已"做过"的女孩才能享有的。我们的女校长奥斯本小姐把韦罗妮卡和我叫到了办公室,她叮嘱说,如果需要离开教室,我们可以自行离开,但我们绝不可以把我们的不幸当成不好好读书的借口。说到这里,她的目光转向我姐姐,说:"特别是你,韦罗妮卡,我们对你寄予厚望。"

不用说,这件事从没在家里被正式讨论过。父亲的原则是表现得好像什么都没有发生过,母亲的衣服至今仍挂在衣橱里,她的梳妆台依然和她离开时没什么两样。如果由我来做决定,我会把这些东西都烧掉,但父亲似乎因为这些东西的存在而得以沉溺于忧郁的愉悦之中。有那么一两次,我透过卧室的门缝偷看到他坐在母亲的位置上,用手摆弄着那些东西。这让我感到非常内疚,我觉得是我造成了他的不幸。

在布雷思韦特面前,我不能透露这件事情。所以我告诉他母亲是在牛津街上被一辆公交车撞死的。一辆7路公交车。我不知道7路公交车是不是真的在牛津街上行驶,但我觉得这个细节让我的故事显得更有真实感。我没想到布雷思韦特会是一个喜欢搭公交车的人。

"7路公交车?"他说。

"哦,我不确定是不是7路公交车,我当时不在场。很显然,她是没有看车就走出人行道,然后就被撞了。"

"你似乎并没有为此感到难过。"

"都已经是十年前的事了。"我说。

"那么,当时呢?"他问。

"你是什么意思?"

"你当时难过吗?"

"我想是吧。我不记得了。"

布雷思韦特一直看着我大概有一分钟之久,我确定他一个字都不信。他为什么要信呢?

他从盘腿坐着的位置上站了起来,就好像被一条无形的线牵引着往上走的木偶。我认为这表明我这次的咨询已经结束了。他让我收拾东西,我一言不发地离开。毫无疑问,下周我肯定还会再回来这里的。

到了外面的人行道上,我觉得完全没有必要再重复我上周那套愚蠢夸张的滑稽行为。为了让布雷思韦特相信我精神不正常,我觉得我已经做得够多了。尽管如此,我还是停了下来,检视我的手艺。我脱下手套,用指尖拂过灯柱上被磨光的地方,还算平滑。然而,就在那时,整条街开始倾斜。起初不过是轻微的起伏,人行道因为鼓胀而像被抬起来一样。

这足以使我把手掌撑开抵着灯柱，力求站稳脚步，以保持平衡。然后，倾斜变得越来越严重，整条街道都翘了起来，先是向左倾斜，然后向右倾斜。我被迫向前迈步，用双臂环抱住灯柱。我闭上眼睛，把脸颊贴在金属灯柱上。同时我告诉自己，没有必要惊慌失措，它会过去的。它确实过去了。这场骚动的消失就跟它的出现一样迅速。我睁开了眼睛。一个宽度大于高度的女人正一脸不怀好意地看着我。她的腰身一定给了她压舱石一般保持稳定的力量。我小心翼翼地往后退离灯柱，和她道了晚安。她没有回答，大概以为我喝醉了。

我朝樱草山的方向走去。不理会我母亲说的只有妓女才在户外吸烟的格言，我拿出了香烟。自从开始抽烟后，我就爱抽烟胜过一切。抽烟是一个借口，我喜欢它的方方面面：包括用戴着手套的手指轻敲烟盒掉出烟来的动作，打火机的金属锉磨声，罗森诺打火机油的辛辣气味，第一次深深吸入和吐出的蓝色烟雾，口红在香烟滤嘴上留下的轻微印痕，还有用食指和中指夹着烟的欢愉舒适。我喜欢看女人抽烟。抽烟的女人从不寂寞，即使她独自一人。她是懂得感官享受的，她是世故的。男人不懂抽烟。对男人来说，抽烟是实用的行为，就像上厕所或坐车一样，而且总伴随着另一个活动，不会单独成为一件事。我没见过汤姆（或者他其实叫别的名字）抽烟，在我想象中他抽的是淡淡的俄罗斯香烟，或者是烟斗，就像某些年轻人为了营造出一种知识分子的气质那样。不过汤姆不需要这种华而不实的装饰。他用的是哪个词来着？意外之喜。这个词语是那么轻而易举地从他的舌尖上迸出，仿佛它一直潜伏在那里，等待着一个猛扑的时机。还有，当他念出最后一个音节时，他的目光坦坦荡荡地射进了我的眼睛里，感觉好似小小铙钹的撞击。那也是意外之喜吗？或者说，他用这个词本身就暗示了实际情况与之恰恰相反，其实他一直在等着见我，并准备用动听诱人的话语对我发动攻势。哪个女人能抵挡得了这样的意外之喜呢？

街角有个电话亭，我打电话回去说我不回家吃晚饭了。一如往常，接电话的是卢埃林太太。我们家有两部电话，一部在我爸的书桌上，另一部在客厅。然而，不管卢埃林太太在哪里，她必定能在电话响一两声后接起来。我让她转告父亲，我不回家吃晚饭了，让他别等我。当然，准备晚餐和上菜的都是卢埃林太太，这件事和她才更有关系。但是把她当成传声筒，而不是值得我通知一下的人，让我从中得到了一种幼稚的满足。她不会不懂这其中蕴含的轻视。此外，我也觉得有义务告诉父亲我为何会晚归。"哦，那真是太好了，做得太棒了，亲爱的。"我想象着他的反应，就好像我是个刚刚学会使用便盆的小孩一样。然后，他还会试探性询问"情况如何"。父亲总喜欢问我有没有遇到什么不错的小伙子，这让我很受伤，因为他似乎很喜欢想象我在另一个男人怀里。

我把电话筒上的指纹擦干净并挂回去后，才开始思考和汤姆约会是什么情况。我绕着公园慢慢悠悠地走。我接受他的邀请时，完全没有考虑到会有什么后果。当我绕到公园东边的边界时，我想到了自己可能会面临的无理冒犯。我想象着汤姆把我拖到左边的灌木丛里，试图分开我的双腿，强奸我。我毫不怀疑，像他这样的帅哥曾经分开过许多年轻女性的腿，甚至可能还有一些女子自愿为他敞开双腿。我想到了可怜的查泰莱夫人自贬身价与猎场看守人梅勒斯在一起。我能容忍的事情有限。在圣保罗中学，学生常常兴奋地谈论男性生殖器，并把重点放在尺寸上。很难完全避开这些谈论，而且事后也不一定能从脑海中抹去这些谈论所勾勒出来的画面。我个人不能理解为什么会有女人想让男性侵犯她的私处，不论他的器官有多大。据我了解，性行为的这个部分就是为了让男人得到满足，女性只能在事后自己去满足自己。

不过，担心这些事还为时太早，我最应该先担心的事是跟他聊什么。他会发现，我并不是个会社交、会聊天的人。有时在公共场合，我会为了学习聊天的技巧而偷听别人聊天，但没什么用。回到自己的房间后，我会像个练习音阶的小孩般重复那些语句，但这些语句从未用上过。我责怪我的母亲。她经常说："满瓶子不响，半瓶子晃荡。"耳濡目染，我学到了这种态度。健谈的人总被我母亲斥为"喋喋不休的",那是一个年少的我听后会联想到怪兽和酒鬼的形容词。

绕着公园走了整整一圈后,我开始后悔接受汤姆的邀请。我来到了上周曾载我飞行的长椅边,可是无论我盯着它看多久,它都只是一张普普通通的长椅而已。没有任何迹象表明它要逃逸到灌木丛中去,它也没有任何能力这样做。它只是一个没有生命的物体。丽贝卡嘲笑我曾有过的愚蠢念头。"这就只是一张长椅啊,你这个笨蛋!"她讥笑道。我回答说她说得很对。我就是个笨蛋。我很早以前就懂了,只要承认欺负你的人是对的,他们就不会再欺负你。我们一起坐下,丽贝卡说她会处理汤姆的问题。毕竟,汤姆邀请的人是她。我只需要管好自己的嘴巴,不要把事情搞砸就好。我郑重地点点头,如果有人的腿要被强行分开,那也会是丽贝卡的,不是我的。

小径的柏油路面像墨水一样闪耀,我想象自己涉入墨水中,水缓缓没过腰部,然后到肩膀,最后到头,淹没我的一切踪迹。那个牵着黑狗的男人走过来,在我们面前停了下来。狗对着长椅的金属支柱翘起腿,尿液随即朝着我的鞋子淌过来。

"感觉好点了,是吗?"他问。

丽贝卡用我说了可能会脸红的词语回答。那人摇了摇头,继续朝前走,嘴里喃喃低语。

我在6点40分到达彭布里奇堡。汤姆没有说清楚我们是在酒吧外面还是里面见面，但因为他不在门口，而我又故意晚到了十分钟，我想他一定在里面等着了。我之前只去过德文郡和赫特福特郡那些优雅体面的乡村旅馆酒吧。在我的想象中，伦敦酒吧的内部近似荷兰画家耶罗尼米斯·博斯的油画，里面净是些妓女、码头装卸工、酒鬼和男同性恋，他们都喝得酩酊大醉，并做出最放荡的举动。不过，像丽贝卡·史密斯这样的现代独立女性，会毫无心理负担地进入这种场所。我深吸一口气，挺直腰杆，推开了门。

室内的灯光明亮宜人，家具和设备都是深色木材所制。一个戴鸭舌帽的男人坐在门口右侧的一张桌子边，面前有一品脱的啤酒和一份摊开的报纸。两个穿着细条纹西装的男人在靠近吧台处站着，手里拿着威士忌酒杯，用低沉的语调交谈着。三个筑路工人围着一根柱子站着，又脏又粗笨的手上拿着一品脱的啤酒。依然没有汤姆的踪影。吧台后面，店老板正在弯着腰看报。到目前为止，似乎没有人注意到我的存在，所以现在要打退堂鼓去酒吧外面等还来得及，只可惜门晃荡着关上的声音引得老板朝我瞥了一眼。他看起来依然不动声色，似乎对无人陪同的女性进入他的酒吧已经很习惯了。况且，他的衬衣即使是从远处看似乎也洗得很干净，这多少让我有些放心。我瞥了一眼手表，然后意识到他正在看着我，于是就到右侧墙边的长椅坐下。我把手提包放在脚边,为了让人觉得我很自在,我慢慢地脱下了手套。我现在离那两个靠近吧台的男人很近,近到可以听见他们的聊天内容,他们显然在聊出售附近一块地产的相关事宜。个子稍矮的那个人脸色红润,怀表的链子纵跨他的大肚子,我坐在他的视线之内,所以他冲我的方向点了个头。这引得他的同伴转身看过来,肆无忌惮地打量我,然后瞬间扬起眉毛,似乎在表达对他所看到的景象的某种赞许。他回头看了看他的同伴,说了句什么,但我听不见。我感觉头皮发麻。或许他们以为我这是在招揽生意,而脱下手套的行为则是脱衣舞表演的序幕。几分钟后,老板戏剧性地鼓了鼓腮帮子,抬起吧台一侧出入口的木板,朝我的桌子走过来。

"你需要点什么吗,小姐?"他问道,语气既不友好也没有敌意。

我告诉他我在等一个朋友。

他说这里不是等候室。

"是的,当然啦。"我回答,并点了一杯杜松子泡沫酒,因为我知道他们在巴黎喝这种酒。

老板微微一笑,问我杜松子酒加汤力水是否可以,我说这样很好。吧台边的男人被我们的对话逗乐了。当老板回到他的工作位置时,脸色红润的矮个子还取笑他没有能力调制出杜松子泡沫酒。

"自从《1902年特许经营场所法案》生效后,"他反驳说,"第19节第2段就禁止英国贩售杜松子泡沫酒。"

"这部法案也禁止续杯吗?"那人递上他的酒杯说。

这些对话都是以喜剧般夸张的语调进行的,那些男人似乎在表演某种歌舞杂耍小喜剧。老板先给他们的酒杯续满,然后再给我调酒,并卖弄地用托盘端了过来。

"一共是两先令六便士,公主殿下[1]。"他说。我相信,他这是在表明我得到了特殊待遇,好在并没有做得太过火。他还给了我一个绰号。在这种地方,即便是不讨喜的绰号也是接纳的表示。我从来没有绰号,不禁因此洋洋自得起来。我给了老板三先令,说不用找了。

"太感谢了,"他说,"保持住,我他妈的说什么也要帮你调一杯杜松子泡沫酒。"

我感受到一阵温暖的光芒。我开始幻想自己以后会变成彭布里奇堡的常客,每个人都称呼我"公主殿下",老板会替我调制杜松子泡沫酒,而大家会把这种酒命名为"公主殿下"。它会开始在彭布里奇堡风靡,然后传遍整个伦敦。而

---

[1] 英文原文是 Lady Muck,常指自视甚高、自命不凡的女人。此处意译为"公主殿下"。

后我会在《妇女杂志》开一个专栏,就叫作"公主殿下纪事",用以传授关于礼仪、艺术以及时尚的智慧。我将受邀参加电影首映式和伦敦西区剧院的演出,并与演员劳伦斯·奥利弗[1]一同进餐,坊间将会流传我和他的绯闻。

我看着汤力水的气泡上升到液体表面后破裂。如果韦罗妮卡在这里,她会对这个过程进行科学的解释。在老板的注视下,我啜饮了一口,马上感受到泡沫在舌头上炸裂开来,宛若针刺,接着是一股刺鼻的味道,像孢子甘蓝煮过头的那种辛辣味,咽下时伴随着一种喉咙的烧灼感。这实在是难喝,还害得我咳嗽,但无论如何,我在伦敦的酒吧里喝着杜松子酒加汤力水,(到目前为止)总算没发生什么灾难。

酒吧里的人越来越多,老板正在替那三名筑路工人倒啤酒,从口音听得出他们是威尔士人,其中身材最高大的那个人一边在等啤酒,一边肆无忌惮地直勾勾盯着我。他块头很大,身高超过六英尺,肩膀十分宽厚,肚子大得遮住了裤腰。他下巴抵着胸口,盯着我看,嘴巴半张着,好像一只圣伯纳犬。我移开了视线。每次店门一打开,我就咒骂汤姆任由我在这里被这些畜生觊觎,我觉得他们之中有人会过来"招惹我"

---

[1] 劳伦斯·奥利维尔(Laurence Olivier, 1907—1989),英国著名演员,他曾主演电影《蝴蝶梦》《呼啸山庄》《傲慢与偏见》等。

只是迟早的事。不过话又说回来,作为酒吧里唯一的女性,若没有人给我送上暧昧的恭维,那是不是会更加丢人呢?

我从在布朗利先生那里的工作中学到了一件事,就是我长得既不算普通,也没漂亮到会有人来跟我调情。男人与长相普通的女孩调情是出于同情,因为他们知道普通女孩有自知之明,不会蠢到把他们的恭维当成真话。男人跟漂亮女孩调情是为了试一试胆量,除了走过场,他们其实也没期望得到什么。这种不管不顾的尝试,是为了防止在多年后和平庸的妻小守在家里时,会忍不住遥想当年,并懊悔自己当时没有胆量去搭讪。但就像普通女孩知道自己很普通,漂亮女孩也知道自己很漂亮。普通女孩别无选择,只能抓住第一个认真追求她的小伙子,漂亮女孩的困境却大不相同。她的左右为难之处在于追求者络绎不绝,以至于她对男人大多不以为然,却在某天突然意识到自己30岁了,不再青春靓丽,余生注定是个可怜的独身女子。就像漂亮女孩知道自己很漂亮一样,英俊的男人也知道自己很英俊。然而,丑陋的男人似乎没有自知之明,意识不到自己是丑陋的。我常常看到长相吓人的男人接近那些最漂亮的女孩,丝毫不在乎自己正在破坏事物的自然秩序。如果不是因为我们女人给了他们鼓励,这种没有自知之明的现象太怪诞了。我已经不记得有多少次看见漂亮的女孩挽着最可怕的侏儒的手,与之相反的情况我一次也没见过。这一点很容易理解：漂亮女孩的诅咒在于人们认为她们没有脑子。世人的假设是，漂亮女孩除了把自己打扮得漂漂亮亮的，什么都不用做，自然就能吸引到伴侣。但在我的经验中，大脑和美貌之间并无关联。我见过完全有能力参与睿智对话的漂亮女孩，也遇到过心智就像她们的外貌一样有缺陷的平庸女孩。一个美女挽着侏儒的手臂，恰恰是向世界宣称她的脑子到底有多聪明。这个世界会赞赏她，欣赏她的所作所为。然而，在我看来，没有什么比明明可以挑一个大帅哥却去选了一个丑人更能证明自己的愚蠢。与之相反，如果看到一个英俊的男人挽着一个平庸女孩，你会同情地看着那个男人，瞥向女孩的眼神则充满了憎恶，憎恶她胆敢厚颜无耻地去高攀。

不过，我既没那么平庸也算不上漂亮，男人不会跟我打情骂俏。我是中等美女。对中等美女来说，调情既不是一种有损尊严的戏弄，也不像希腊神话中的伊卡洛斯[1]那样飞向太阳。与中等美女调情是一件危险的事，因为我们可能——实际上是大概率——会把这当真。在可怜的小伙子还没反应过

---

[1] 伊卡洛斯是希腊神话中代达罗斯之子。伊卡洛斯与父亲借助由羽毛、蜡、碎布等制成的翅膀飞离监禁他们的地方，因飞得太高离太阳过近，翅膀上的蜡融化，伊卡洛斯坠海而死。英文中有 fly too close to the sun 的习语，指冒险、自信、得意过了头，可能会招致失败与灾难。

来前，烤箱里已经有面包在烘烤，在婚姻登记处的会合也火速安排好了。

所有这些都使我觉得汤姆的行为愈加神秘难解。不用说，我没完没了地分析过我们第一次简短的对话，而且无论怎么看，结论都是他在跟我调情。他坚持从火车站给我带路时可能没有别的心思，在某种程度上可以说是有些天真，但当他说到他无意骚扰我的时候，情况就改变了。为了来向我说明，他的心里一定闪过某个和骚扰有关的猥亵念头。他没有将其默默放在心里，而是通过坚称无意为之的伪装，他狡猾地把这个念头植入了我的脑中。当然，所有这些都是以一种轻松的方式进行的。开玩笑总是能被一笑置之，所以常常成为调情的惯用手法。我自己没有什么幽默感。我反应太慢，没办法在谈话中插入诙谐的话语来调节气氛，而且常常愚蠢地把玩笑当真。如果我勤学苦练调情的技艺，我就会调皮地答，没有什么比他骚扰我更让我开心的了。我们彼此心照不宣地对此一笑置之，以表明我们都不是认真的，同时明白我们之间已建立起了某种默契。

如果把汤姆跟我调情当成既定事实，那么他的行为需要有个解释。汤姆无疑是个英俊的男人（我越想，越觉得他英俊），而我则是个中等美女。但重点是，汤姆并非跟我调情，他是在跟丽贝卡调情，而丽贝卡不是中等美女，她是个漂亮女孩，是那种习惯被别人搭讪，自然不会把调情当真的女孩。

我打开手提包，拿出口红和粉盒。一股闷热的霉味从里面散发出来。我迅速补妆。如果我要成为一个美女，那就必须要承受美女的麻烦。我用眼角余光看到柱子旁边的一个粗人用手肘轻轻推了一下他的同伴。我转身走向门口，门刚好在此时打开。进来的人不是汤姆。两个男人和一个剪时髦短发的女孩勾肩搭背地走了进来。女孩穿着蓝白色条纹罩衫和合身的七分裤，姿色中等，但她属于那种会用爱开玩笑和假小子的方式来弥补容貌不足的类型。他们笑得很开心，显然有意对所有人展示他们是多么快活。三人和老板打招呼，直呼老板的名字（哈里），然后就点了喝的。他们在我旁边的桌子坐下，仍一直不停地讲话。那个女孩面对我坐着。其中一个男人朝我点头打招呼时，眼里隐约有一丝恻隐之情。我僵硬地坐在那里，盯着我那几乎没被碰过的酒。我很好奇，被人看作孤独的酗酒者或被爽约的人，到底哪一个更糟糕呢？我认定是后者更惨。隔壁桌聊天的气氛是那么欢乐，而我都快要哭了。我多么羡慕他们的轻松自在和熟络。我预祝他们会经历各种想象不到的灾难和不幸，同时特别想俯身过去用耳语告诉那个女孩：她现在可能很受欢迎，但没有男人会娶她这样的小贱人。而且她死的时候也不过是一副干瘪的躯壳，跟我们其他人没什么两样。

然后，汤姆出现了。看到他，我松了一口气，对他迟到的任何不满立刻烟消云散。他没有道歉，只是说快渴死了，还问我喝什么，然后又自问自答地说："哦，杜松子酒！毁掉我妈的祸根。我俩不醉不归，嗯？"他并无半点愧疚之情，我不禁怀疑是不是自己记错了约定的见面时间，但更有可能的是，在他所混迹的波希米亚圈子里，守时被认为是不可救药的"古板"，我暗下决心决不当个老古板。丽贝卡·史密斯不是个古板的人。重要的是汤姆现在在这里，我没有被别人爽约，我也安全了，不怕粗野的筑路工会不请自来地骚扰，更不用担心隔壁桌会投来怜悯的目光。

汤姆去吧台时，我又喝了一口杜松子酒。我很少碰我母亲所说的"恶魔的饮料"。看到男人喝醉酒，你会皱眉头，但一个醉醺醺的女人就是堕落的代名词，她因此招致的任何不幸都不值得同情。我母亲并不是不喝酒（戒酒者和酒鬼一样可疑），不过每当在社交场合被要求喝杯雪莉酒时，她总会说："那就给我来一小杯吧。"并在"给我"这两个字上用重音强调，同时朝我父亲的方向投以意味深长的目光。母亲去世之后，父亲允许韦罗妮卡和我圣诞节时喝一小杯雪莉酒。这令人作呕的东西会跟什么恶魔的行径有关，这看起来令人难以置信。

第二口喝起来比第一口要顺口一些，尽管如此，我依然不明白为什么有人自愿喝下这种东西。当汤姆从吧台那里回来,我惶恐不安地发现,除了他自己的一品脱啤酒,他还给我买了第二杯杜松子酒。他把这些酒放在桌子上,在我对面的椅子上坐下。我们碰了一下杯,"干杯。"我说。他也跟着说,显然他觉得这句话很滑稽很老土。我很庆幸自己无意中开了一个玩笑。看到他大口畅饮啤酒,你会以为他一整天都在田里做苦力。我尽职尽责地喝了一口杜松子酒。当这些预备工作结束后,汤姆把他已喝掉一半的啤酒杯放在桌上,倾身靠向我,好像我们要密谋什么。

"那么,丽贝卡·史密斯,"他说,"跟我说说你的情况吧。"他用两只大手捧着自己的下巴,挑了挑一边的眉毛。他的头发非常浓密,而且上了发油,深色的发丝从他的指缝中窜出。如果要求路人向警察描述他,他们肯定会用上"多毛"这个词,我怀疑他有希腊血统。

我自己的直觉是没什么好说的,可是丽贝卡·史密斯绝不会给出这么软弱无能的回答。她拿起酒杯豪饮了一口酒。

"嗯,你已经知道我是个疯子。"她说。

"没错,但不知道是哪一种疯子。"

"只是非常普通的疯子。"[1]

---

[1] 在这里,疯子的原文是nut, nut亦有"坚果"之义,因此有下文的对话。

"啊,"他说,"我还希望是更有异国情调的一些呢。看看是巴西胡桃还是杏仁,或者是落花生。"

"不好意思啊,让你失望了,"丽贝卡说,"我更像是榛子。"我自己绝对想不出这么诙谐机智的回应。

"榛子没什么不好,"他说,"事实上,我挺喜欢榛子的。"

我不确定他是真的在谈论坚果(疯子),还是又在跟我调情。沉默的间隙有一点冷场。一般情况下,我会用和天气相关的陈词滥调来填补这样的沉默,但丽贝卡告诉我要保持沉默,汤姆才是该先开口的人。我开始喝第二杯杜松子酒。它的味道没有第一杯那么糟糕。我点了一支烟,往后靠在长椅的椅背上,烟雾从嘴里慢慢升腾。

"可是当疯子不能成为一份全职工作。"汤姆说。

显然,对话仍得进行下去,所以丽贝卡开始侃侃而谈她在布朗利先生那里的工作。当然,她无耻地添油加醋了,她的人生是无止无尽的首映礼和鸡尾酒派对。她亲昵地称呼劳伦斯·奥利维尔为"拉里",并说他是最有魅力的人,还胡说八道地谎称,她前晚才参加了一场有演员理查德·伯顿[1]和

---

1 理查德·伯顿(Richard Burton, 1925—1984),英国演员,20世纪60年代最炙手可热的明星之一,他的作品有《埃及艳后》《灵欲春宵》《安妮的一千日》等。

克莱尔·布鲁姆¹出席的派对,每个人都在抽大麻。派对变成了名副其实的狂欢,直到天蒙蒙亮时,她才穿过海德公园走回家。丽贝卡滔滔不绝地说着这些哗众取宠的话,只有在喝杜松子酒时才暂停了一下。当杜松子酒喝干、废话说完之后,我为自己和她共用同一个身体而觉得很丢脸。然而,汤姆看起来显然是被我唬住了。他确实是个惹人注目的男子,棕色眼眸像蒙了一层水汽般闪耀。我发现隔壁桌那个假小子式的女孩正仰慕地看着他,汤姆比她的两个同伴帅气得多。

我童年时期的两大罪状是爱盯着人看和问问题。不过经观察后我发现,至少后者不像我从小被灌输的那样令人反感。事实上,在我此刻所处的这种社交场合,问问题近似于非做不可的事。所以,我问道:"那你呢?"

汤姆耸了耸肩。这似乎是他的招牌动作,能代表各种意思。在这一刻它可能意味着:"唔,不是很有意思,但既然你问了……"他跟我说,他来自一个他称之为黑暗乡村的小镇,父亲在战争中去世,母亲是一名教师。他有两个妹妹。在他12岁那年,他得到了一台柯达布朗尼相机,从那一刻起他便梦想成为一名摄影师,这就是他来伦敦的原因。他并不

---

1 克莱尔·布鲁姆(Claire Bloom, 1931—),英国演员,曾与理查德·伯顿同台演出,她的作品有《舞台春秋》《影子大地》等。

想做他现在所做的那份工作，但有一份工作总比无所事事要好。他问我是否看过新光牌搅拌机的广告，丽贝卡谎称她在《妇女杂志》上看到过。他又耸了耸肩，这次是不屑一顾的，但实际上透露出他相当骄傲。"那个广告的照片是我拍的。"他说。

"真是太厉害了。"她说。

"我也为饕客汤品拍照片。"

我对这个品牌印象深刻。想到男伴是个替杂志拍照（即便是拍像汤这么单调乏味的东西）的摄影师，我感到很兴奋。

"我下周要和某人见面谈一谈时尚摄影，"他说，"那才是赚钱的工作。"

"还有美女。"丽贝卡顽皮地说。

他喝完了啤酒。越过他的肩头看去，酒吧现在已经是人山人海，他们如旋转木马般转着圈子，喧闹的谈话声震耳欲聋。汤姆往后推开他的椅子，站了起来。

"再来一杯一样的。"他说，指着我的杯子，语气中的肯定多过疑问。不管怎么说，杜松子酒似乎比刚开始喝的时候好喝很多，我甚至喜欢上它了。

趁着汤姆不在，我趁机补了一下妆。从粉饼盒的化妆镜中看我的脸，其实并没有那么吓人。我把我的嘴唇涂成一个大大的"O"形，补好口红，再啪的一声关上粉盒，正巧发现隔壁桌一个男人正在看着我。丽贝卡高傲地瞪了他一眼,他转过头去。

汤姆拿着酒回来了,他把自己安顿好,便马上喝下一大口啤酒,嘴唇上还沾上了一些状似毛毛虫的啤酒泡沫。他舔掉了这些泡沫,舌尖在嘴角徘徊了一会儿,然后像一只吃惊的老鼠一样缩了回去。当他再次开口说话时,他的态度变得严肃认真起来。

"那么,"他说,"他是一个什么样的人?"

我非常清楚他指的是谁,但我故意装作不知道。"谁是什么样的人?"

"布雷思韦特,"他说,"那个了不起的科林斯·布雷思韦特。"

我感觉被浇了盆冷水,大受打击,仿佛截至目前的交谈都只是前奏,这才是他请我喝酒的真正动机。"你为什么要问这个?"

汤姆解释说,他在这一带经常看到布雷思韦特。"让人很好奇的一个人,"他说,"我听过有关他的各种各样的传闻。"

"比如?"

他又耸了一下肩。"你懂的,都是些常见的事情:女孩、派对、毒品。"

丽贝卡做了个鬼脸,仿佛她对这些事情不感兴趣。"如果你对他那么好奇，干吗不自己去找他？"她说。

汤姆瞥了一眼他的啤酒，开始喃喃自语，但声音愈说愈小。他又喝了些啤酒。

"不好意思，你说了什么？"丽贝卡问。

"哦，"他说，"我真的没有任何理由去找他。"

"你的意思是，你不像我一样是个疯子？"

"哦，你也不是真的疯子，不是吗？我的意思是，不是严格意义上的那种疯子。"他说，"我的意思是，现在很流行坐下来向精神科医生谈谈你做了什么梦，特别是当那个医生是布雷思韦特时。"

"他才不信那些关于梦的胡说八道。"我说。出于某种原因，我觉得有必要为布雷思韦特辩护。

"哦，他不信？"汤姆急于知道更多信息，"那么，他信什么？"

"那我就不知道了，我只知道他和我见过的人都不一样。"话题的转向破坏了我们之间的欢快气氛，让我很恼火。我喝了一口杜松子酒。"你对他似乎比对我更有兴趣。"

"根本没那回事，"他说，"我对你可太感兴趣了，丽贝卡。"

我点燃了一支烟，冲着他的脸喷吐出一道烟雾。

汤姆点了更多酒过来。他显然认为，谈论他所拍摄的东西是一个更安全的话题，比如吸尘器、餐具和中央供热锅炉等。锅炉不好拍,他告诉我,要把锅炉拍得有意思是个挑战。那时候我已经很难集中注意力了。我也不太记得要做丽贝卡。扮演丽贝卡比当我自己需要花费更多的力气。如果只有我一个人,我根本不会到这种地方来。每个人都会去酒吧消遣,他们坐在酒吧里喝啤酒和杜松子酒,东拉西扯。他们假装对对方说的话感兴趣,这样才能轮到自己高谈阔论。我很难看出这一切有什么意义可言。我相信这些筑路工人对同伴所说的话毫无兴趣,他们只想纵情酒海,但也觉得有义务要维持某种在聊天的假象。邻桌的妙语如珠不过是两个年轻人之间的角逐,为的是赢得坐在他们中间犹如教堂庆典抽奖活动奖品的女孩的青睐。门口那张桌子旁边的人还在那里拿着他的报纸。他一直默默地坐在那里,喝着同一杯啤酒。我很羡慕他。

我已跟不上汤姆说的话,只呆呆地看着他的嘴不停地开开合合,话语却湮没在一片嘈杂声中。我想我需要去趟化妆间,于是站了起来。汤姆指了指酒吧另一头的一扇门。我走路摇摇晃晃,仿佛头被重击了一下,四肢也有一种同样的麻木感。在苏活区的街上,我经常看见有人在人行道上步履蹒跚,从一边晃到另一边。我一直认为他们不是真的喝醉了,只是出于某个隐晦的理由装醉。显然,我错了,因为我发现自己现在也用同样的姿态在酒吧里走动,我惊恐地意识到,我已经醉了。

　　我设法推开女厕所的门,里面有一个单人隔间和一个小水槽。我觉得自己快晕倒了,所以用手扶住墙以稳住身子。一股恶心的感觉翻涌上来,我立刻吐到了自己的上衣上。呕吐物不多,有些黄色黏液,还有在克雷太太的茶馆勉强吞下的司康的残余物。我紧紧抓住水槽,挂钩上有条小毛巾。我庆幸自己思路依然清晰,取下小毛巾到水槽里弄湿,开始擦拭上衣。司康的残余物很容易处理,但我越是擦,渗入衣服纤维的黏液就越多,我花了一英镑十五先令买的上衣就这样毁了。接着,第二波恶心的感觉再次来袭,更多的呕吐物涌入我的嘴里。我尽可能地吞下去,却反而呕吐得更厉害。当隔壁桌那个假小子般的女孩走进来时,我正弯身面向水槽,嘴上还挂着一丝唾液。她一副公事公办的样子很值得称道。她解释说,我的男朋友让她过来看一下我是否没事,因为我已经离开有一阵子了。虽然我的状况糟透了,但听到她把汤姆称为我的男朋友,我还是很兴奋。她帮我站直了身子,给我擦嘴,说我把自己弄得一团糟。我难过地点点头,开始掉眼泪。女孩告诉我没必要哭,谁都会遇上这种事。当她解开我的上衣扣子要我脱下衣服时,我像个孩子一样呆站在那里。她把我的上衣由里面翻到外面,让我再穿回去,我们好不容易才从里面扣上了扣子。她说:"男人从来不会注意到这种事。"她把我脸上的头发拂开,安慰我说这种事情算不上什么大事。我责怪自己早先对她有过刻薄的念头。她牵着我的手,带我穿过酒吧回到了座位上。汤姆问我是否一切都好。我说没事,但已经很晚了,我要回家了。他一口气把啤酒喝完,抓着我的手肘带我穿过拥挤的酒吧。把我送上一辆出租车后,他跑过去敲了敲车窗。司机靠边停了下来,我好不容易才把车窗摇下来。他忘记问我的电话号码了,我顺从地把号码告诉他。这个丽贝卡啊,我暗暗想,真是有两下子。

布雷思韦特研究之二：牛津时期

　　第二次就读牛津大学期间，"科林斯·布雷思韦特"的人格才算是真正成形。时年28岁的布雷思韦特比大多数同学都要年长，为人处世也更加世故。他曾在法国生活过，见识过人生百态，更重要的是，他有奈特利的经验傍身。他不再觉得有必要与私立学校出身的同学打成一片，反而夸大他北方人的口音和粗鲁的行为举止。正是在这一时期，他逐渐形成了后来经常引人评论的古怪说话模式。当要介绍他的作品或朗读一段文字时，他会把重音放在不重要的词语上——通常都是介词或冠词，然后再做一个长长的停顿。"一句话会从一个分句摇晃地滑到下一个分句，"他的一位导师指出，"很像酒鬼在走廊上踉踉跄跄地走路。"这种效果"既滑稽又令人厌恶"。当然，这些全是装腔作势。布雷思韦特仅仅改变了说话方式，就找到了诱惑听众的方法。当时心理学与英国文学一样，仍被视为"软"学科，学生大多以女性为主。布雷思韦特把这种新的诱惑力发挥得淋漓尽致，战后的社会风气又很宽松，牛津女学生在性和阶层方面开始与父母那一辈有了不同的想法。

很快，布雷思韦特就发现自己成了校园中的风云人物，不需要大费周章地追求女孩，只要利用北方人和劳工阶层本身具备的新奇感带来的通行证，就能免除传统的求爱仪式。成功的英国广播公司电台制片人莎拉·奇泽姆少女时代就曾被这种可疑的魅力蛊惑。"他对女性的态度一般来说很冷漠，不屑一顾，"她告诉我，"不知为什么，这反而让他更有吸引力。"[1]在友人住所举办的一场狂野派对结束后，他建议她回到他的房间去做爱。"在那之前，我甚至从来没有听过这个词，"她回忆说，"但我当然跟他走了，在当时我觉得这是一种解放。他在挑战你，要你证明你超越父母教导的、中产阶层有关求爱的所有蠢话。事后，他清楚地表明对你毫不在乎，但你还是会回头找他，因为你知道愿意跳上他的床跟他睡的女孩多的是。"而且，她承认，布雷思韦特深谙在床上取悦女性的技巧，而那些她曾与之共度春宵的更有传统牛津背景的年

---

[1] 与作者的电话访谈，2020年1月7日。——原书注释

轻男子,难免会表现出令人沮丧的怯懦。

莎拉·奇泽姆和布雷思韦特断断续续交往了一年左右,尽管他们从未认为他们是一对情侣。事后回顾,她认为那段关系近乎边缘性的虐待,只不过她当时被蛊惑了。"每个人,不论男人或女人,都想围在他身边打转。"

每隔一周的周日,布雷思韦特都会在他房间举办一场聚会。瓦格斯塔夫俱乐部之名取自演员格劳乔·马克斯[1]在喜剧片《胡言乱语》中饰演的角色的名字,影片中的瓦格斯塔夫教授在被任命为赫胥黎学院院长后,唱起了《(管它是什么,)我反对》,用以讽刺学院的老教授。俱乐部每次聚会结束时,布雷思韦特和其他任何一个意识仍然清醒的人,会一起胡乱地唱这首歌。歌名精准地概括了布雷思韦特的学术立场——基本上就是破坏和对立,不论他的对手提出什么论点,布雷思韦特都会采取相反或更极端的立场。他也没有任何顾虑,哪怕上周和这周的言论前后矛盾,他也毫不愧疚。所以,没有人知道他究竟真正相信什么。事实是,他什么都不信。他说,唯一值得相信的就是此时此刻,然而此时此刻究其本质是转瞬即逝的:必须承认存在是短暂易逝且毫无意义的,其

---

[1] 格劳乔·马克斯(Groucho Marx, 1890—1977),美国著名喜剧演员,以浓眉、牛角框眼镜、大鼻子、大胡子的滑稽形象和机智幽默的风格广为人知。他主演了下文提到的电影《胡言乱语》。

他的理解方式只是各种不同的自欺欺人的形式。

瓦格斯塔夫俱乐部的每场聚会，都围绕着布雷思韦特提议的文本展开。参与聚会的学生不限院系，甚至还会有一些资浅教师。聚会读物的内容取材于哲学、文学或心理学，取决于布雷思韦特当时喜欢什么。他们大量饮用啤酒和威士忌，辩论会一直持续到凌晨。布雷思韦特在大声朗读一些段落后，会邀请大家给予回应。参加聚会的有男有女，但据莎拉·奇泽姆所述，女孩在那里只是认真地点着头，没有人真的期待她们发表什么见解。布雷思韦特会表现得像是在耐心地听取其他人发表看法，最后再做出总是被大家奉为正统的结论。与会者根据自己与布雷思韦特的看法一致的程度，来衡量自己提出的见解。奇泽姆说："那真是太可悲了。"

除了这个小圈子，布雷思韦特还有几个密友。他最亲近的人是斯图尔特·麦克亚当，邓弗姆林的一位医生的儿子。麦克亚当读的专业是英国文学，他也是唯一能影响布雷思韦特的人。麦克亚当后来出版了两本小说（第一本是《隐居生活》，主角的灵感显然来自他的朋友），而后他在圣安德鲁斯大学任职。跟莎拉·奇泽姆一样，麦克亚当对他与布雷思韦特的关系也是五味杂陈。"我们在他安斯特拉瑟的家中第一次认识。当然，他是个恶霸，"麦克亚当在2020年2月回忆说，"他比我们其他人都要年长，他利用了这一点。如果他征求你对某件事的意见，你会觉得自己是天选之人。他不喜欢被挑战，但如果你有胆量在某些事情上戳破他，他会为此尊重你。"有一次，在特别漫长而激烈的周日夜晚聚会之后，布雷思韦特抨击了他所认为的英国浪漫主义诗人的陈腐传统。麦克亚当站了起来，醉醺醺地背诵了雪莱《致英格兰人之歌》中的一些诗句。当他的朗诵渐渐停歇，众人沉寂了片刻后，布雷思韦特站了起来，穿过房间朝他东倒西歪地走过去。麦克亚当不知道布雷思韦特是要拥抱他还是要揍他。出乎意料的是，布雷思韦特把他的头紧紧挟在腋下，这一行为可以被解读为攻击，也可以解释为热情洋溢。那是典型的布雷思韦特的姿态，你永远不会知道他是怎么想的，但如果他察觉到你的弱点，你就完蛋了。

至于他与女人的关系，麦克亚当用"无耻"来描述。"他敢说其他人不敢说的话，就是那种通常说完会被赏一巴掌的话，只不过他说了却没事。不仅如此，女人，或至少相当一部分的女人，还会为他倾倒。"如果有人拒绝他，他只是一笑置之，把注意力转移到其他地方。麦克亚当承认，他有点羡慕布雷思韦特对异性的影响力，但他从来没有胆量去复制他的方法。在回忆录中，布雷思韦特解释了他非传统的、独特的女权主义："女人不希望被平等对待；她们跟我们本就是平等的。事实上，她们在许多方面比我们更优秀，她们应该值得像男人一样受到诚实对待。如果你想吃冰激淋，就不要点香蕉。如果你想和别人上床，为什么要约人家去参加诗歌朗诵呢？"

然而，他这个粗暴的信条似乎有一个例外。出庭律师安德鲁·特里维廉1962年曾在红公鸡猥亵案中成功替伊恩·斯托特辩护，艾丽斯·特里维廉是他漂亮而聪颖的女儿。她在汉默史密斯的圣保罗女子学校念书时，成绩总是数一数二。进入牛津大学后，她选择攻读的是永远不需要谋生的女学生喜欢的英国文学。她是一个认真的、爱幻想的女孩，喜欢诗人济慈，喜欢埃德蒙·斯宾塞的诗歌《仙后》，还有前拉斐尔派画家的作品。一个晴朗的午后，在牛津大学贝利奥尔学院外面的草坪上，麦克亚当把她介绍给了布雷思韦特。他惊讶地发现布雷思韦特对艾丽斯彬彬有礼，异常友好，还问了她的背景和研究方向。他一贯咄咄逼人的样子完全消失了。麦克亚当因为要上小组讨论课，不得不先行离开，一个多小时后回来，惊讶地发现二人仍然聊得很起劲。他从未见过布雷思韦特对谁表现得如此殷勤。当艾丽斯对布雷思韦特聊到自己在伦敦和康沃尔两处住所度过的童年时，布雷思韦特甚至软化了平常粗鲁的语调，并认真地点着头。起初，麦克亚当觉得这一切真是太有趣了。难以驾驭的野兽竟被驯服了，驯服他的竟然还是他通常会用粗野举止去羞辱或惹其生气的那种家境优越的女孩。当麦克亚当开玩笑地指出这一点时,布雷思韦特却嗤之以鼻地说,艾丽斯"不过是个小姑娘"。不过,麦克亚当后来非常后悔介绍他们俩认识。

1955年的夏季学期,布雷思韦特和艾丽斯经常一起去散步或共进简便的午餐。他孜孜不倦地表现出骑士风范。艾丽斯从未被邀请参加瓦格斯塔夫俱乐部。显然,布雷思韦特无法调和他在生活中的不同领域展现出来的矛盾人格。那年夏天,布雷思韦特甚至在特里维廉家靠近特鲁罗的庄园住了一周,他和艾丽斯分睡不同的房间。他对艾丽斯的父母和弟弟表现得很尊敬,还和她弟弟安东尼一起打网球,讨论诗歌。简而言之,他尽其所能地讨好这一家人。当大学在秋天重新开学时,布雷思韦特带艾丽斯去北约克国家公园远足了一个周末。奇怪的是,他们竟投宿在乔治·布雷思韦特自杀当天去过的巴克旅馆,正是在这里二人的灵与肉才终于结合。他没有求婚,但艾丽斯肯定以为布雷思韦特对她的追求是以结婚为前提。当时的性观念正在逐渐变得宽松,但绝大多数女性在新婚之夜仍是处子之身,或者只和未婚夫上过床。然而,在结束国家公园的旅行之后,布雷思韦特的热情冷却了下来。他告诉艾丽斯,他不打算娶她或任何人为妻,也从未曾给她任何理由让她相信他会娶她,艾丽斯觉得蒙受了羞辱。圣诞节前夕,她在伦敦的家中吞下了大量药片,由于只需在医院休养几天即可，可以说她并非真的想自杀。但对安德鲁·特里维廉来说，布雷思韦特已然成为他的头号敌人。

在《我的自我，以及其他陌生人》中，布雷思韦特用长达四十多页的篇幅来描述他在牛津的岁月，大部分都在叙述他在性爱经历方面的辉煌战绩，但对艾丽斯·特里维廉只字不提。她没有受到永久性的伤害。1960年，她嫁给了一位名叫弗雷德里克·德拉蒙德的年轻律师，后来生了四个孩子。二人的婚姻关系一直持续到2016年她过世为止。伪精神分析理论轻易就能解释布雷思韦特的行为，艾丽斯·特里维廉与布雷思韦特的母亲同名，外表和性格在某种程度上也有相似之处。布雷思韦特要么是出于典型的恋母情结——想与母亲上床，要么是在潜意识中想惩罚母亲抛弃了年幼的他。然而，事实真相可能更应受到谴责。当斯图尔特·麦克亚当听说艾丽斯的自杀举动时，他说了几句安慰布雷思韦特的话，朋友的回答却让他心寒。"让一个女孩想方设法地爬到你身上，"布雷思韦特说，"算得上终极目标了，不是吗？"麦克亚当还记得他说出这个结论时那恶毒的语气。从那时起，麦克亚当就尽可能远离布雷思韦特，只不过没有勇气明确割席。

1956年，布雷思韦特以一级荣誉学位毕业。他没有参加毕业典礼，并向任何愿意听他讲话的人明确表示，他一点都不看重这种廉价的装饰，也只为它付出了最少的努力。这简直是胡说八道。当时的心理学教授乔治·汉弗莱很久以前就认识到了布雷思韦特的天分。恰恰是布雷思韦特的反权威和离经叛道，让他在同龄人中脱颖而出。即便是下意识地反传统，他也有能力去思考其他人都不会思考的事情。汉弗莱教授写道："在我当系主任那九年，毫无疑问，他是我见过的最有天分的学生。"正是他说服了布雷思韦特继续深造。在牛津大学阳春白雪的氛围中再待上三年，这看起来或许并不符合布雷思韦特的个性，他在自己的回忆录中对这一决定不予置评。然而，实际情况是，他的学位并未给他多少资格去做什么，他没有钱，牛津对他来说像一个家。他在校园里是一头巨兽，大家对他唯命是从，不乏愿意跟他上床的女孩。

同年5月，剧作家约翰·奥斯本的《愤怒的回顾》在伦敦皇家宫廷剧院首演，作家科林·威尔逊对存在主义文学的调查报告《局外人》也出版了。奥斯本来自伦敦的中产阶层家庭，在萨里郡长大。26岁的威尔逊来自莱斯特的劳工阶层，在做过一连串毫无前途的工作后，据说他一边在汉普斯特西斯公园的草地上露宿，一边在大英图书馆的阅览室写下《局外人》。奥斯本和威尔逊从未见过面，但《每日快报》的头条报道宣称愤怒青年的时代已经来临，并将二人誉为战后一代的代言人。随之而来的是一系列描绘英国北方生活的作品大爆发，其中有小说也有电影，作者包括约翰·布莱恩、艾伦·西利托、斯坦·巴斯托和希拉·德莱尼（唯一的愤怒女青年）。[1]不论被归类在这个旗帜下的作家实际上有多少共同点，这个运动毫无疑问代表了对英国文化固有传统的抨击。

《愤怒的回顾》《局外人》都对布雷思韦特产生了相当大的影响。他在回忆录中写下阅读《局外人》的心得："毫无疑问，尽管有些许错误，但这本书确实非常激动人心。"他立刻提笔写信给威尔逊，询问可否见上一面。威尔逊，这个毫无顾忌地宣称自己是"当代最重要的思想家"的人，应允了。

两周后，布雷思韦特搭便车来到了伦敦，二人在苏活区希腊街的灰狗酒吧见面。陪同威尔逊一起参加聚会的还有他的朋友比尔·霍普金斯，以及梅休因出版社的编辑爱德华·西尔斯。彼时威尔逊已经习惯了接受别人的崇拜，以为

---

[1] 约翰·布莱恩（John Braine, 1922—1986），英国小说家，他的成名之作《顶层的房间》被认为是愤怒青年文学的代表作。艾伦·西利托（Alan Sillitoe, 1928—2010），英国小说家、诗人，因其首部小说《周六的夜晚和周日的上午》而闻名，他并不喜自己被归为愤怒青年。斯坦·巴斯托（Stan Barstow, 1928—2011），英国小说家、剧作家，擅长描写工人阶级的生活，代表作《一种爱》被改编为电影、电视剧、舞台剧。希拉·德莱尼（Shelagh Delaney, 1938—2011），英国剧作家，其代表作《宝贝的味道》是战后英国女性剧作家作品表演次数最多的剧目之一。

这次也会得到牛津大学的一名普通研究生应给予他的敬重。然而，在最初的握手和替所有人付钱买酒后，布雷思韦特开始批评威尔逊的作品，他指责威尔逊受制于暧昧的灵性概念和过时的道德观。威尔逊远非局外人，实际上他反而拥护既有的思维方式。布雷思韦特对威尔逊的著作或威尔逊本人的任何敬佩，被成为团体中的主导性角色这一心理需求侵蚀殆尽。据说，威尔逊隔着桌子看了他好一会，评估他的对手。他问道："你有带自己的著作来吗？"布雷思韦特盛气凌人地说，如果他真的写了一本书，一定会他妈的比《局外人》好得多。霍普金斯打断他们，说要替他们续一轮酒。会面持续了好几个小时，当谈话停留在中性的主题上时，气氛还算友好，只是知识分子的学术讨论从来都停留在表面。然而，到了最后，威尔逊指控布雷思韦特不过是一个一心想要搞破坏的虚无主义者，布雷思韦特回应说，他确实是一个虚无主义者，不过总好过威尔逊这样爱抱怨的老处女。威尔逊于是让布雷思韦特滚回牛津，布雷思韦特抓住了威尔逊的外套衣襟，撞翻了几杯酒，但两个人还没有真的打起来就被别人拉开了，布雷思韦特被扔出了酒吧。众人仍能听到他在街上大声叫骂着"软弱的伦敦娘娘腔"。几年后，威尔逊出于报复，在《观察家》杂志发表了对《反治疗》的评论，抨击它（别的先不提）"流露出堕落的三流思想"。

在这次旅程中,布雷思韦特还去了一趟斯隆广场的皇家宫廷剧院,观赏奥斯本的戏剧。虽然布雷思韦特对政治从来没有什么兴趣,但他在戏中的主人公,仗势凌人的吉米·波特身上,看到了自己的影子。然而,更重要的是,他从此开始着迷于舞台以及舞台上的人,即演员。布雷思韦特在达灵顿长大,剧院不是他和家人会去的地方,而在牛津,戏剧协会是那些他瞧不上的中上阶层业余爱好者的专属领地。他认为戏剧既软弱又矫揉造作。然而,在《愤怒的回顾》中,他看到的是一部直抒胸臆的,且与他所认知的世界连接得起来的戏剧。演出结束后,他去了附近的狐狸与猎犬酒吧,看到了饰演吉米·波特的肯尼思·黑格本人。"我被迷住了。"他后来写道,"半小时前,我才看着他在舞台上**扮演**吉米·波特,咆哮着,现在他却在这里,用我可辨认的口音(黑格来自南约克夏的梅克斯伯勒)和蔼可亲地说话。我很想知道哪种表演更真实。"

回到牛津后,布雷思韦特重新振作起来,与科林·威尔逊会面时的激烈交锋对他没有影响。他以冲突为乐事,别人的好感对他来说意义不大。当时英国有一种事情正在起变化的感觉,文化变得越来越不受制于传统观念,阶层体系正变得不再那么僵化。简而言之,对于一个有野心超越自己阶层、从文法学校毕业的北方男孩来说,时机已经成熟了。不过,他在伦敦遭遇的骚动还没有渗透到牛津，校内沉闷的氛围和一成不变的学生结构开始让他感到痛苦不已。瓦格斯塔夫俱乐部已成为过去式。布雷思韦特对拥有一群奉承献媚的追随者不再有兴趣，他的心思跑到了别的地方。每隔几周，他就会搭车到伦敦，在斯图尔特·麦克亚当位于肯辛顿的小卧室兼起居室的地板上过夜。麦克亚当当时一边在查令十字街上的一家书店工作，一边写他的第一本小说。他解释说，布雷思韦特总是会不请自来，经常喝得醉醺醺，还会对麦克亚当没有给他准备啤酒大发牢骚。布雷斯韦特会吃公寓里现有的任何食物，吃完后又拒绝清理。如果麦克亚当要去工作，他就会把钥匙交给布雷思韦特，任其随意出入。麦克亚当回来时却有好几次被锁在门外，只因布雷思韦特正和一个女孩在他床上睡。当麦克亚当对此提出抱怨时，布雷思韦特却叫他再配一把钥匙。最后，麦克亚当别无选择，不得不搬家了事。多年来他一直害怕与昔日的朋友不期而遇，不过他再也没有见过布雷思韦特。"毫无疑问，他绝对是找到了其他蠢到会容忍他的人。"麦克亚当说。

此时唯一愿意容忍布雷思韦特的人是泽尔达·奥格尔维，她是两位中产阶层教师的女儿。她父亲是罗伯特·"拉布"奥格尔维，母亲是娘家姓卡迈克尔的黛安娜·奥格尔维。除了教学工作，拉布还是一个不知名的诗人，在20世纪20年代出过三本小册子,并凭借诗作《永被嫌弃的土地》获得诗人休·麦克迪米尔德[1]的赏识,成为当时新兴的苏格兰民族主义运动的号召人物。黛安娜是一位出色的水彩画家,也是爱丁堡艺术俱乐部的成员,常常在那里举办展览。他们在莫宁赛德的家中挂了许多她的作品。这对夫妇每月举办一次沙龙,邀请艺术家、作家和学生参加。泽尔达在这样非传统的环境下长大成人,父母鼓励她发挥自己的艺术才能和创意。作为独生女,她曾幻想过自己有个叫作泽诺的哥哥,她经常和他进行认真的交谈。吃饭用餐时,她也只吃掉一半的食物,另一半留给泽诺。为了解决这个问题,她母亲给泽诺安排了一个位置,并让他参加谈话。然后泽尔达开始嫉妒,几周后宣布泽诺已死于肺炎,不需要再替他留位置。当时,她七岁。

1954年,泽尔达进入牛津大学攻读艺术史。她衣着奇特,喜欢穿着过大的男性粗呢外套和灯笼裤,有时甚至戴着单片眼镜。她不化妆,把脑后和两侧的头发剃短,头顶留长。大家普遍认为她是同性恋,但她在1988年的采访中说:"我连边都不沾,我一直都喜欢男人。"1956年,布雷思韦特开始攻读博士学位时,她正读本科的最后一年。她听说过布雷思韦

---

[1] 休·麦克迪米尔德是笔名,原名克里斯托弗·缪雷·格里夫(Christopher Murray Grieve, 1892—1978),苏格兰诗人、记者、散文家,他还是苏格兰文艺复兴运动的代表人物。

特的名声，也参加过几次瓦格斯塔夫俱乐部的活动。"我觉得他令人难以忍受，"她说，"我无法理解他对别人产生的吸引力。"不可避免地，当布雷思韦特用惯有的粗鲁方式向她求欢时，她直言不讳地让他滚一边去。

泽尔达的厌恶更加激起了布雷思韦特对她的兴趣，他凭着后来曾在许多医患关系中都发挥过的机敏，以"科林·阿瑟"的名义给泽尔达写了一系列的信。这些信并不是为了哄骗她，而是他认定泽尔达自觉地在扮演某种人格，因此他以这种方式吸引她。在这些信中，"科林"说，他很欣赏泽尔达是怎么应付"那个粗野的布雷思韦特"的求爱的。"他是个冒牌货，但除了你，没有人看穿他。我赞赏你的聪慧！"他写道。他说自己一直很欣赏泽尔达，却一直过于羞涩，不敢与她相识。这些信成功地吸引了泽尔达，她同意在圣迈克尔街的三羊头酒吧与笔友见上一面。

泽尔达穿着她平常的装束现身，这一次，她还加上了夹鼻眼镜和鸭舌帽。布雷思韦特解释说，科林·阿瑟被叫走了，但不管怎么说，她都幸运地逃脱了他的魔掌。科林·阿瑟是个流氓，不值得信任。泽尔达支着头歪向一边，傲慢地望着他，这是后来在她的照片上常见到的姿势。她解释说，她还没有决定要不要跟他上床。布雷思韦特问，他是否能做什么来帮她下定决心。

"完全没有，"泽尔达说，"我很任性。"

"既然如此，我能假设你会在某一时刻跟我上床。"布雷思韦特回答。

泽尔达耸了耸肩。

布雷思韦特站起身去买酒，因为酒吧不卖一品脱的酒给女性，泽尔达坚持让他点两杯半品脱啤酒，再帮她拿一只一品脱的酒杯，她要把两杯酒倒成一杯一品脱的。整个晚上，他们都在谈论各个作家和艺术家，二人的品位不同。泽尔达喜欢老勃鲁盖尔[1]，布雷思韦特却对他的作品一无所知。毕加索赢得了布雷思韦特的最高评价，因为他可以不断地重塑自己。泽尔达认为，毕加索之所以这么做，是因为他没有一件作品是优秀的。后来，他们交换各自的成长经历，布雷思韦特称她是"苏格兰小资产阶级"。"如果没有资产阶级，"泽尔达反驳道，"你们无产阶级就无人可怪罪，只能把自己的苦难归咎于自己了。"

酒吧打烊时，二人各回各家，但是布雷思韦特已经被泽尔达深深吸引，这是他第一次这么喜欢一个人。"比我聪明的人我见多了，"他后来写道，"可泽尔达是第一个知道她比我聪

---

[1] 老勃鲁盖尔，全名彼得·勃鲁盖尔（Pieter Brueghel，约1525—1569），荷兰著名画家，以在画中表现生动的乡村生活场景和寓言故事而闻名，他的作品有《农民的婚礼》《通天塔》《雪中猎人》等。

明的人。"简而言之,她是个不能被欺负、哄骗或威逼的人。

几周后,他们在类似的环境下再次相遇。彼时已经接近冬季学期末尾,泽尔达解释说她会看望她的父母。但因为他们担心她是个"女同性恋",布雷思韦特要是能陪着去个几天,扮演她的男朋友,就是帮了她一个大忙。布雷思韦特同意了,并在几天后跟着她前往东海岸线。不用说,奥格尔维夫妇热衷于展示他们的波希米亚的行事风格,坚持要求二人睡在同一个房间。

接下来的三年里,事情继续按照类似的脉络发展。他们之间的关系一直是开放式的。泽尔达小心地避免任何可能类似于惯例的事情。有时,他们会在布雷思韦特的房间共度周日,阅读,偶尔做爱,间或也会外出度周末。其他时候,他们会接连几周都不怎么跟对方说上话。如此刻意的随机性也能被视为自成一派的惯例,但不管这种安排有多古怪,对双方来说似乎都很适合。

布雷思韦特的博士论文《幻影与幻觉》就是在这一时期写成的,该文以讨论奥地利精神科医生约瑟夫·布罗伊尔在1895年对安娜·欧的案例研究为起点。博士论文的第一章被恶搞地命名为"O的历史",该章节名字取自于法国著名色情小说《O的故事》(1954年出版,作者为波利娜·雷阿日),

这本书是他去巴黎时买的，布雷思韦特一生都是色情文学的狂热分子。根据布罗伊尔的说法，安娜·欧"抱怨她头脑深处的黑暗……抱怨有两个自我，一个真正的自我和一个很坏的自我（……）两种意识状态并存：在主要意识状态下，病患非常正常，在'次级'意识状态下，则因为拥有大量的幻影和幻觉，记忆出现了巨大的空白，并缺乏对思想的抑制和控制，所以这种状态类似于梦境。在次级状态下，病患是不合群的"。

从一开始，布雷思韦特就对布罗伊尔关于主要与次级的划分提出了异议。他问道，谁能说患者在哪种状态下，或真的是在两者之中的某一种状态下算是不合群的呢？布罗伊尔的主张仰赖于他不把安娜的"幻影与幻觉"视为真实有效的经历，并主张人应该"控制"其思绪。对布雷思韦特来说，在安娜·欧的案例中呈现的次级意识状态，应该被视为与主要意识状态一样"真实"。对布罗伊尔来说，安娜·欧的病情很难描述："这个情况很难表述，只能说病人有两个人格，其中一个精神正常，另一个精神不正常。"而布雷思韦特认为，解决安娜·欧的问题不在于"顺其自然走完病程"，直到病人能接受自己有着"未曾分裂的单一人格"。相反，患者应接纳这样一种观念：人不是只有单一的自我，而是拥有许多人格，每个人格都应该得到同等的重视。"你不会期望母亲爱她的某个小孩胜过爱其他孩子,"他写道,"为什么换成我们自己的自我,就不一样了呢?"

他接着以二重身的文学作品为例,用大量篇幅讨论了陀思妥耶夫斯基的小说《双重人格》。他的意思是,如果从相反的视角来讲述故事,那么戈利亚德金先生会被视为闯入者,而不是与主角共用名字、身体的"替身"。布雷思韦特说,自我也是如此:我们接受自己最初所认识的那个人格,把其他人格视为冒名顶替。

布雷思韦特接着用爱伦·坡1839年发表的短篇小说《威廉·威尔逊》来发展他的论点。这篇小说讲述了一个人从小被一个与他有相同的名字、出生日期和外貌特征的人盯上。叙述者讲述了他还在上学时,是如何为了逃避这个替身而陷入邪恶的。这个替身在整个故事中作为一种道德说教的影响出现,试图阻止叙述者实施他的卑劣行为。主角与替身持续缠斗,"威尔逊不断试图指挥我,我则不断想要统治他"。

《威廉·威尔逊》的结局是叙述者与他的替身对峙,用剑刺穿了他的心脏。但剑刺穿的不是替身,而是他自己的身体。威尔逊的遗言正是这个故事的最后一句话:"我输了。你也自此死去。你活在我之中——杀死我……你也就杀死了——你自己。"

布雷思韦特的论文混乱而且不连贯,有时令人叫绝,但常常令人困惑。参考文献兼收并蓄，反映出他阅读广泛，然而这也是问题之所在。他把索福克勒斯、柏拉图、弗洛伊德和荣格都牵扯进来，但他从未真正理解他引用的任何作者。他们的文字只是布雷思韦特用来装饰论点的华而不实之物。他对其他人的理论嗤之以鼻，但自己无法提出任何系统的理论作为替代方案。整篇论文可以说是烧毁他人观点的篝火（"管它是什么，我反对"），却也包含了不久后那本将令他声名大噪的著作——《杀死你的自我》——中所有内容的种子。

第三本笔记

我承认我现在已经期待坐下来写笔记的夜晚，它们给了我一种使命感。以前我会在客厅陪着父亲，他玩填字游戏，我看书或杂志，除了习惯，没什么特别的理由。所有的聊天话题总是晚餐时就已说完，但如果回房间，我总觉得自己在把他送入卢埃林太太之手。她刚来我们家工作时，曾问我为什么没有培养一个爱好作为自娱的消遣。当然，我觉得这个问题很没礼貌，也这么直言不讳地跟她说了。

我一向很厌恶社会鼓励女孩用可怕的消遣方式来浪费生命。我不认为把人生大部分的时间虚掷在刺绣环上是值得的。对社会底层的人来说，缝纫或编织或许是有必要的，但我们并非贫民，我没有必要穿着自制的衣服在外头走动。当然，家里有一架钢琴，不过自韦罗妮卡去世之后，它就成了摆设。

我们全家人的音乐才华都浓缩在她那粗短的手指里。父亲喜欢听她弹琴，而我即便仅仅是掀开琴盖，也会觉得我是在残酷地召唤她的鬼魂。所以晚上我只会坐在锦缎扶手椅上，阅读描写现代独立女性的小说，女主角们总是一嗅到婚姻的气息，就立刻抛下了她们的独立自主。

我很早以前就下定决心，决不要成为一名现代独立女性。我不理解当下这股对自由的狂热。在我看来，如果我们接受自己的命运，而不是挣扎着去甩掉一些假想中的镣铐，我们都会过得很好。我知道不是谁都可以像我这样幸运，可是不断努力追求高于自己身份地位的东西，只会平添不满。我只想好好照顾我的父亲，以及偶尔能够给自己买一件新大衣或一双长筒袜。这并不是说，当我在外行走时，我不会嫉妒那些成功唾手可得的人，但我们不可能都成为顶尖人物。所以最好安分守己，是你的就是你的，不要奢望更多。世界上所有的针线活和钢琴都无法改变这个事实，对大多数人来说，平静的绝望就是我们最大的希望。

我并不总是这么想。曾经有一段时间，我对生活比较乐观。但在我21岁生日过后没几个月，发生了一个令我尴尬的插曲。彼时我母亲已经去世六年，韦罗妮卡也离家去征服剑桥了。一天晚上吃饭时，父亲告诉我，我绝不能为了他牺牲自己。我问他这话是什么意思，他说我应该到外面去历练历练，不要觉得我必须待在家里照顾他，这不是一个年轻女子该过的人生，特别是在这个羸弱的世代。我想他是把"解放"（emancipated）错说成了"羸弱"（emaciated），但我没有纠正他。我也没有告诉他，我不想"到外面去"，我非常乐意留在家里照顾他。没有人反对一个女人待在家里照顾她的丈夫。如果被照顾的那个男人是她的父亲，又有什么不同呢？但我知道他是对的。我极少参加社交活动，而当我在社交场合中谈到自己正在做的事情时，大家会转移话题，或者看着我，好像我脑子不正常一样。真相是，我很害怕，我什么都怕。有工作的女人在我眼中属于完全不同的物种，她们有所成就，在鸡尾酒会上妙语连珠，快活地沉迷在婚外情中。我在布朗利先生公司工作的主要好处是认识到，职场上多的是像我这样的傻瓜和笨蛋。

事实证明，"找工作"这件事比我想象的要简单得多。我打算等到下周一就去找，结果整个周末都紧张到身体不适。早上8点我出了门，买了一份《标准报》，穿着我最好的套装和高跟鞋大步走在路上，对自己重复着我最新的人生格言：我是一名现代独立女性，**我是**一名现代独立女性。当我走到埃尔金大道上的里昂茶馆时，我几乎开始相信自己是一名现代独立女性了。点了一壶茶后，我翻开招聘栏，还没想过该应聘哪一种职位，显然得是不需要某种特别的天赋或才华的工作才行，因为除了圣保罗中学强制学习成绩不怎么样的学生练就的打字技巧，我一无所长。然而，我决心不让缺乏资格这件事妨碍自己找工作，并在每一个不那么明确要求资格的招聘广告上画圈。喝完茶补好口红后，我走到外面人行道上的电话亭。我打电话咨询的前三个职位根本不缺人。第四次得到同样的答复后，我相当傲慢地问，为什么不把广告从报纸上撤下。对方说，虽然广告一般会登两周，但空缺的职位通常在几小时之内就会找到应聘者。尽管如此，我也没有打退堂鼓，一名现代独立女性不会允许自己轻易心灰意冷，又打了几通电话后，我终于约好了当天下午3点半的工作面试。那份工作的招聘广告上只写着："经纪公司需要周五女孩，薪水视经验而定。"我不知道周五女孩是什么意思，不过我之前唯一的工作经历是做周六女孩，这似乎是个好兆头。

然而，面试时间还没到，我原先坚定地培养起来的言必行行必果的精神，逐渐烟消云散。我才不是什么现代独立女性，我只想待在家里照顾老父亲，看看小说消磨时光，在卧室镜子前自娱自乐。我咒骂女权运动家埃米林·潘克赫斯特[1]

---

1 埃米林·潘克赫斯特（Emmeline Pankhurst, 1858—1928），英国政治活动家、女权运动代表人物，组织了英国妇女参政运动，帮助女性赢得选举权。为纪念她的杰出贡献，英国将每年的7月14日定为埃米林·潘克赫斯特纪念日。

和她那帮"耶洗别"毁了一切。不过,到了约定时间,我还是来到了查尔斯·布朗利位于老康普顿街的演艺经纪公司的办公室。我向略有姿色的前台报上自己的名字,她叫我在另外两位候选人旁边坐下,并告知布朗利先生很快就会见我。为了提振自己逐渐消失的信心,我盘点了一下竞争对手的缺点。第一位竞争者是位中年妇女,她脚踝粗胖,小腿正面有块难看的淤青。她的大衣下摆边缘已经磨损,她坐着时膝盖分得很开。第二位竞争者实力较强,她是个顶多18岁的漂亮小女孩,长头发,穿着紧身黄色毛衣、白色的过膝长靴以及在别的时代会被视为淫荡的裙子。她带着几分优越感对我微笑,毫无疑问,她确信她这身暴露的衣着会赢得布朗利先生的青睐。我回了她一个微笑,想着手提包里仔细折好的打字证书,心里就有底了。

轮到我时,我在布朗利先生桌前的位置上坐下,背挺直,双手掌心放在膝盖上。布朗利先生看了我一会儿,似乎有些不以为然。我猜他的年龄在50岁左右。他穿着一件不合时宜的棕色细条纹西装,打着一条希腊面具主题的鲜艳宽大领带,头发稀疏,发丝一条条横跨布满头皮屑的头皮,幸亏八字胡修剪得整齐,再加上和蔼可亲的气质,在一定程度上弥补了他衣着的寒酸。他把烟头插在一个锡制的烟灰缸里捻熄。这场面试只有一个问题:"你认为自己能做埃文斯小姐在外面所做的工作吗?你看,她要离职了。"

"那也要看她的工作是什么。"我回答。

布朗利先生赞许地点点头。"明智的回答。你姓什么?"

我跟他说了我的名字。

"你不知道有多少女孩来到这里,在我告诉她们埃文斯小姐的工作之前,就向我保证不论她做什么,她们都能做。"

"太轻率了。"我谨慎地回答。

"就是说啊。"

"那么,她究竟做些什么工作呢?"我问。

他列举的工作职责听起来并没有那么难,包括接电话、打印信件、接待客户、外出办事。我拿出我的打字证书,从桌上递过去,这似乎给了布朗利先生很好的印象。他耸了耸肩,似乎在内心深处做出了决定,然后说:"你可以从本周五开始上班吗?埃文斯周六要结婚,她可以带你熟悉一下工作。每周六镑行吗?"然后,他接着又说:"你不打算在短期内结婚吧,对吗?"我向他保证我不会,他从办公桌后面走出来,我们就像罗斯福和丘吉尔达成共识那样握了握手。

我以前从未真正理解什么是"春风得意马蹄疾",然而当我沿着查令十字街漫步时,我懂了。我对路过的路人微笑。尽管以前从没有去过意式咖啡吧,但我路过时走了进去。我点了一杯卡布奇诺。三个头发蓬乱,外套夹克的手肘部位有补丁的年轻男子，在隔壁桌正挤在一起看一份手稿。在另一张桌子旁边，一位相貌不凡的绅士在读《舞台》[1]周报，也许他是一位戏剧评论家。他发现我在看他，而我有生以来第一次没有移开视线。我是演艺经纪人查尔斯·布朗利的周五女孩。我正在喝卡布奇诺，而且很快就能每周赚六英镑了。我已经成为现代独立女性了，几乎是碰巧如此。女服务生很漂亮，眼影涂得厚厚的，一举一动都很讲究，仿佛她随时准备好被人拍下来。我猜她是一个有抱负的女演员，或许当我在布朗利先生那里站稳脚跟之后，我可以为她牵线搭桥，多年后她会在回忆录中提到，她对那个在查令十字街意式咖啡吧里发掘她的女人永远心怀感激。卡布奇诺里全是奶泡，价格却是里昂茶馆一壶茶的两倍。虽然有了新的收入，但我仍决定今后不要再被这种花哨的东西诱惑。

父亲知道我找到工作之后非常高兴，以至于我觉得，他原先一定认为我没有能力做到这件事。我一直等到汤上桌才告诉他这个消息。

"太棒了，真的太棒了。"他不停地重复着，他隔着桌子看着我，汤匙悬停在餐盘上方。"我真的以你为荣。"他说，就

---

[1] 《舞台》(*The Stage*)，1880年创刊，2007年停刊，世界上历史最悠久、影响力最大的舞台艺术报纸之一。

好像我是个弱智。

"那只是份愚蠢的前台工作,"我说,"一只猩猩都做得来。"

"对,就算是那样,你永远也不知道它会把你引领到哪里去。"他说。

这句话令我颇为不快,但我只是收起汤碗,去厨房用长柄勺舀出我热好的罐头炖菜。

在布朗利先生办公室的工作远没有我想象的那样光鲜亮丽。我每天就在用打字机打出信件和合同、拆信、去邮局中度过,而且还要同情地听布朗利先生那些衣着寒酸的客户诉苦。这群杂七杂八的人,大多是新奇节目表演者、三流魔术师和低吟男歌手[1],他们的全盛时期是在综艺节目中,而如今都早已过气。了不起的丹多每周三下午都会来。他总是倾身越过我的桌子,呼吸中带着威士忌的恶臭,从我耳朵后面变出一枚弗洛林币,接着又让它消失,最后这枚硬币出现在他的另一只手上。十次里面有一次会成功,另外九次,硬币会从他的袖口掉出来,他只能趴在地上,用颤抖的手拼命地去找。不论表演成功与否,我都会假装惊奇,继续消磨他的自

---

[1] 低吟男歌手(crooner),尤指20世纪三四十年代唱伤感情歌的男歌手。麦克风和无线电广播技术使得即使是在乐队的伴奏下,听众也可以听清歌手温柔、深情的低唱。Crooner一词源自croon(轻哼、低吟、温柔地唱)。

信不是我该做的事。了不起的丹多拒绝在儿童聚会上表演，而偏偏这就是布朗利先生能够给他找到的唯一演出机会，所以他只能到酒吧表演，换得出于怜悯而卖给他的酒，但更有可能的是，人家让他滚一边去。就我个人而言，我越来越喜欢他，还会期待他的来访。有一次，当他等待进入布朗利先生的办公室时，我问他的真实姓名。"我的真名，"他神神秘秘地说，"就是了不起的丹多。"为了强调这一点，他从袖子里掏出一束塑料花给我，并向我深鞠一躬。当他一无所获地从布朗利先生的办公室出来，他要求我把花还给他，笨拙地把它们塞回原本的地方。"我可能会因此被赶出魔术圈。"他轻轻地拍了拍鼻子说。我向他保证绝对不会泄密，他用双掌捧着我的脸，说我是好人。

除了了不起的丹多和他的同类，布朗利先生的大部分业务主要是为苏活区各种俱乐部提供新的女孩。每周有那么三四次，总会有一个来自某个讨厌的北方小镇的女孩出现在我的办公桌前，她会把行李箱重重地放在脚边，自称是个女演员，正在找工作。她们通常会带着某个剧目轮演剧团的介绍信，或是小心翼翼地从《布拉福德号角》之类的刊物上剪下来的评论。尽管布朗利先生本人也来自曼彻斯特，但他还是乐呵呵地鄙视这些女孩。"肥肿的脚踝和愚蠢的口音，"他宣称，"我不能让这样的邋遢女孩登上伦敦的舞台。"不过，他在说服别人方面堪称大师。"你如果早来一天就好了，"这是他面对她们时的套话，"老维克剧院有一个角色十分适合你，我相信很快会有新的角色，但在这期间……"说到这里，这个可怜的苦命人就会被送往沃克庭院的一个地址，自贬身价到无法忍受为止，最后意识到自己的错误，决定搭便车回到A1高速公路上，然后嫁给比利、迪克或阿瑟，搬进婆家上下两层共两厅两室的小楼的空房间里。布朗利先生的生意就仰赖这种悲惨的循环，人员流动率很高，而且似乎有源源不断的女孩到来，让他一直有生意做。我办公桌最上层的抽屉里一直放着一盒面巾纸。

尽管如此，我第一次感到我在这个世界上找到了一个位置。我不再是隐形人了。我凭借自己的劳动挣钱了。这并不是说我已成长为一个正常的社会成员，但因为布朗利先生的每个客户或多或少都有一些奇怪，我这个怪人在这里融入得挺好。

我晚上继续在客厅里打发时间，但我已经对我读的那些胡言乱语感到不耐烦了。看不出我有什么理由不能写得比他们好，或者说，我至少要试一下。我开始就找在工作中遇到的人写篇幅不长的人物素描。有一周，我每天晚饭后回到房间，在一个专门买来的笔记本上写下后来成为我人生唯一成就的作品：《讨人喜欢的前台》。女主角名叫艾丽斯·查默斯，

是一位演艺经纪人的前台,故事描述她与常在经纪公司出入的男人们暗通款曲。开头是这么写的:

> 艾丽斯·查默斯不是那种随遇而安的女孩,她母亲总是告诉她:"在等着你的高顶礼帽时,别让你的平顶帽飞走了。"但艾丽斯不觉得有平顶帽就好。不,艾丽斯·查默斯一定要有高顶礼帽,不然宁愿什么都不要。有一天,她的高顶礼帽径直走进了她任职的布朗斯通联合演艺经纪公司,他的名字叫拉尔夫·康斯特布尔。他够高够帅够有钱。问题是,他结婚了。

我花三个晚上写完了这个故事,完全沉迷在艾丽斯戏剧性的窘境(她老是陷入困境)中。在办公室没什么事时,为了避免布朗利先生突然进来问我在做什么,我把笔记本藏在腿上,用打字机把稿子打出来。我把稿子邮寄了出去,接下来几周都杳无音信,我几乎快忘了这件事。直到有一天晚上我回到家,发现在冰箱架上有一个写了我笔名的信封,里面除了我的稿子,还有一封帕特里夏·依夫谢姆太太的笔迹华丽的手写信。信中解释说,我的故事可能会吸引《妇女杂志》的读者,而且文笔相当好,但出于某些方面的原因他们无法让稿子以目前的形态出版。她接着写道,他们不能刊登女主角如此随便与人通奸的故事，如果我愿意按照手稿上标注的地方进行修改，他们倒是会重新考虑一下。"文笔相当好"是我做梦也想不到的赞誉。得知故事是因为女主角过于堕落而不适合《妇女杂志》的读者，也令我暗暗激动，我立刻着手修正自己的错误。拉尔夫·康斯特布尔变成一个年轻的鳏夫，艾丽斯也一改原来不够淑女的倾向和过于水性杨花的思绪。就算我觉得妥协在某种程度上损害了自己的"艺术眼光"，但只要故事能够被接受和出版，那种感觉很快就会烟消云散。一张两英镑的支票便足以补偿我的艺术操守。

接下来的几周，我在笔记本上写满了更多的故事。《讨人欢喜的前台》发表后，想必会有很多人来邀稿，我必须做好准备。我相信自己的写作能力会越来越棒，我放弃了第一部作品中辞藻堆砌的散文体，转而采用了更克制、更文学的笔调，拉长了描述性的段落，而不是毫不喘息地从一个场景奔向下一个场景。我给我的主人公们注入了内在的生命，希望他们或许能为读者营造出一定的复杂性。我确信自己注定将成为这一代的南希·米特福德[1]。

---

[1] 南希·米特福德（Nancy Mitford, 1904—1973），因时尚又富有争议的生活方式而名噪一时的米特福德六姐妹中的老大，以描写上流社会生活的长篇小说著称，作品有《爱的追求》《寒冷季节的爱情》《幸事》等。

《讨人欢喜的前台》刊出的那个周四,我冲到查令十字街的书报亭那儿去买了一份杂志,站在外面的人行横道上翻阅。在一幅相当粗俗的插画中,艾丽斯穿着短裙,两腿撩人地交叉在办公桌后面,这与故事中对她的描述完全不同。然而这种无礼与冒犯并没有影响我看到自己的文字被印出来而产生的兴奋感。当我站在人行道上手里拿着杂志时,路人竟能对旁边有位著名的女作家视而不见,这简直令人难以置信。我多少有点泄气,回去又买了三份杂志。书报亭老板什么也没说,但我觉得有责任解释一下。"嗯,里面,有我写的故事。"我说。他无动于衷地耸了耸肩。"一样还是九先令,亲爱的。"

我当时并不知道,但后来事实证明,这就是我文学生涯的巅峰。在接下来的几天里,我徒劳地等着读者来信和杂志邀稿。第二周某天的午餐时间,我走进杂志社位于罗素广场的办公室。一个20岁左右的女孩爽朗地问她能否为我效劳。我说明了情况。我说,或许我的信被放错地方了。她开始在一叠信件中翻找,但没有一封是寄给我的。我没有气馁,不屈不挠地又把我写的几个故事投稿给多本杂志。稿子被退回时伴随着措辞几乎一模一样的拒绝信。一天晚上,我重读了《讨人欢喜的前台》,我猜一定是自己为了提升风格,偏离成功的套路太远了。然而每读一句话,我都不由深深皱起了眉头,内容老套又无聊。第二天早上,我甚至不想在壁炉里留下哪怕是灰烬的证据，于是把我的笔记本扔进了梅达维尔的一个垃圾箱。

我在布朗利先生那里工作不到两周，父亲就安排卢埃林太太住进了家里。当然，他说得合情合理。"你现在工作了，就没有时间去买东西和做饭了。"我抗议说，我其实在这些活动上花费的时间很少。现在，只需开几个罐头就能做出一顿有营养的饭菜。"即便如此。"父亲说，我意识到他不是很满意我为他提供的饭菜。确实，我厨艺不佳，而且他最近也变得相当瘦。他建议我给自己找份工作，不过是想找人取代我的借口。我让他失望了，我在布朗利先生那里的愚蠢工作突然变得毫无意义。我还想到，在母亲去世后的这六年里，我父亲从来没有找过任何女性陪他。在我年纪还小时，我从未想过父亲可能会有身体上的需求（我指的是性方面的需求），但随着我自己变得越来越世故，我意识到他自然会有这样的需求。女儿替他管家不是不行，但让我照顾他的肉体需求是不合适的。这种事在殖民地或许能够被容忍，但在英国根本不可能发生。

我不喜欢卢埃林太太，我敢说她也不喜欢我。我知道在这个讲究平等的年代，你不应该仅仅因为对方是威尔士人就反对她。那毕竟只是伴随出生的偶然情况（更值得同情而不是鄙视），不过我确实认为，如果人应该对这个世界宽容，那么为生活所累所苦的人，也应尽其所能地努力改善他们与生俱来的不利条件才说得过去。然而，卢埃林太太似乎没有这种考虑。尽管她在战后不久就和现已亡故的丈夫一起来到了伦敦，但她的口音仍然让人几乎难以听懂。有那么一两次，我试图教她一些日常用词和短语的正确发音，但事实证明，她是一个最没有学习意愿的学生。其实早在我们第一次见面时，她就很冒失地告诉我，她的名字读作"欧埃林"。如果是这样的话，我反驳说，为什么拼写不按读音来呢？更重要的是，似乎是为了确保我永远无法忘记她在家里的存在，不管做什么事，她都要边做边唱歌，唱得还很难听。我知道我没资格指责她，所以我问父亲是否可以和她谈谈，但他似乎觉得我的要求很可笑。有一个开朗快活的人在家里，他说，会让人精神振作。我感受到了他话语中的轻视。

这是父亲选择站在管家那边反对我的许多次中的第一次，因此我决定竭尽所能地暗中搞破坏。事实证明，这相当有难度。但必须承认，卢埃林太太的厨艺确实精妙，当我下班回到家时，屋内弥漫着煲汤那抚慰人心的舒适味道。没过几周，他们就直呼彼此的教名，父亲邀请她在我们吃饭时与我们同桌用餐。他说让她像仆人一样伺候我们吃饭是不对的。她现在是我们家的一分子了。他看着我，希望我认可这个可笑的想法，但我只是把盘子往旁边一推，说我必须注意自己的体重了。

卢埃林太太与"管家"这个词勾勒出来的刻板印象完全不同,她既不粗壮,也没有发福。她的双颊有些红润(无疑这是她的卑微出身留下的痕迹),但五官还算讨喜,而且身形优雅。我开始怀疑父亲雇用她不仅仅是为了管家,还要满足女儿所不能满足的那些需求。我开始只穿长筒袜蹑手蹑脚地在房子里走来走去,以便逮他们一个措手不及。有一次,我在书房里抓住了他们。卢埃林太太在书桌后,站在我爸身边,他解释说他们在查看家里的财务状况,不过这并未打消我的怀疑。我决定晚上睡觉时将我的卧室门虚掩。我睡眠很浅,夜里要是有人搞鬼,我一定会被吵醒。我清醒地躺在床上,等待着听到卧室门的咔嗒声。有时我会醒来,穿着睡衣在家里走来走去。我经常会打开卢埃林太太放在食品储藏室里的捕鼠器,或是移除那些可悲的小尸体,不让她有成功捕鼠的满足感,她对老鼠的憎恶与它们可能造成的危害完全不成比例。

我察觉出她有一种残忍的倾向,如果我想破坏她和我爸的关系,那也完全是为他的幸福着想。某天早上,我在出门上班之前,把一张一英镑的纸币半遮半显地藏在走廊里的电话桌桌脚后面。当我晚上回来时,它已经不见了。吃晚饭时,我随口跟父亲提了一下,我好像有张一英镑的钞票没收好,到处找都没找到。"啊，那是你的啊，"他轻快地说，"玛格丽特今天早上在走廊的桌子底下找到了。"他从长裤的裤兜里掏出钞票递给我。当卢埃林太太来上甜点时，他告诉她谜团解开了。她回答说她很高兴听到这个消息，但她的表情清楚地告诉我，她对我的诡计并非没有警觉。我知道这些事对我都不利。我敢于承认我是在嫉妒。

当我第三次找布雷思韦特咨询时，黛西让我直接进入他的咨询室。这种偏离既定习惯的做法让我感到不安。我已经习惯了在等候室花上几分钟，摆脱最后残余的一点点自己，蜕变为丽贝卡。我在黛西的办公桌前停了下来。

"今天开普勒小姐没来吗？"我问。

她用蓝眼睛温柔地看着我。做黛西该有多简单啊！她那漂亮的脑袋看起来似乎从未被任何阴郁的想法困扰过。或许整天监督着伦敦有钱的疯子来来去去，对心理健康大有裨益。她没有理会我的问题，而是回答说布雷思韦特医生马上就能见我了。

"她病了吗？"我坚持问道。

黛西脸上现出了令人惊讶的固执。"你知道的，史密斯小姐，我不能和你讨论其他访客。"

她身体前倾，靠过来，用别人能听得见的耳语说："你甚至不应该知道她的名字。"

她说这句话的方式让我觉得，我们之间达成了某种共谋。"我明白了。"我回答。但我仍在她办公桌前徘徊。我有一种不祥的预感，有什么可怕的事发生了，开普勒小姐恐怕已经无法克制伤害自己的冲动。"我知道这很蠢，"我说，"可是我不敢想她出了什么事。"

黛西把声音压得更低了。"你没必要有这种想法。"但她并没有否认确实有事情发生。

就在这时，布雷思韦特医生出现了，但不是在咨询室的门口，而是在楼道的入口。我忽然有一种见到了他的分身的感觉。他看起来比平时更加衣冠不整，赤着脚，衬衫也没塞进长裤里。黛西拉开了和我的距离，开始打字。她的脸颊涨得通红。布雷思韦特瞥了我们俩一眼。

"史密斯小姐，如果你更愿意花五基尼找黛西咨询，我也无所谓，我会滚去酒吧，给你们行方便。否则的话……"他穿过前厅，推开了通往他巢穴的门。当我在门口经过他时，他说我喷了一种新的香水。这倒是真的。那天的午间休息时间，我在托特纳姆法院路的博姿柜台前试了一下样品。这证实了我的感觉·布雷思韦特有一些异于常人之处。他不仅仅察觉到我喷了香水，还知道我换了香水，这让我起了鸡皮疙瘩。他紧随着我进入咨询室，我的脖颈处都能感受到他呼出的气息。他带着一种下定决心的刻意感在身后把门关上了。

我不知怎的觉得他对我的情况了如指掌，他知道我不是我所宣称的那个人。

我本能地加快了脚步，朝着好似避难所的长沙发走去，坐下时把包放在腿上。他背对着门站了一会儿，然后慢吞吞地走过来，眼睛一直盯着我。如果他的意图是威胁我，那么他成功了。我想象着他把双手放在我的脖子上，缓慢收紧，逐渐加重抓握的力道，直到把我掐死。我不会反抗。但他没有掐我脖子，只是把直背椅拉了过来，在离我很近的地方坐下。他坐得如此之近，以至于我们的膝盖几乎碰到了一起。他身体前倾，手肘搭在大腿上，鼻孔扩张。我意识到，他正在闻我的味道！我感觉受到了侵犯。我打开我的包，拿出了一支烟点上，烟雾在我们之间形成了某种形式的屏障。我忽然冒出一个令我不安的想法。

"我希望你不要觉得，我用了不同的香水是为了你。"我说。

布雷思韦特略微向后靠了靠。"我没这么想过，"他说，"至少在你觉得应该出言否认前没有这个想法。但事实是，你用了不同的香水，你一定是出于什么动机才这么做的。"

丽贝卡接过控制权。"我以为你会说我潜意识里想跟你做爱。"

"那你是这样吗？"

"如果那是潜意识的欲望，我又怎么可能会知道，对吗？

不过我向你保证，我的意识认为这个想法非常令人反感。"我觉得丽贝卡说得太过分了，但布雷思韦特似乎觉得她的话很有趣。

"无论反感不反感，这个想法显然已经在你的脑海中闪过。"他说。

我有点心满意足地解释说，我使用的新香水不过是一个化妆品专柜的样品。我故意不提我当时偷偷地把瓶子扔进了包里，我这么做不是出于对这种香水的迷恋，而是出于一种幼稚的欲望，即挑战我母亲"另一次伍尔沃斯事件"的警告。尽管如此，我觉得布雷思韦特不知为何知道那个小瓶子就在包包里，我没办法对他隐瞒任何事。他知道我不是丽贝卡·史密斯，而是韦罗妮卡的妹妹，还知道我来这里完全是装模作样地演戏。我等待着他的指控。果真如此，我也不会否认什么，我几乎期待被他揭穿。

"嗯，物有所值嘛，"他反而说，"这个味道很适合你，更接地气，更加性感。"

他把最后一个词的音节拉长，远远超出了正常的长度，宛如在其中找到了额外的音节。他往后靠着椅背，注视着我。我的脸红了。我咒骂自己。丽贝卡不是那种容易陷入窘迫的人。我躲在我那支烟的烟雾之后。

"即便是按照你那不可靠的标准，你看来似乎也还是很紧张。"布雷思韦特终于说道。

没有什么比让别人注意到自己的不安更让人感到紧张的了。"我当然紧张,"我回答,"是你让我紧张。"

他做了一个无辜的表情。"我做了什么让你紧张?"

"你很清楚。"

他摇摇头。"相信我,我不知道。"

"你坐得离我太近了。"

"哦,"他回答,慢慢地点点头,"你会因为另一个人的靠近而觉得不舒服,对吗?如果觉得我靠得太近,丽贝卡,你可以换个位置坐。"

他往后靠着椅背。他按摩着脸的下半部,捏扯着没有刮胡子的两颊。他的嘴唇又红又肿,让我联想到了肉店橱窗里的一盘内脏。我呆坐在原本的位置上,不应该是我动,是我先坐下来的,是他侵占了我的领地。过了一会儿,他再次倾身向前,用手指比了一个尖塔的形状。

"我是这么想的,丽贝卡,"他说,"不是我让你紧张,而是从我发现你和黛西在外面鬼鬼祟祟地勾结那一刻起,你就很紧张了。我到的时候,你们两个表现得好像被我当场抓了个现行,但你没有为你俩打的小算盘负起责任,反而责怪我抓了现行。这有点不公平,你说是吗?"

"我们没有打什么小算盘,事实上,我的算术很差。我父亲不会承认这一点,但这就是为什么他聘用了卢埃林太太。"我信口胡诌出了不相干的话。

布雷思韦特大声地呼气,用看一只失禁老狗的眼神看着我。他站起来,在房间里转了一会儿。"尽管如此,"他说,"我不想让你感到紧张。如果你紧张,我们就不会有任何进展。要不你躺下来?试着放松一下。"

"我不想放松。"我说。

"哦,那我不能强迫你。"

"如果你那么想让我放松,为什么不催眠我呢?"

"我才不搞那种虚头巴脑的玩意,"他说,"无论如何,我很确信你是无法被催眠的。你是所谓的'抗拒型'。如果我发现你所有的秘密,你会胆丧魂惊的。"

我说我才没有什么秘密。

"每个人都有秘密。来吧,跟我说一个你的秘密,我就跟你说一个我的秘密,作为交换。"

"说了就不再是秘密了,不是吗?"我说。

布雷思韦特在房间里转了一圈,又回到了门前。我以为他要打开门,让我赶紧走人。他却重重地往地上一坐,背对着门,盘腿而坐。我觉得自己像个人质。

为了把话题从我所谓的秘密上转移,我放下了包,脱下了鞋,感觉自己近似裸体。我转过身来,轻轻地在沙发上伸了个懒腰。然后,我想起布雷思韦特对韦罗妮卡的同样动作的描述,我让一条手臂松松地往下垂,脖子向后仰。

"冰雪女王融化了。"他说,这句话中多了一丝讽刺。

我把头靠在沙发的扶手上,凝视着天花板。我第一次注意到天花板收边条只围绕了这个房间的三面墙。一扇窗户上方有一块污渍,像一只芥末黄色的水母。我一点都不喜欢水母。还是个小孩时,我在佩恩顿海滩上踩到一只,我仍然记得我的脚趾陷进它凝胶状的尸体的感觉。我被吓坏了,此后几个月里一直做噩梦,梦见自己被这些松软的生物吞没。我毫不怀疑这正是布雷思韦特会感兴趣的事情,所以当他问我在想什么时,我告诉他我一直在回味我们上周的谈话。

"哦,那些束缚,"他说,"我想我们可能会回头再谈那些束缚。你用了一个非常有趣的词语。"

"我有吗?"

"'战栗',"他说,"你说那些束缚令你'战栗',那是一种颤动、颤抖。毫无疑问,这是一个跟性魅力有关的词,但它的词源在别处。拉丁语frigere的意思是冷或性冷淡。也许这就是你想对我表达的事。丽贝卡,你是性冷淡。"

当然,众所周知,精神科医生对性是极其看重的。我一直认为人们做这行的动机,就在于其执照可以准许你问些不正当的问题。我并不因此而责怪他们。我没什么性生活可言,但这并不意味着我对其他人的活动不感到好奇。我也不怀疑性经历在人生中的核心地位。只有穷人才会执迷于金钱，富人从不谈钱。同理，只有没性生活的人对性最执迷。

布雷思韦特的指控对我来说可能不是什么难以忍受的侮辱，但丽贝卡绝不会承认有这种失调。"我向你保证情况绝非如此。"她说。

"我的直觉告诉我，丽贝卡，你并没有你装出来的一半世故。"

"那要看你怎么衡量世故。"她回答。

"这个嘛，有一个衡量方法是，你有过几个情人？"

我脸颊上涌现出来的红晕出卖了我。"我不认为这是一个合适的话题。"我发现自己担心起上衣袖口松开的线头，我只好呆呆地望着天花板上的水母状污渍。

"这是一个最不世故的答案。"布雷思韦特用欢快的语调说。他就像一只猫，在玩弄半死不活的老鼠。"只要一提到性，你就恼火。可是上周，你选择告诉我的故事，却明明白白地有着性的意味。在我看来，是你邀请我刺探这些事情的。"

我忍不住想，他选择"刺探"这个动词是有意为之，但他说对了，一如既往。早在还是个孩子的时候，我就已经知道，那些紧箍在我胸前的缰绳所带来的感觉是禁忌且肮脏的，不能说给别人听。从我有记忆起，我一直都能刺激出体内的这种感觉。小时候我会用床单把自己紧紧裹住，等感觉越来越强烈之后，再挣扎着放开来。年纪稍长后，我发现把手放在双腿间引发的兴奋感是最强烈的。青少年时期，我在镜前取悦自己时，会用丝巾或皮带把两个膝盖绑在一起，以增加我的快感。没错，在被束缚的感觉中，有一种东西将我点燃。我自然没和别人说过这些想法。相反，我无力地对布雷思韦特说我不想讨论这些事情。

"那就更有理由讨论了。"他回答，"如果你不想列举你的情人，那么说说你的第一次邂逅？"

我本人可以任由他贴上不谙世事的处女的标签，但丽贝卡可不想受到这种诋毁。我想到查泰莱夫人被情人梅勒斯粗暴地蹂躏，但梅达维尔不是小说中的拉格比庄园。这里既没有森林也没有猎场看守人的小屋，而且我想象不出来看守人的模样，所以别无选择，只能诉诸真相，或者某个版本的真相。

我犹豫着开始了我的诉说。母亲离世之后，父亲每年会有两三次把我送到他妹妹位于滨海克拉克顿的家里住。小时候，我很少见到克拉克顿的亲戚，他们从不来伦敦，我母亲也不赞成去外省出游。他们住在康乐路上一栋丑陋的半独立房子里。凯特姑姑是个活泼的人，总能营造出一种欢快的气氛，但我怀疑她是在借此掩饰对人生的失望。她不是两个手肘深陷在面粉里，就是在大力刷着门前的台阶，总是把力气耗在永无止境的洗涤中（低阶层的人似乎相信，可以通过过度清洁来弥补自己的不足），我常发现她脸上有一种深深的疲倦感。布赖恩姑父最引人瞩目的特点是他不停地吹口哨，就是那种带着呼吸声、不成调的口哨，伴随着他轻微的摇头晃脑，似乎在不遗余力地展现他是多么和蔼可亲。他是个无能的男人，这使得在他家里过周末相当愉快。克拉克顿亲戚家里没有我家那种严格又死板的出游安排，如果我想整个上午都躺在床上，或者把整个周末都用来看一本小说，也没有人会责备我。就算用餐时间我没有出去吃饭，稍后自己去拿一份火腿三明治或一块蛋糕，凯特姑姑也不会看我不顺眼。

这些无聊得令人舒适的周末有个美中不足之处，那就是比我小两岁的表弟马丁。他外形不错，五官也还算对称，14岁时就已经长得和他父亲一样高，一头沙黄色的头发自然地散落在前额两边。可惜这些美好的特征，全被他那糟糕的驼背给破坏掉了，他似乎一直担心头会撞到横梁。此外，他还从他父亲那里继承了会用别具个人特色的声音宣告自己存在的习惯，不断从鼻子处发出呼哧的鼻音。起初，马丁和我没有什么交集，但后来他开始对我感兴趣了。当我在花园里时，我经常发现他在眯着眼偷看我的腿，同时假装自己在忙着做一些不存在的工作。如果我在自己的房间里，他会潜伏在楼梯外面的平台上,只不过马一样的呼气声暴露了他的行踪。不用说,他几乎不敢主动找我说话,如果我跟他说话,他的脸马上就红了。我敢说他对我很敬畏,我则大声地谈论姑姑(略带钦羡地)称之为"伦敦做派"的那些东西,从而利用并强化他对我的敬畏。我知道他会偷看我刷牙,这让我很兴奋,所以有时我在浴室里,会把门虚掩着。

说到这里,我把头转过去看了看布雷思韦特医生,他仍然背对着门盘腿而坐。他的脸上毫无表情,但他用手比画了一下,鼓励我继续讲。我再次抬头望着天花板,继续说下去。

在事后才知晓是我最后一次去克拉克顿住的那次,我发现马丁变了很多。那时他已经十六七岁了,不仅走路有了直立人的步态,还穿上了黑色的无袖紧身皮上衣,甚至连吃饭都要穿着。他已经克服了喷鼻息的坏习惯,现在能够正视我的眼睛而不会脸红了。结果反而是我变得紧张不安。他在自己的房间里大声播放最新的唱片,并在父母听不见时跟我说,他会和女孩"在海滨广场"一起抽烟。我当然装作毫不在意。我告诉他,我在伦敦吸食大麻,在爵士乐俱乐部彻夜不归。当他问我是否喜欢某些乐队时,我用轻蔑的耸肩来掩饰我的无知,没有告诉他我其实喜欢的是肖邦。

那时,我已准备好在周日下午离开,然而周六吃晚餐时,马丁——他现在更喜欢别人叫他的昵称"马蒂"——问我要不要和他一起到海滨广场"逛逛"。显然，他是想向朋友们炫耀他的伦敦表姐，我觉得没理由剥夺他的这种乐趣。在我们离开之前，我在房间里花时间把自己打扮得漂漂亮亮的，并整理了一下头发，然后才下楼。我下来的时候，马丁在走廊等我，他把无袖紧身上衣的领子立起来，用两个大拇指勾住他系在牛仔裤上的细皮带。我们一离开他家的视野，他立刻就从口袋里掏出一包烟，递了一支给我，我几乎无法拒绝。一阵微风从海边吹来，他不得不站在离我很近的地方点燃香烟。我可以从他的呼吸中闻到我们晚饭时吃的奶酪通心粉的味道。他花了点功夫才点好烟，并指导我在他为我点烟时吸气。我提醒他，我平常只抽大麻，他真诚地点点头，"是啊，当然。"我像广告里的女人一样，用拇指、食指和中指夹着烟，马丁则将手窝成杯状，圈住点燃的一端。

我们和三个男孩会合，他们穿着马丁同款的服装，靠在滨海广场的栏杆上，对三三两两路过但装作不理会他们的女孩指指点点。马丁没替我们互相介绍，那些男孩中也没人想跟我聊天。不过很显然，他们知道我是谁，我暗自为马丁一定跟他们提过我而感到心满意足。我又向马丁要了一支烟，他很高兴地答应了。这一次，点烟的仪式顺利完成了。我们五人站成一个半圆，松松散散地面朝海滨人行道，只在偶尔说出路人名字时打破沉默。"那是麦基·迪恩斯吧。"或者，

"那个骑车的人是老科基吗?"老科基显然是他们的老师,等他走远听不到他们说话时,男孩们便在他身后大声但不温不火地辱骂。或许因为有我在场,他们不像平常那样想说什么就说什么,又或许所谓"逛逛"就是这个样子。当我的香烟燃尽之后(我其实真的只抽了最小的一口),我让它掉在人行道上,然后再用鞋尖把它踩平。这是一个令人愉快、自信的动作,我决心认真地培养这个习惯。

现在,有两个女孩加入了我们,她们穿着很时髦的短外套,妆容厚重。马丁记起了礼节,介绍我们认识。矮个女孩(辛西娅)有一张圆脸和小小的绿豆眼,鼻子短短的。但高个女孩非常漂亮,很像一头乌发的法国影星碧姬·芭铎[1]。她把手包紧紧地抓在身前站着,轻轻地摇摆着臀部,视线流连于我们身后的海平线,我的目光几乎无法从她身上移开。几分钟的沉默后,有人建议我们"向亚特兰大进发"。我和两个女孩一起走在后面。男孩们没有理睬我们,很快就离开了我们的听力范围。

矮个女孩问:"这么说,你是伦敦人?"

"是啊。"我回答。

---

[1] 碧姬·芭铎(Brigitte Bardot, 1934—),法国演员、歌手、模特,20世纪五六十年代欧洲著名的性感女星,在当时的流行文化中影响很大,作品有电影《穿比基尼的姑娘》《玛丽娅万岁》等。

"我计划一减肥成功就搬到那里去。"

"太好了。"我说。

她问我多大,我告诉了她。我们在沉默中走了一会儿,然后她问我觉得女孩应该在多大时做"那个"。我看着她。

"做哪个?"我天真地问。

"你知道的。"她向我靠得更近,并用两个呆板的字所能容纳的全部急促感又重复了一次,"那个!"两个女孩交换了一下眼神。

"看情况。"

"什么情况?"

"好吧,有几个因素,"我说,非常享受自己作为性爱大师的地位,"但实际上,总的来说,就一件事:你想还是不想。"

辛西娅认真地点点头。她把声音压低为只能意会的耳语:"你做过吗?"

"当然,"我轻蔑地大笑着说,"做过几十次了。有一次甚至是跟一个有色人种的男人做的。"

她们显然很钦佩。

"我男朋友想跟我做,"辛西娅说,"可是我怕会痛。"

"最好尽快把这件事给了结了。"我说,"第一次总是会痛的,但没人喜欢圣母。最重要的是,"我就此主题更起劲地继续说道，"绝对不要跟同一个男人做两次，否则他们会有想法。"

"什么样的想法？"

"哦，你们知道男人会有什么想法。"

辛西娅认真地点点头。芭铎翻了个白眼。她们最多也就15岁。

马丁和他的朋友在亚特兰大的入口处等着我们，那里原来是一个看起来很破旧的餐厅，有一个简陋的遮阳篷，破旧的人行道上摆着几张金属桌，不过没人坐。我们走了进去，因为所有的卡座上都坐满了人，我们于是在房间中央的一张桌子前坐下。我脱下外套，挂在门边的衣帽架上，然后坐在了马丁和另一个男孩中间。

一个头发灰白、戴着金属框眼镜、穿着毛衣外套的男人来帮我们点餐。他看起来更像是教堂的管风琴演奏者，而不是餐馆的老板。他问："孩子们，要点什么呢？"

和年纪比我小的人被归类在一起，我觉得受到冒犯，但我什么也没说。每个人都点了可口可乐，老板送来饮料时，每个瓶口都插着吸管。男孩们丢弃了吸管，直接从瓶口处喝，充满了佯装的大男子主义气概。我小心翼翼地喝着我的可乐，并观察着周遭环境。三个梳着大背头的年轻人靠着角落里的点唱机，两个穿着七分裤的女孩正在一起跳舞。她们缓慢地扭动臀部,眼神空洞地凝视着对方的身后。我和男孩们所坐的位置很近,这似乎让他们打开了话匣子,坐在我旁边的那个男孩问我喜不喜欢埃弗利兄弟。

"埃弗利兄弟?"我重复道,"我确定我没有见过他们。"

他讥笑一声,冲点唱机比了个手势,意思是正在播放的曲子就是他们的。我直言,这听起来像一首儿歌。

马丁俯身过来,用拇指戳了戳我的胸口。"她比较喜欢爵士乐。"

"对,"我说,"我比较喜欢爵士乐。"

对面的男孩说:"爵士乐是男同性恋听的。"

"**我**喜欢爵士乐。"马丁说。

"那难怪。"他拿起可乐瓶大喝了一口,把瓶子用力地放回美耐板桌面上,然后厚颜无耻地上下打量着我,好像我是学校抽奖活动上的一个奖品。

马丁站在我这边,让我很感动。现在我看到,与他的同龄人相比,他似乎已经长大了。我从钱包里拿出一张十先令的纸币,让他在柜台后面帮我买一包烟。

他马上跳起来,很高兴能为我服务。"你抽什么牌子的烟?"他问。

我扫视了一下柜台后面陈列的各种品牌烟盒。绞盘牌的烟似乎不是很淑女,乐富门牌则过于像劳工阶层,我选了黑猫牌。我看过它们的广告，喜欢包装盒上的小黑猫图案。马丁拿着烟回来了，我把烟拿出来给每个人发一支，扮演慷慨的伦敦人。我们全都点了烟，一团烟雾将我们笼罩。那个问我埃弗利兄弟的男孩对我说，他其实也喜欢爵士乐。我说他和马丁以后应该来伦敦一趟，我会带他们去俱乐部坐坐。

"真的吗？"他说。

我告诉他，必须等到他们年龄足够大才行。他向我保证，他们已经够大了。他们开始讨论什么时候可以接受我的邀请，我为自己愚蠢的炫耀感到懊悔。

另一张专辑的音乐响起。"我喜欢这张。"马丁边说边把椅子往后推，问我是否愿意和他一起跳舞。其他男孩一起发出了挖苦的起哄声。马丁瞪了他们一眼，我替他感到抱歉，并希望能减少对伦敦之行的讨论，于是答应跳舞。我们在点唱机前为跳舞这项活动保留的空间里面对面站着，另一对男女已经用胳膊搂住了对方的脖子。马丁的双臂在手肘部往上弯，双手在胸前缓慢地前后摆动。他微微摇晃着臀部，随着拍子把身体重心从一只脚转移到另一只脚，我照着他的动作做，我们俩就这样跳了好一阵子。旋律是重复的，但不讨人厌。到了第三节，马丁往我靠近一步，不出声地跟着曲子唱。歌词似乎主要是无尽的重复，"对，我很会假装"，伴随着桌子那边传来的非常和谐的起哄声。

他把手指轻轻放在我的髋部，继续他那毫无节奏的摇摆。除了后退，我没有其他选择，只能把双手放在他的手肘上。他把这当作鼓励，双手更进一步，圈住我的身体。他的指尖放在我的背上，就在我裙子的腰带上方。我们的胸口几乎要挨着了。这很不得体。但鉴于我先前夸口去过爵士乐俱乐部，吹嘘跟有色人种的男子上过床，现在我不能表现出胆怯拘谨的处女样。当那首歌达到平淡无奇的高潮时，马丁把我们的身体拉得更近了，坐在桌子那边的男孩发出牛鸣般的声音。我们俩的臀部现在同步摇摆，他的下巴搁在我的左肩上，我感觉到他的腹股沟部有一个坚硬的东西顶着我裙子的前面。我把他推开，不过推得不是很用力。一曲终了，马丁看着我，尽管我们的舞蹈没费什么气力，但他呼吸急促，上气不接下气。我回到了我的座位，马丁去了洗手间。等他回来后，我说要准备回去了，他点了点头。

当我们走在回家的路上时，他试图搭话，好像我们之间没有发生过什么不正常的事情一样。我尽可能地好好回话，这比直接面对在餐厅里发生的事要好，只是不知道为什么对话跟以前比很不自然。当我们走到康乐路时，家里早已熄灯。我们站在狭小的走廊里，聆听夜的寂静。尽管并非出于我的本意，但我们都知道我们做了不该做的事，成了同伙。在确定他的父母已经上床入睡后，马丁将目光投向"起居室"，我跟他走进去。那是一个糟透了的小房间，凯特姑姑晚上会在那里织毛衣和看电视，她丈夫则会边看报纸边打瞌睡，或者在口中喃喃自语猜谜节目的答案。窗帘是敞开的，马丁没有费心把它拉起来。相反，他关上门，打开了沙发旁边桌子上的灯。然后他跪在电视机下胡桃木镶板柜子前的地板上。我在长沙发上坐了下来，他转头用一个心照不宣的眼神瞥了我一眼。他推开柜子的小门，搓了搓手。这里是克拉克顿一家放酒的地方。

"喝点什么好呢？"他问。

我耸了耸肩。

他拿出一个深棕色的瓶子，并一边夸张地示意我不要发出任何声音，一边拿出两只玻璃杯。他把酒倒出来，递给我一杯，然后漫不经心地把他母亲的编织毛线丢到地上，坐到我身旁来。我们碰了一下杯子，喝了起来。那是雪莉酒，正是圣诞节那恶心的味道。马丁一口气喝完，又给自己倒了一杯。我忍住了问他父母是否会注意到的冲动。那是他要去小心的事，我并不想待在这里。但在灯光昏暗、声音低沉的氛围中，我很难不觉得我们之间有一种亲密感。我提醒自己，身为表姐，我能掌控局面，只要我愿意，随时都能回到自己的房间。马丁替我斟满酒。

"这酒还不错，对吧？"

我又喝了一口。我不得不承认，它产生了一种放松的效果。也许，除了吸烟，我还要成为一个酒鬼，这似乎和其他任何雄心壮志一样值得追求。马丁提议说，脱下外套可能会更舒服。当然，他说得对，可是我不知道这样一个放肆的举动会造成什么后果，所以没有听他的。他建议点燃煤气火炉，我摇摇头说没有必要，我马上就要去睡觉了。马丁意味深长地点了点头，好像我说的话构成了某种邀请。他又喝了点雪莉酒。

"我希望今晚对你来说不会太无聊。"他说。

我向他保证今晚我非常愉快，并感谢他对我的邀请。他的视线一直盯着他的前方，我第一次注意到他遗传了我父亲的罗马式鼻子。

"你的朋友们人都很好。"我说。

"他们是白痴，"他说，"我迫不及待想走。"

我喝完雪莉酒，告诉他我很累了。

"我也很累。"他说完就俯身过来吻我，先亲我的脸颊，然后移到我的嘴唇，我一直紧闭着嘴唇。然而，这并不全然令人讨厌，我也没有把脸别过去。他把我的不加制止当作鼓励，一只手放到我的膝盖上捏了捏。我的双手仍放在我的双腿上。他开始发出小马似的鼻息声，放在我膝盖上的手伸进了我的大衣。这时，我抓住了他的手腕，跟他说适可而止。

我站了起来。他一脸气馁,我几乎要替他感到难过。

"你做这种事情是不是还小了点?"我说。

他抗议说,他和辛西娅走得更远。

我向他表示祝贺,但告诉他,他和我不会有进一步的发展。

我像往常一样沐浴后上床睡觉,我不能确定时间过了多久,甚至不能确定我是否已经睡着。可是在某个时刻,卧室的门咔嗒一声被打开了,马丁溜了进来。在昏暗的灯光下,我可以看到他穿着睡衣,朝床走近了两三步,然后拉开毯子,上床躺到我身边。他正处于"情欲高涨"的状态,开始不断亲吻我的肩膀,然后是脖子。他的左手摸索着我睡衣的下摆边缘,我紧紧抓着不让睡衣被掀起。他喃喃地恳求我:"只是摸一下。"我说我不会做这种事,并告诉他,如果他不回房间,我就要大声喊他的父母。接着他身体一僵,就像癫痫发作一样,我感到肚子上出现了一摊黏黏的东西。他的呼吸一平缓下来,他就立刻下床并向我道歉,求我不要告诉他的父母。当然,我并不打算如此行事,但我说我不得不考虑这样做。事后,我纳闷让他做想做的事是否真的那么讨厌。

说到这里,我忽然感到局促不安,朝布雷思韦特瞥了一眼。他双手紧紧交叠在大肚子上,看起来他似乎并不想打断我,于是我继续说下去。

第二天，我在离开之前没有见到马丁，我感觉他在躲我。在回伦敦的火车上，我在某个车厢隔间里找到没人坐的靠窗位置，背对着火车头坐了下来。我喜欢那种被不可抗拒的力量拉走的感觉，这是正对着前进方向时体会不到的。一个老处女模样的女人占据了对面三人位的中间位置。我们简单地打了个招呼，我发现她选择的位置让人感觉整个隔间是她的，她坐在中间就是在确立她对这个隔间的管辖权。虽然火车还没有开动，但她已经把她织毛衣的东西放在身体两侧。她穿着一条几乎到脚踝的长裙，即便是回到20世纪初的爱德华时代，她也不会显得格格不入。她的外套翻领上戴着一枚多彩的浮雕宝石胸针，头上戴着一顶插着羽毛的绿色毡帽。不过，她双手和双颊的皮肤是粉红色的，带有年轻女子的弹性。尽管她穿着70到90岁人的服装，但她很可能不超过40岁。无论她的年纪有多大，她都有一种永远在恼怒的气质。生活让她失望，为了防止未来再次失望，她在自己的领地内把所有的希望都驱逐出去。她正在织一件儿童毛衣，但她没戴婚戒，我想这一定是织给侄女或外甥的。她的姐妹一定害怕她一年两次的来访，好不容易把她送走之后，可能还会暗自欢呼。我想知道她是否曾拒绝过某个年轻男子的求爱，并从此后悔不已。

我闭上眼睛，把头靠在窗户上，做出打算睡觉的样子。

火车开出后不久，隔间的门被猛地拉开了。这声响引得我抬起头来。一个脸色红润、头发抹了发油、穿着浅黄褐色雨衣的年轻男子站在门口，他左手提着一个行李箱，右手拿着一个没点燃的烟斗。

"你们不介意吧，女士们，"他用夸张的快活语调说道，"这里不是女权主义者的聚会，对吗？但注意哦，我可不反对女权主义，事实上我全力支持。"

这位老处女看着他，没有一丝笑容。显然她不会"全力支持"。我笑着表示欢迎，至少别让人家以为我与同隔间的乘客有什么关系。

他把行李箱扔到我们头顶的置物架上，牙齿紧咬着烟斗，急切地脱下雨衣，让人以为雨衣着火了。他在雨衣下面穿着三件套的粗花呢西装，那是我父亲在战前都不会穿的样式。他让我想到了会计师事务所的初级会计师，那种以为穿着老派西装就能讨好某个"上司"，加快他晋升速度的年轻小伙子。

考虑到座位的安排，他照例该坐在离门最近的后排座位上。无论是在公交车上、公园的长椅上还是在咖啡馆里，人类都会本能地远离彼此，谁违反了这个惯例，就该被用怀疑的眼光看待。尽管如此，这个年轻人还是在我旁边的位置坐下了。这不仅使我感到压抑，而且同隔间的旅客也不得不别开她的膝盖,给他的腿让出一点空间。她瞪了他一眼,然后低下头接着织毛衣。年轻人转向我,好像受到惩罚的滑稽男学生般做了个鬼脸。我翻了个白眼表示同情,我们俩便成了一伙。他把这当成了自我介绍的邀请。如果我没记错的话,他的名字是乔治·博思威克。他把烟斗从右手换到左手,我们尴尬地握了握手。不自报家门似乎不礼貌,于是我也报上了名字。

"非常结实的好名字。"他说,仿佛那是一只登山靴。

我一定是拉下了脸,因为他随后变得很慌乱。"我的意思不是在暗示你很结实,只是表达那是一个好名字,可靠、值得信赖,诸如此类。你本人看起来一点也不结实,如果我可以说的话,恰恰相反。"

他愚蠢的独白终于结束了,我把视线转向窗外。克拉克顿的郊区慢慢变成了麦田,或至少是某种田野。乔治并没有因为我转移了注意力而感到气馁。他问我是不是来自克拉克顿,他是克拉克顿人,不过最近都在伦敦工作。他住在象堡区的公寓里,但周末会去看看他亲爱的老妈妈(最后这句话他用上了最可怕的伦敦东区口音)。他能看得出我是个伦敦女孩,他说我有那种气质。听到当地居民说我有一种"气质",即便意义不大,我也很高兴。乔治不是初级会计师,而是保险公司的职员。"听起来可能不是这样,"他认真地跟我说,

"但这实际上是非常有趣的工作。"

我告诉他我相信是这样,但如果他不介意的话,我已经非常累了。

"当然,"他说,"太多海边的空气,诸如此类。"

"没错。"我笑着回答。然后我告诉他我有点冷,问他能不能帮个忙,把他的雨衣借给我。他非常乐意为我效劳。他从衣架上拿起雨衣,像父亲哄女儿上床睡觉一样给我披上。

我把头靠在车窗上,闭上眼睛。乔治在我旁边没个安分,他在给烟斗装烟草。我听到了划火柴的声音,空气中立刻充满了烟草的香味,让我感觉好像我父亲走进了车厢里。我在半梦半醒的状态中漂浮了一会,跟我对乔治所说的完全相反,车厢里很温暖,火车的晃动也令人愉快。我不能确定自己是否睡着了,但我发现自己在回忆前一天晚上的事情。马丁和我跳舞时放的那首歌在我脑海中挥之不去,我想起了马丁把我拉到他身边。他是否事先策划了这一切?他可能有这样的念头,我喜欢这个"可能"。在睡意蒙眬的伪装下,我改变姿势,把手伸到了裙子的腰带下面,用中指开始以最小的动作取悦自己。那种感觉相当美妙。就像一个孩子在防止自己漏尿一样,我紧紧地把大腿夹住。或许是因为火车的运动传递到了我的臀部,或许是因为乔治就在身旁,尽管他是个呆子。也有可能是因为那种熟悉的烟草香味,我说不清。总之，当紧要关头来临时，感觉极其猛烈。我感到喉咙发紧，无法克制地发出一连串短促的呼吸，但仍有意识地将其伪装成咳嗽。乔治立刻行动，在我背上很有男子气概地拍了几下，然后冲到走廊上从售票员那里拿了一杯水。老处女瞪了我一眼。我的脸颊通红，我确信她完全知道我刚刚在做什么。当乔治回来时，我松了一口气，感激地接过他递来的水杯。

"你一定做了个噩梦。"他说。

"是的，"我故作端庄地瞥了他一眼说，"一定是这样。"

我喝了一小口水。在他表现出如此的绅士风度之后，如果拒绝到了伦敦后和他喝杯茶，就显得很不礼貌了。我和他在利物浦街上的咖啡馆一起待了45分钟，听他解释保险业的运作。这可怜的家伙离开时，因为能拿到一个有伦敦气质的女孩的电话号码而感到很高兴。让我羞愧的是，稍后他就会发现那个号码就像空气一样虚幻。

也许是因为躺在沙发上，我在讲述这个故事时说得浑然忘我。布雷思韦特医生一直守在门边，没有插话。我几乎忘记了他的存在。桌子上的烟灰缸里有三个烟头，但我不记得自己点过烟或抽过烟。这段沉默就像劳累之后的暂停，我明白为什么人们愿意花钱只为找人听自己说话了。

布雷思韦特看了我大概有一分钟，从他的表情我看不出来什么情绪。在我与他短暂的相识中，我已经熟悉了这种即便一言不发对话也仍在继续的感觉，这种对话通过手和眼睛的细微动作进行着。我双腿落地，坐直，尽可能让自己静下来。但我意识到他仍在解读我，我任何的动作或表情都是象形文字，揭示了我想隐藏的一切。

在这种情况下，他先开了口。"那么，"他说，"这里面有多少是真事？"

"全都是。"我忿忿不平地说道。

他用怀疑的语气重复了我的话。

"我不能发誓每个细节都真实，"我承认，"那是很久以前的事了。"

他站起来，在房间里走动，把木椅转了一圈，然后一屁股坐下，双腿大开，下巴搁在椅背上。"那么，是你编的？"

"当然不是。"我回答。

"其实，宝贝，对我来说，这一切是否真的发生过并不重要。重要的是，这是你选择讲述的故事。"

我开始抗议，但他挥手阻止我的反对意见。

"或许一半是真的，一半是假的。不过，真正的事实，重要的事实在于，今天，在这个房间里，这是你选择要讲述的故事。即便你告诉我的故事没有一丝一毫真实地发生过，这也依然是真的。"

我彻底被他搞糊涂了,也把这一点告诉了他。

"你不喜欢被搞糊涂,对吗,丽贝卡?Confundere!"他宣称,他的食指指向天花板。"Confundere是困惑(confusion)的拉丁语词根,意思是'混在一起'或'煽动'。这正是你不喜欢的,不是吗,丽贝卡?你不喜欢把事情混在一起,不喜欢被煽动,喜欢每件事都被区分得清清楚楚,这样才能让你安心。你避免与别人互动,避免与别人接触。你故事里的那些事情是否真的发生过并不重要。它的每个层面都和你无法与他人混在一起有关,与你害怕被煽动有关。"说到这里,他突然站了起来,以至于椅子都被撞翻了。他似乎对自己非常满意。

但对我来说,我越来越厌倦他对词源学的狂热,也越来越厌倦他看穿一切的能力。"你总是这么多疑吗?"我说。

"如果你不是这么不可信赖,我就不会这么多疑。"他回答说,"从你来到这里,我就觉得你说的话没几个字能信。"

"或许你甚至都不信我的名字是丽贝卡·史密斯。"我鲁莽地说。

"亲爱的,我真的不在乎你的名字叫什么。"他走向我,弯下腰,我俩面对面的距离仅有几英寸。我的脖子能感受到他热乎乎的鼻息。"你明白吗?你现在被激怒了,你不喜欢这样。但这不就是你来这里的原因吗?"

有那么一瞬间,我以为他会调戏我,想到他的嘴唇压在我的嘴唇上面，我觉得很恶心。我把脸转过去。他站了起来，我开始收拾自己的东西。

"就这样吧，"他说，"你走吧，小家伙。回爹地的安乐窝去。"

我站起来，穿上大衣。我离开时连看他一眼都不敢，只是默不作声地从黛西面前匆匆走过。当我快速下楼时，我仍能听到他的笑声。

街灯在黑暗中发出橙色的光芒。我的呼吸在脸前喷出一团云雾。我感到筋疲力尽。很难相信，只是说说话就能让人如此疲惫。安格路上空无一人，身处伦敦的中心，我觉得异常孤独。我慢慢地朝樱草山的方向走去，布雷思韦特是对的，我的心绪被搅乱了。我点燃了一支烟，试着调整自己。我感觉一切都扭曲了。

我从山脚下的门进入公园。最近几天，我开始偏离自己的一些习惯，我承认我唯一的动机就是想要证明布雷思韦特错了。比如，昨天吃早餐时，我先给第一片吐司涂上黄油，然后涂上果酱，对第二片吐司重复这个过程。（我的惯常做法是先把两片吐司都抹上黄油后才涂上果酱。）父亲对这种反常的行为没有发表任何意见，甚至假装没注意到。当我吃第二片吐司时，我从与布雷思韦特唱反调中获得的满足感已然消失。我只是成功地让黄油碟沾上了果酱，而且还得忍受卢埃林女士责备的目光。事实是，某些做法的出现并不是因为害怕改变，而是因为它们是获得预期结果的最有效方法。仅仅为了证明自己愿意接受变化而放弃既定的传统是空洞且毫无意义的。

另一方面，我们也必须承认，有些惯例纯粹是习惯使然而已。因此，我总是坐在布雷思韦特咨询室那张不舒服的沙发上。与之类似，沿顺时针方向绕着公园周边走也是我的习惯，我完全也可以沿逆时针方向走，甚至可以沿着通往山顶的小路走。因此，我怀着一种兴奋的心情开始了我的爬山之旅。对埃德蒙·希拉里爵士来说，樱草山可能算不上什么挑战，但我不太擅长耗费体力的强体力活动。在圣保罗中学，我尽可能离体育馆远一点，斯科尔小姐一定以为我每周都来大姨妈。

走了两三百码之后，周围的空间变得更开阔了。我感到很脆弱。也许这就是为什么我以前的直觉是沿着公园周边走走就好，在那里没人会注意到你，或者说，至少比较不会被人注意到。为了不引人注目，是把自己隐藏在袭击者可能埋伏的树丛附近比较安全呢，还是放弃掩护并炫耀自己的存在感更安全？在辽阔宽广之处，我无所遁形。我想象着，我的后脑勺被重击打穿，我的尸体面朝下趴在清晨有露水的草丛中。一群冷漠的人聚集在我的尸体周围，他们断定年轻女子夜晚冒险独自走进公园过于愚蠢。尽管如此，我现在还是在这里爬上了樱草山，连帮我提包的丹增·诺盖[1]都没有。风更大了，刺痛了我的脸颊。随着山路变得陡峭，我开始感到有点喘不过气来。前面一段距离开外，有一个年轻人坐在长椅上，他的双手深深插在大衣口袋里。有那么一瞬间，我以为那是汤姆（我最近到处都看得到他），但他的肩膀太窄了，而且还留着胡子。我不相信留胡子的男人，特别是留胡子的年轻男人。

我们习惯于看见老人坐在公园的长椅上，要不然就是看见他们并不想上车却在公交车站闲晃。老人没有更好的办法打发他们的时间，但是人们肯定会注意到独自坐在公园长椅上的年轻人。独自一人的年轻男子有两种情况：要么他郁郁寡欢，要么他有威胁性。这个年轻人没有在看书或读报（反正天色太暗，并不适合阅读），只是坐在那里，身体向前蜷缩，脚踝在板凳下交叉，像弹簧般缠绕。他看到我走近，头歪向了一边，就像是鸽子盯着一小块食物。我觉得这本质上并没有什么威胁性。他一定是听到了我的高跟鞋踩在柏油路

---

[1] 丹增·诺盖（Tenzing Norgay，1914—1986），尼泊尔登山家，夏尔巴人，人称"雪山之虎"。他和上文提到的新西兰登山家埃德蒙·希拉里（Edmund Hillary，1919—2008）于1953年登上珠穆朗玛峰，他们是最早的两名登顶者。

上的声音,才把头转向声源。他甚至可能觉得,如果他转过头去,就是在故意忽略我;如果他不看我走过来,多少就是不把我当成一回事。尽管如此,我还是感到很不安。当我从他面前经过时,他扯了扯嘴角,算是给个微笑,并说了声"晚上好"。我回应的态度并非不礼貌,但刻意暗示不想跟他聊天。然而这并未成功,因为他接下来说,这是一个寒冷的夜晚。

"确实如此。"我的语气清楚地表明我认为他的话不值得回应。

只言片语之间,我走过了他的面前,他只能目送我远去。如果我们是在繁忙的街市上相遇,我恐怕不会感到这么困扰。相反,如果他认为我不值得再看一眼,我可能会觉得受到侮辱。但在这阴暗的公园里,我感到很不安。往前走了十或二十码后,我身后传来了声响。我回头一看,那个年轻人从长椅上站了起来,正跟随着我。我说他正跟随着我,但可能他只是在朝同一个方向走。我告诉自己,他都说天气寒冷了,当然不想继续待在这里。但他为什么要等我走近并路过他之后才起身呢?我不想再转头回望了,以免被他理解为我在勾引他。有家室的男人不会在公园的长椅上逗留,他们匆匆赶回家,在厨房的餐桌边享用美味的猪排和土豆泥。同理,在我身后的人可能会想,家里有丈夫的年轻女子不会晚上一个人在公园闲晃,会这么做的女人一定善于接受某种关注。我暗忖，我应该向他解释，我没有什么不可告人的动机，我只是在公园里转了一圈，好让脑子清醒点，如果他跟在我后面是希望我接受邀请去他那简陋的客厅兼卧室待上一晚，那他就是误会我并白费功夫了。

我承认我很害怕，但当时我不想如他所愿，让他知道他吓到我了，所以我没有加快脚步。如果仅仅是另一个人的靠近就能激起这样的恐惧这一点让你觉得惊讶，那么请你务必记住：他不仅仅是一个人，他还是个男人。我从小就被教导：要把男人想成加害者，而我自己是受害者，没有任何逻辑推理能反驳这个信条。难道他要在樱草山的空地上骚扰我，或者，他要从他的大衣口袋里拿出一个钝器，把我打死吗？我感到胃里有一种可怕的翻腾感。最让我害怕的是想到第一次攻击的后果。一旦受到攻击，我就会瘫倒在地，对他打算做的一切只能认命。如果这一切都结束了，那就解脱了。

山顶的斜坡越来越陡。可能我拉开了与他的距离，也可能我根本无法在自己的喘气中听到他的脚步声。山顶上有一道金属栏杆，在夜空中的剪影如同一顶王冠。一个孤独的身影站在那里，眺望着下方的城市。那个女人穿着长及脚踝的大衣，头上包着丝巾。我举起手臂喊了一声，但她没有听到。我跑了起来，到了山顶后，我又喊了一声。那个女人转过身来，看着我。我跟跟跄跄地跑向她，全身被一种解脱感包围。

"有个男人。"我上气不接下气地说。我想这足以解释我行为的古怪。

"一个男人?"她说。

"对,他在跟踪我。"我朝来时的方向比手势,却不见任何人影。我焦急地扫视着公园。

那个女人看着我。"我还纳闷你为什么要跑起来。"她说话的方式很简练,声音低沉而迷人。直到那时,我才意识到她是开普勒小姐。

我不确定我是否经历过如此迅速的情绪转换。我气喘吁吁地说出她的名字,并本能地握住她的手。她往后退了一步,瞪着我看,双眼大睁,她似乎没有认出我。就在那个时刻,我专注地看着她。她比我之前想象的还要迷人。包着头发的丝巾强调了她又长又窄的脸型,她颧骨突出,嘴唇宽而嘴角下垂,嘴唇薄而颜色较深。但最吸引我的是她的眼睛,她黑色的双眸像潮湿的鹅卵石一样闪闪发光。我意识到我吓到她了,于是开始解释我是如何知道她的名字的。她听的时候不动声色,表现出值得称赞的平静。我敢说我看起来一定很疯狂。她把她的手从我手中挣脱出来,然后举起手来打断我的独白。

"那你叫什么名字?"她问。

"丽贝卡,"我说,"丽贝卡·史密斯。带了个y的史密斯。"

开普勒小姐现在伸出了手，掌心朝下，手指微曲。当我握住她的手指时，我自动地垂下头。我甚至有可能行了屈膝礼。

"科林斯的朋友就是我的朋友。"她说。

我回答说，我并不会自称为他的朋友。

"那么你是谁呢？"

"只是他的一个访客。"我说。

开普勒小姐抿了抿嘴唇，似乎这种区别对她来说毫无意义。"那么，你跟着我来这里？"

"天啊，不是。"我说，"在他那里做完咨询之后，我总会在公园里兜一圈。我想，是为了清理一下我的思绪。"

"你有什么样的思绪呢？"

"哦，我不知道。"我漫不经心地说。

"郁闷的思绪？"

"有时。"

"当然，如果你没有郁闷的思绪，也不会去找科林斯了。"

"对，我想我不会。"我问她是否有郁闷的思绪。

她微微耸了耸肩，转身眺望远处的景色。"还有其他类型的思绪吗？"她问。她从大衣口袋里拿出一包领事馆牌香烟，我立即决定以后改抽这个牌子。她给了我一支，然后用一个黄金打火机点燃了两支。我们默默抽了一会儿烟，然后她再次开口:"你知道他是个天才,对吧?"

"一个天才?"我说。

"对,一个天才。"她转身面向我,坚定地说道。她的臀部靠在栏杆上,用食指和中指夹着烟,烟离脸颊只有几英寸远。她的手套是用深色的仿麂皮制成。唇峰上是两条完美且明显的人中线。

"你找他咨询多久了?"我问。

她轻轻地吐了口气。"好几年了,"她说,"我巴不得早点去找他。你见过像他这样的人吗?每一句话都能击中要害。在你看清楚自己的谎言之前,他早已看穿了一切。"

"这么说来,你也对他撒谎了?"

"我的问题,"她说,"不是我对科林斯撒谎。我的问题是对自己撒谎。"

我点了点头。这正是布雷思韦特会说的话。"他没有吓到你吗?"我问。

"被他吓到?科林斯?天啊,没有。"我的问题让她笑了起来。

"你不觉得他可以让你做任何他想让你做的事情吗?"

"我已经在做他想让我做的事情了,亲爱的。"她看向地平线,同时吐出一股长长的烟雾。她凝视着整个伦敦,看了一会儿,然后才回过头来看我。"或许我们应该在更多的幽灵出现前离开。"

我们朝公园侧面的一个出口走去。她勾着我的手臂,我们的呼吸在我们周围形成了一团云雾。开普勒小姐比我高一点。与她一起牵着手走令人很愉快,我觉得很安全。不管有多少男人在我们身后晃荡,我都将无所畏惧,我体验到了一种姐妹之间的情谊。我侧头看了看我的同伴,她双唇微张,扬着下巴,像只对一切都很警觉的狐狸。我一直喜欢观察女人,我从中获得的快乐是纯粹美学意义上的,不能被定性为变态。我还没有遇到过能像汤姆那样在我心中激起那种感觉的女人。我喜欢男人硕大的体型,喜欢他们身上的气味。如果地铁上人潮汹涌,我被挤得和某个男人紧紧贴在一起,我总想嗅闻他身上的汗味。我可以连续盯着工人的手看上几分钟,想象他手上的老茧刺痛我的肌肤。我从来没有觉得自己会是女同性恋。在圣保罗中学,住宿生中很自然会有这类胡闹的流言,但我只是把这些流言当成恶意的八卦。实际上,我一直觉得女同性恋不过是虚无缥缈的迷思。然而现在,我好奇于开普勒小姐是不是。她的五官和举止中有些男子气概,有一种在我们女性中不常见的沉着冷静的气度。很有可能,她去找布雷思韦特做心理咨询就是因为她是女同性恋。

我们在门前停了下来。想到很快就要分别,我说:"这听起来可能很愚蠢,但当你今天下午没在预约的时间去咨询时,我担心最坏的结果已经发生。"

她看了看我,唇上浮现出一个若有若无的微笑。"什么意思?"她说。

"我当时以为你可能做了什么蠢事。"

"蠢事?"

"我的意思是,你可能已经自我了结。"

开普勒小姐严肃地看着我。"自杀一点也不蠢,"她坚定地说,"在我看来,你之所以认为我会自杀,那一定是因为你自己有这样的想法。"

"我确实有黑暗的想法。"我说。

"那么,如果你没来咨询,那是因为你选择了不再撑下去。"

"'不再撑下去'。"我重复着她的话。这样形容自杀很好。我们全都有过互相敦促对方撑下去的时候。过得越是凄惨,就越是被人敦促要撑下去。撑下去,我们哭喊着,心里非常明白这是自己最不想做的事情。不过,像我这种没经历过什么人生逆境的人,没人会想要告诉我撑下去。大家都觉得我会撑下去,就好像我是个自动装置,为什么不撑下去呢?停止撑下去需要意志力和强大的行动力,但这将会是多大的解脱啊。

"如果我偶尔没去咨询,"开普勒小姐说,"那只是因为我有时更喜欢自己的谎言而不是科林斯的真相。"

她走出公园，指了指自己要走的方向，这并不是一种邀请。她伸出了手，我握住，这次没有表现出任何的顺从。我告诉她，希望还有机会再次交谈。她微微颔首，表示有可能。我感觉开普勒小姐是一个我能对其倾诉的人。

就在她转身离开的时候，我低声说："我不是我假装出来的那个人，丽贝卡也并非我的真名。"

她停顿了一下，抿了抿嘴角，"我不会为此而担忧，"她说，"我们都在假装自己是另外一个人，更何况，丽贝卡是一个如此美丽的名字。"

我看着她渐渐走远，她的高跟鞋在人行道上没有发出任何声响。我依然待在公园周边的锻铁围栏内。

我回头看了看公园。城市的灯光在山顶上形成了一圈光晕。当我沿着街道回头看时，开普勒小姐已不见了踪影。我有一种感觉，她似乎从未在那里出现过。

布雷思韦特研究之三：
杀死你的自我

1965年秋，就是笔记的作者前往安格路之时，布雷思韦特即将到达他坏名声的巅峰，然而他的上升之路也并非一帆风顺。

在完成博士论文之后，布雷思韦特拒绝了牛津大学的讲师职位。他已经受够了牛津。自从三年前与科林·威尔逊发生过冲突之后，他一直觉得自己的人生应该在他乡度过。1959年6月，他搭车来到伦敦，在肯迪什镇租下卧室客厅两用的房间，接着做了一系列底层工作，包括在建筑工地和仓库做苦工等，但是因为他不守时又不服管，总是在一两周后就被解雇。

到了那一年的年底，在对这种漫无目标的生活方式丧失新鲜感后，布雷思韦特写信给博蒙特街心理治疗机构塔维斯托克诊所，向时任资深专科住院医师的罗纳·戴维·莱恩求职。布雷思韦特在信中讲述了他如何在奈特利看到莱恩所做的工作后深受启发，于是重返牛津攻读心理学专业一事，并表达了希望在莱恩手下接受培训的意愿。这对布雷思韦特来说，是绝无仅有的表示尊敬的举动。莱恩回信建议，如果布雷思韦特真的想从事精神病学的工作，他应该先去取得一个医学学位。莱恩的回信写得很客气，给予的建议也合情合理，但布雷思韦特觉得自己被小看了。布雷思韦特不习惯被别人如此对待。他原以为莱恩会认识到他的天分和才华，二话不说就为他安排一份工作。他在回信中概述了他论文中的一些观点，并表达了他的观点：要理解人的精神状态，并不需要知道如何治疗小孩腹泻。莱恩没有回信。

1960年年初，布雷思韦特偶遇了爱德华·西尔斯，之前他与科林·威尔逊见面时，西尔斯曾陪同威尔逊前往酒吧。按当时的说法，在苏活区无人不知的西尔斯是个"人物"。即使是在盛夏，他也穿得像个爱德华时代的贵族，总打着领巾或蝶形领结，有时甚至穿着灯笼裤。西尔斯身高不超过五英尺五英寸，一旦喝得醉醺醺（经常如此）就变得色胆包天，尽管在酒吧里向男性求欢会招致很高的实质性风险。根据布雷思韦特在《我的自我，以及其他陌生人》中所述，西尔斯正是在这种情况下，在迪恩街的酒吧再次向他做自我介绍的。

布雷思韦特当时在考文特花园果蔬市场工作，收入微薄，他说只要请他喝一品脱的酒，西尔斯爱对他做什么都可以。两个人退到酒吧的一个角落，开始说起话来。布雷思韦特并不完全是政治正确的先锋，但他对性的问题秉持着开放的态度。（"我用我的老二做我想做的事，别的男人要用他的老二做什么关我鸟事？"）只要西尔斯肯花钱买酒请客，他的手在布雷思韦特的大腿或裤裆处徘徊游走，都不会给布雷思韦特造成什么困扰。我们没有理由相信他们之间的发展比这更进一步，但到了酒吧摇铃快要打烊时，西尔斯已经给他提供了一份梅休因出版社编辑部的工作。他接受了，并在下周一出现在出版社办公室，负责审稿，做些校对工作，发现没有人反对他在午餐时间外出喝酒不归，西尔斯更不会有意见。

泽尔达每隔两三个周末就会搭便车从牛津来伦敦度周末。布雷思韦特的住处肮脏污秽，因为公寓俯瞰着繁忙的肯特什镇路，窗户满是灰尘污垢，白天外头还不断传来公交车隆隆的轰鸣声。房间里有一个洗手盆，它也是布雷思韦特的小便池；还有一个不怎么使用的壁炉烤架。单人床床垫上有薄薄的污渍，房间内还有一桌一椅。浴室在楼上，而且经常没有足够的热水以便洗澡，所以布雷思韦特一般只在水槽前进行"法式重点洗沐"。

泽尔达来的时候，她会打开窗户，清空烟灰缸，清理自她上次走后累积的酒瓶。她不是那种会做家务的人，即便是她，忍耐也是有一定的限度的。

泽尔达对那些周末怀有很深的情感。他们会在单人床上做爱，抽大麻，到汉普特斯西斯公园散步，每当遇到单独徘徊的可疑男人时，他们就互相用手肘推推对方。因为受到在法国收获葡萄时的经历的影响，布雷思韦特热衷于户外性爱，即使偶尔被人抓个正着，他们也丝毫不羞愧。

据泽尔达说，彼时的布雷思韦特的状态是自他们认识以来最接近幸福的，"他在牛津大学格格不入，总是迫不及待地渴望置身于别的地方。肯特什镇能够包容他。那里破破烂烂的，他也破破烂烂的。"他的薪水还不错，可以负担得起外出就餐以及不时去剧院看演出。布雷斯韦特似乎很享受他在梅休因出版社的闲散职位，他有着敏锐的编辑眼光，若非事情走向了另一个方向，说不定他在出版业会有一番成就。

1960年4月，罗纳·戴维·莱恩出版了开创性的著作《分裂的自我》。这本书并不像人们通常认为的那样一夜爆红。在它出版的一周内，布雷思韦特买了一本，并立即被其影响。

莱恩出生于1927年，父母都是来自格拉斯哥高文希尔区的中下阶层。父亲是一名电气工程师，动不动就打他。他的母亲是个占有欲很强的半隐居者。在父亲被放逐到公寓的小储藏间去睡之后，莱恩早年都与母亲共用一间卧室。他在学业中找到安身立命之所，并赢得了享有盛誉的哈奇森文法学校的奖学金，然后在格拉斯哥大学攻读医学。在奈特利陆军机构的工作结束后，他就职于格拉斯哥加特纳维尔皇家精神病院，在那里的女性病房工作。胰岛素诱导的昏迷、电休克疗法和脑叶切除术是当时的常规治疗方法，大多数病人已经在那里待了十多年。莱恩在那里建立了"娱乐室"。这是一个治疗实验，允许十几名精神分裂症患者穿自己的衣服，以他们认为合适的方式进行互动，并为他们提供了手工艺材料。在18个月内，这些患者表现出足以出院的进步，尽管一年后全都回来了。即便如此，莱恩仍被视为一个有大胆的创意并有勇气将创意付诸实践的人。

20世纪50年代末，莱恩搬到了伦敦，进入精神病学世界的发展中心。出版《分裂的自我》时，他才32岁。布雷思韦特在一个周末狂热地把那本书（副标题为"关于理智和疯狂的存在主义研究"）读了又读。[1]在开篇的几页叙述中，莱恩把"精神分裂"的个体描述为"一个体验不到完整自我，只有各种'分裂'自我"的人，布雷思韦特由此认出了自己和自己的思维方式。莱恩继续解释这种"本体的不安全感"如

---

[1] 在企鹅公司1965年以其标志性的封面重印这本书之前，它只卖出了约1 500册。——原书注释

何导向一个虚假自我系统的发展。他写道，那是一个人为了保护"真正的自我"免于产生被吞噬或内爆的感觉，而对这个世界呈现出的面具或人格的集合体。

布雷思韦特没有在书中找到惺惺相惜的感觉，反而断定莱恩剽窃了他在去年年底的信中曾表达过的观点，这正是他性格的典型表现。说不定莱恩还阅读和窃取了他的博士论文。他从来都不是什么谨言慎行的人，所以勃然大怒，给莱恩写了封信，怒骂莱恩是"偷东西的小丑""愚蠢的江湖骗子"，并威胁要对他提起法律诉讼。这些指控是毫无根据的。在听说布雷思韦特这个人前，莱恩早在1957年就完成了《分裂的自我》的手稿，即便并非如此，认为他会随便挪用一个来信者的观点也很荒谬。

周一早上，在去梅休因出版社办公室上班的路上，布雷思韦特做的第一件事就是把信寄出（莱恩没回信），然后直接去找爱德华·西尔斯。西尔斯让他坐下来，给他倒上了他显然很需要的威士忌。布雷思韦特咆哮了半个小时，在小小的办公室里像一只被关在笼中的熊一样来来回回地踱步。西尔斯没有听说过莱恩，自然也没有读过莱恩的书。他没人把布雷思韦特所说的任何话放在心上，只是等他的怒火消散，最后他也确实不再发火了。布雷思韦特稳定好情绪，回到自己的座位上，手里拿着第二杯威士忌，告诉西尔斯他打算写一本讲述自己观点的书，一本"他妈的好书"。就算西尔斯心有疑虑，他也没有将其表现出来。布雷思韦特提醒他，科林·威尔逊的《局外人》获得了巨大成功，西尔斯于是同意会看一看他写出来的东西。当时，布雷思韦特把所有的空闲时间和工资都用来喝酒，似乎不可能拥有写书所需要的自律，但在接下来的六周，他在办公室露个面敷衍了事之后，就前往附近的大英博物馆阅览室，威尔逊以前也是在那里写作。当西尔斯对此提出温和的反对意见时，布雷思韦特会像往常一样大发雷霆，并告诉西尔斯，要是解雇他，他会把自己的力作拿到别的出版社出版。西尔斯只是耸了耸肩，觉得布雷思韦特的咆哮很有趣。

5月的一个周六，泽尔达在午餐时分到达，她惊讶地发现布雷思韦特并没有宿醉赖床，而是趴在他的小桌子上，忙着用潦草的字迹填满笔记本的内页。窗户是开着的，没有沿着踢脚板堆放的酒瓶，炉子旁边有一盒鸡蛋和一条面包。过了半个小时后，布雷思韦特才开口说话。泽尔达很适应这种戏剧性的变化，她不太习惯的是当布雷思韦特从恍惚中回过神时，拒绝了上床的邀约，去煎了几个鸡蛋之后又回来继续写作。泽尔达外出散步，直到下午四五点才回来，布雷思韦特仍在书桌前奋笔疾书，不过很快便说今天到此为止。他们做爱，发出很大的声音（因为有其他的房客敲门要他们小声点，所以泽尔达还记得这件事),然后去摩顿阿姆斯酒吧。在酒吧里,布雷思韦特心情很好,兴致勃勃又语无伦次地谈论他正在写的东西。当他处于这种状态时,泽尔达回忆说:"他是个很好的伴儿,他的思绪从一个话题跳到下一个,看不出有何逻辑可言。没必要跟着他的逻辑走,但这很有意思。"当泽尔达暗示,他可能不久后就将负担得起更舒适的住所时,他甚至似乎对此并不怎么在意。

大约一个月后,布雷思韦特把他的心血之作交给了西尔斯。这份手稿至今仍保存在杜伦大学的档案室,真是奇迹。字迹难以辨认,乍看之下,甚至无法确定它是不是用罗马字母书写的。词句往往只是波浪起伏的线条,中间穿插着字母F、G、Y龙飞凤舞的尾巴。阅读这份手稿就像透过高速飞驰的列车车窗阅读正常的笔迹。从每一行字都能看得出来写字的人有多么着急,书中经常有很多地方被划掉,修订意见则写在同一行的行上或行下。这些注释往往比原稿更清晰,更容易辨识,也许是空间的限制起到了刹车的作用。此外,还有很多的箭头连接不同的段落与内页,以及更多胡乱竖着书写在空白处的注释。手稿给人的总体印象是一个创意十足但心智混乱的头脑在努力捕捉什么,但该人不具备完成这项工作所需的耐心和隐忍。

第二天,西尔斯把布雷思韦特叫进了办公室。布雷思韦特以为西尔斯会赞美他是天才,并给他一大笔预付金。恰恰相反,西尔斯告诉他他把手稿拿给别人看了,但对方说难以阅读。布雷思韦特勃然大怒,认为这是对他作品的轻视,他也很生气西尔斯没有亲自看,而是把手稿给了别人。西尔斯试图安抚他,说自己因为喜欢布雷思韦特,所以没办法保持客观中立。不管怎么样,布雷思韦特必须把手稿打出来。手稿打出来之后,西尔斯决定还是亲自阅读为宜。他后来曾私下将这本书贬低为"胡言乱语",但是他目光敏锐,知道精神病学即将进入主流文化,书稿中的观点或许会有市场。西尔斯不愿意用"杀死你的自我"这么具有煽动性的书名,但在这一点和其他每条编辑建议上,布雷思韦特都坚持己见。1961年3月,该书出版。

《杀死你的自我》是时代的产物,不仅是因为它捕捉到了时代精神,还体现在它如此匆忙写就这一事实。不要误会,这本书一团糟。它是由布雷思韦特论文的段落、对各种文化现象的反思以及对莱恩近乎毫不掩饰的攻击拼凑而成的大杂烩。该书充斥着未经证实的主张和概述,而且经常出现衍生的二次创作和难以卒读的内容。它的优点在于充满活力,特别是布雷思韦特喊口号的天赋,对他的反文化读者群来说,意义远大于智识上的自洽性。在序言中,布雷思韦特试图对其著作中的缺陷进行言过其实的美化:"有人建议我重写本书的某些段落，我拒绝了。重写就是进行自我审查，是把秩序加诸它不应存在之处，那会使我写作的目的落空。"如果非得说的话，就是某些段落的诘屈聱牙只是为了证明作者的天才。

开篇那个臭名昭著的段落就是一个例子。布雷思韦特认为，如果要谈论自我，那么应当先定义什么是自我。然而他很快宣称，自我并不作为一个实体或事物存在，就算它存在，也不过是自我的投射，因此界定自我完全是一种欺诈行为（书里充满了这种似是而非的悖论）。他让人生厌地讨论存在主义创立者克尔凯郭尔的著作《致死的疾病》中一个晦涩难解的段落。"自我，"克尔凯郭尔写道，"是一种与自身有关的关系。"根据布雷思韦特的阐述，"自我"由两个相互竞争的自我版本之间的对话组成；一个是当下的自我，另一个是被视为长期存在，也因此被视为"真我"的自我。[1]当下的自我被长期存在的自我压制。因此，后者被设定为一种暴君，阻止个人充分参与外部世界的体验，并造成了内疚和不可靠的感觉。这种内疚感被克尔凯郭尔描绘为绝望："想要摆脱自己是所有绝望的公式。"

---

[1] 在整本书中，布雷思韦特用Self来表示长期存在的自我，暗示其是一个独立存在的实体，而当下的自我则用self表示。——原书注释

布雷思韦特关于这方面的论述滔滔不绝,足足有六页之多,令人费解。有多少读者能忍受那些错综复杂的句子和跳跃的逻辑读完本书是值得怀疑的,但结尾的宣言却正是这本书名声大噪的原因:

要逃脱绝望,不要杀死你自己,要杀死你的自我。

在布雷思韦特的著作中,这种论断胜于论证的表述随处可见,当结论是如此适合在厕所墙壁上涂鸦时,没有多少人关心前面那些页究竟写了什么。

《杀死你的自我》可以被看作布雷斯韦特与莱恩之间的某种对话,二人的共识比他们之间的分歧要多得多。他们同样对医疗机构和传统精神病学匆匆下诊断的典型做法存疑。关于电休克疗法,布雷思韦特宣称:"就像通过把人从飞机上推下去来治疗有飞行恐惧的人:病人可能会翱翔一段时间,但收益是短暂的。"二人都相信精神病的妄想至少对体验过这些妄想的人来说是真实的,所以应该与这些体验互动,而不是不把它们当一回事。进而,他们共同的愿景是进一步解构传统的假设:患者的体验和陈述是主观且错误的,治疗师对那些体验的解读才是客观且真实的。"我们没有理由相信治疗师比患者的神志更清醒,"布雷思韦特写道,"事实上,对精神病学文献不偏不倚的阅读显示,情况往往正好相反。"医患关系的目标不应该是帮助患者"恢复神志清醒,而是要让他对神经错乱的状态感到自在舒适"。其中大部分内容可以直接从莱恩的书中摘取出来,但在自我定义的问题上,两个人有分歧。

> 莱恩医生紧紧抓住"真我"的这个概念,犹如得了妄想症的李尔王紧抱着考狄利娅失去生命的尸体一样。他想解放精神病患者,但"真我"的概念是将我们所有人关在精神病院的桎梏。没有真我,只有人格,而追求回归根源于童年的某种真实存在状态,正是他所描述的问题的根源。通往解放的道路是接受我们是一束捆绑在一起的人格……把其中一个人格提升到其他人格之上,就是在制造某种虚假的等级制,也是所谓"精神疾病"的起源。在这一点上,那些被我们称为精神分裂症患者的人,实际上是一种新的存在方式的先锋。

他把这种新的存在方式描述为"精神分裂"(schizophrening)。随着时间的推移,这个概念将与"做你想做的自己"的当代精神完美契合,《杀死你的自我》这本书很快就会出现在每个人——从学生到酒吧哲学家——的口袋里。"分裂"(phrening,有时亦作phreening)成为"垮掉的一代"的流行语,而"不要做你自己:分裂你自己!"这个口号,或是更简洁的"不要做自己:分裂!",被写在全英国各地的大学校园墙壁上。这个概念还催生了昙花一现的"分裂诗"运动。在这个运动中,刻薄、易怒的表演者常常将不同的自我导入,形成一片回旋的杂音,直到不同的人格融合成令人费解但"真实"的意识流。讽刺的是,这些运动的参与者中,后来不只一人住进了精神病院休养。

布雷思韦特的概念也渗透到流行文化中。临近1966年年底,保罗·麦卡特尼在录制《佩珀中士孤独的心俱乐部乐队》专辑前,曾这么写道:

> 我想,我们就别做自己了吧。让我们发展出另外的自我,以使我们不必投射出一个我们所知道的形象。这样会更加自由。真正有趣的是以不同乐队的身份出现……这不是我们发出的声音,不是披头士乐队,而是另一个乐队,所以我们可以在其中失去自己的身份。

披头士乐队的其他成员是否读过《杀死你的自我》,我们不得而知,但最后是麦卡特尼而不是约翰·列侬[1]进入了伦敦

---

[1] 约翰·列侬(John Lennon, 1940—1980),英国歌手、诗人、社会活动家,他与保罗·麦卡特尼同为披头士乐队成员。

的反文化圈，所以他很有可能私下对关于这本书的讨论有所了解。1966年10月，他和布雷思韦特双双出席了在卡姆登圆屋剧场举行的前卫杂志《国际时报》的创刊派对。但不论二人是否真正见过面，麦卡特尼的评论都表明布雷思韦特表达的观点风行一时。

然而，所有这些成功都发生在未来。在《杀死你的自我》出版后的日子里，布雷思韦特在报纸和杂志上搜寻相关评论。科林·威尔逊在一周内就被誉为他那一代的代言人，布雷思韦特希望不低于此。最终，《新政治家》杂志刊发了一篇评论，该杂志的新任编辑约翰·弗里曼与西尔斯是威斯敏斯特中学的校友，因此被西尔斯说服，报道了《杀死你的自我》。西尔斯本不应该费这个心思的，那篇评论的结语是："本书唯一值得注意的特点在于它不负责任的书名和对常识的鄙视。"但布雷思韦特仍秉持一贯的厚颜无耻，给莱恩也寄去了一本，并附上一张短笺，讽刺地感谢他在这本书的构思过程中所起的作用。莱恩当时有没有读这本书，我们不得而知。可以肯定的是，他不想让布雷思韦特自抬身价，所以并未回信。

在接下来的一年里，《杀死你的自我》卖出了几百本，对于一本作者名不见经传而内容又晦涩难解的书来说，这个销量已经很可观了。布雷思韦特对西尔斯和任何愿意听他说话的人抱怨,这是当权派压制他观点的阴谋,但在私下里,世界的冷漠仍让他备受打击。泽尔达从未见过他如此沮丧。周末时,他会躺在床上不断地抽烟,一直抽到傍晚。如果二人外出,他会比平时喝更多的酒,若有人愚蠢到跟他争论,他必定找对方的茬。他不止一次在摩顿阿姆斯酒吧外的人行道上跟人打架。泽尔达来找他的次数越来越少,但她仍无法鼓起勇气与他分手。她第一次感到布雷思韦特需要她不只是因为性爱。

布雷思韦特在他的回忆录中对这个时期避而不谈。他明目张胆地歪曲现实,写道:"在这个世界准备聆听之际,我敢于说出没有人说过的话。"这究竟是他自我神话的天赋使然,还是他真的记错了,我们无从得知。但可以肯定的是,他与真相保持着一种灵活的关系。

无论如何,这个蛰伏期注定不会持续太久。

1961年9月,西尔斯的制片人朋友迈克尔·雷尔夫在家举办了一场派对,布雷思韦特在聚会上经人介绍认识了出演电影《受害者》主角的德克·博加德。《受害者》是一部具有政治影响力的重要电影,他在片中扮演一位因同性恋身份而被勒索的出庭律师。他原本只是一个无足轻重的偶像明星,因为勇敢地出演了这一角色而获得一片赞扬。

博加德是一个非常复杂的人。他的原名是德里克·朱尔斯·加斯帕德·乌尔里克·尼文·范登博加德。博加德在伦敦长大，十几岁时被送到格拉斯哥附近的毕晓普布里格斯，与姑姑和姑父同住。他参加了第二次世界大战，至少根据他自己的说法，他曾目睹贝尔森集中营的恐怖。像当时大多数中上阶层的孩子一样，他在"不解释，不抱怨"的信条下长大，而且非常注重隐私。博加德的传记作者约翰·科德斯特里姆写道："他在青少年时期发展出结实的外皮，（在后来的岁月中）逐渐硬化成外壳……博加德构建出一个供大众消费的人格。"

博加德与他的伴侣托尼·福伍德同居了40年，但一直否认自己是同性恋。这在20世纪60年代是可以理解的，正如科尔德斯特里姆所述，同性恋情被"曝光"的可能性，等同于让他们活在"国家发起的羞辱带来的实质性恐惧"中。即使在1967年《性犯罪法案》中同性恋活动已经除罪化，公众舆论也长时间滞后于法案，所以博加德学会了过分隔开来的生活，在公共和私人的自我之间来回摇摆。达灵顿五金店老板之子阿瑟·布雷思韦特可以再造出科林斯·布雷思韦特这个全新的自我，但博加德的公众形象意味着，他保护自己外壳的必要性远超布雷思韦特。博加德面对的风险高多了。

根据布雷思韦特的自述，他对博加德自我介绍时说："你是个非常好的演员。"博加德必定听过无数次这样的恭维话，所以敷衍地感谢了他，但布雷思韦特又说，他所指的并非博加德的演艺事业，他一直观察博加德在派对上与形形色色的宾客的互动。"你的一言一行都是假的，"他说，"这是一场表演。"这时，博加德看着布雷思韦特，带着任何通过银幕认识他的人都熟悉的高傲微笑。他还没来得及开口，布雷思韦特又说："看，即便是现在，你也还在演戏。你在微笑，可是你的笑容是一个面具。"

博加德的七卷本回忆录完全没提及布雷思韦特，他只是私下向一两个朋友提到这次会面和后来与布雷思韦特的关系，称他是一个"了不起的家伙"。看来，在布雷思韦特"滴水兽石像一般"的五官和厚颜无耻的做法中，有什么让博加德卸下了防御之心。或许，这只是一个惯于伪装的人，认出了一个同类。

二人退到一个僻静处，旁边刚好有个摆放着酒水的餐柜，方便他们取用。博加德问布雷思韦特的来历，这种策略被布雷思韦特解读为并非真正好奇，而是转移话题的手段。博加德没听说过《杀死你的自我》这本书，于是布雷思韦特概述了书中的主要观点。他说，博加德"低垂双眸聆听，显然在我所说的话中认出了他自己。有那么几分钟，他的伪装脱落了，我不是在跟电影明星德克·博加德说话，而是跟德里克·范登博加德说话。"然而，这个片刻稍纵即逝。谈话被派对女主人打断了，她拉着博加德去跟另一位宾客打招呼。博加德恢复了他公众人物的人格，并在离开前叫布雷思韦特一定要寄一本《杀死你的自我》给他，布雷思韦特照做了。几天后，他收到了一封邀请函，请他到距伦敦西北20英里的阿默舍姆附近的鼓手庭院，这正是博加德占地宽广的家。

布雷思韦特晚到了一个小时，但博加德似乎不以为意或压根没注意到。"他假装无动于衷，"布雷思韦特写道，"就好像他忘了邀请过我一样。"那是一种布雷思韦特在牛津大学期间与上流人士来往时曾经见识过的心不在焉。对那些人来说，"重点在于，永远要表现出自己心里有比守时这种平民化的小事更重要的事。"房子很大，但他把布雷思韦特带到了一个小书房，这位曾在格拉斯哥受教育的演员将它称之为"小窝"。那里感觉就像一个圣所。

在《我的自我，以及其他陌生人》中，布雷思韦特对博加德的描绘尖酸有趣，他对这位演员的习性和怪癖的观察细致入微。他笔下的博加德迷人、慷慨，同时虚荣、讳莫如深、尖酸刻薄、脆弱不堪。按照布雷思韦特对人类生硬直接的分类，博加德属于"一团糟"的失败者。布雷思韦特为他做的，显然是摆脱假扮别人的负罪感，让他相信他所假装的自我与他掩饰的自我同样真实。布雷思韦特阐述了他对"替身"的解读：谁能说哪个是原始的，哪个是冒牌货呢？二人的来往虽然没持续几周，但对双方都带来了持久的影响。"这是一种解脱，"博加德跟友人说，"听到有人跟我说，不用每次都'做自己'没关系，成为自己的替身也不是什么问题。"

在接下来的几周里，布雷思韦特频频接到其他演员以及电影、戏剧界相关人士的电话。他喜欢演员，说他们是他的观点的生动体现，演员是因为假装成别人而获得尊重的。在《杀死你的自我》中，他引用了加缪的话：

> （演员）展示了表象可以创造存在到什么样的程度。因为绝对的假装，尽可能地将自己深入地投射到不属于自己的人生之中……正是演员的演技……演员的使命因此变得明确，他们要全神贯注，让自我成为虚无或分裂成多个。

布雷思韦特接着写道：

> 每场演出结束时，我们会站起来鼓掌。"太棒了！"我们大喊，"再来一个！"戏剧表演越有说服力，掌声就越响亮。然而，一迈出剧院，我们就嘲笑弄虚作假的人，

嘲弄不是在"做自己"的人。追求"做自己"是种盲目的偶像崇拜。相反，我们应该把世界当作一个舞台，表演我们想成为的任何版本的自我。只有通过塑造和重塑我们的自我，"一分为多"，我们才能逃离固定的、不可改变的自我的暴政。

对布雷思韦特来说，这就是通往幸福之路，而他新找到的演艺圈客户，确实是一群善于接纳的听众。就职业性质而言，演员都是与周围环境格格不入的人。从很小的时候起，他们就明白自己必须通过演戏才能融入社会。布雷思韦特用当时的流行语写道："这不是说同性恋者能成为更好的演员，而是因为对这个癖好的迫害使得所有同性恋者不得不成为演员。"

起初，布雷思韦特会上门做咨询。但到了1962年秋天，他有能力辞去原本的工作，在安格路租下一栋房子。他住在一楼，把二楼用来接待他的"访客"。只要有人愿意支付他一小时五基尼，他绝不会把你拒之门外。很快，他只需要花三个小时就能赚到海梅休出版社一周的工资。

泽尔达完成了博士论文后，在当年年底也搬了进去。有一段时间，这种安排相对比较和谐。泽尔达有自己的收入，而且从未像莎拉·奇泽姆和其他女友那样受布雷思韦特摆布。

整个冬天她都在写作,成果就是后来名为"另一个女人的脸"的小说。

一开始,布雷思韦特很认真地对待这个偶然得到的治疗师角色。他每天晚上都在阅读大量的案例研究。然而,没有什么能改变他在《杀死你的自我》中表述的观点。他对精神分析模式不屑一顾,甚至对潜意识的存在也表示怀疑。梦境分析则是"伪巫医的胡言乱语"。然而,不管他在安格路的二楼做了什么,看来是起了一定的效果。他的日程很快就排满了,他还建了一面墙,隔出一间等候室,并雇用秘书来管理咨询时段和财务。第一任秘书名叫菲莉丝·兰姆,她记得"不断有美女和放荡不羁的文化人来访"。常常有人没有事先预约好时间就造访安格路,她不得不请他们离开,也有人会坐下来等待,直到布雷思韦特有空。在咨询治疗的间隙,布雷思韦特经常会下楼抽支大麻烟,或者大口喝下一瓶啤酒。

1963年底,泽尔达的小说出版。《观察家报》称它"敏锐且详尽地描绘了新女性",《泰晤士报文学增刊》更是将她跟弗吉尼亚·伍尔夫相提并论。现在,当一楼的电话响起,多半是找泽尔达的。"当然,科林斯嫉妒了,"她回忆道,"他在内心深处没办法为他人的成功而感到高兴。"布雷思韦特在有关她的文章中搜寻,看看是否会提到自己的名字,而当什么都没找到时,他就会把报纸或杂志扔到房间的另一头。"他似乎认为我的成就在某种程度上应归功于他。"每逢周末，这对情侣不是在办派对就是在参加别人的派对。安格路的痛饮狂欢经常通宵达旦，直到最后一名客人瘫倒在地板上不省人事时才结束。不止一次有人报警，泽尔达总得出面说服警察，没有发生任何异常情况。

《杀死你的自我》销量有所上升，爱德华·西尔斯邀请布雷思韦特共进午餐，约他再写一本书。布雷思韦特显得很勉强，他从客户那里赚到的钱比写书赚的钱多得多。"没错，"西尔斯反驳道，"可要是你没写那本书，就不会有客户来找你。"西尔斯又说，这个世界现在变化很快，如果布雷思韦特不继续写书，他的客户会转向另一个昙花一现的热点。西尔斯直白地指出，莱恩在这段时间又出了两本书。[1] 布雷思韦特仍然不为所动。布雷思韦特没有时间再写一本书，而且他要表达的观点已经在《杀死你的自我》中表达过了。为什么要重复说过的话呢？西尔斯真正关心的不是前员工的事业，而是试图利用日益增长的精神病学图书市场来获利。他建议布雷思韦特出版一本案例史，作为《杀死你的自我》的某种阅读指南。他提醒布雷思韦特，有些人说他是骗了，这将是

---

[1] 即《自我与他人》（1961年）和《理智、疯狂与家庭》（1963年）。——原书注释

个证明他们错了的机会。"他们没有说错啊,"布雷思韦特回答说,"我确实是个骗子。"西尔斯知道试图说服布雷思韦特改变主意只是徒劳,不过在用餐结束前,他还是提到自己愿意支付数额可观的预付款。

大约一周后,布雷思韦特打电话给西尔斯,说有一个关于新书的想法。那将是与《杀死你的自我》互为对照的一系列案例研究。他说,这些研究将"发挥与《圣经》中寓言故事一样的作用",二人之前的谈话他则绝口不提。西尔斯说这是个很不错的主意,很快就拟定了一份合同。

《反治疗》写于1964年最后的几个月,1965年春天出版。这本书甫一出版即大获成功。除了序言较为深奥,书的内容非常好读,爆料够猛,又富有洞察力。他对客户的描述既观察敏锐,又滑稽可笑。这本书也充斥着无耻的自卖自夸。布雷思韦特绝不会放过任何一个复述"访客"对他的赞誉的机会。自然,每个案例都以美好的结局告终。每个当事人离开布雷思韦特的咨询室时,无论他或她曾背负着怎样的心理负担,无一例外都将其卸下了。那些关于克尔凯郭尔和加缪等人的令人困惑的讨论在《反治疗》里消失不见了,取而代之的是一连串人类的怪癖和古怪行径,其中不乏对当事人的性癖好和手淫习惯的猥亵描述,这为本书多加了一些调味剂。布雷思韦特认为这本书是一个大杂烩:"大家就是喜欢读那些比自己活得更糟糕的人的故事。"偏偏媒体对它大加赞赏。女明星朱莉·克里斯蒂[1]不得不出面辟谣,否认由爱德华·西尔斯狡猾地发起的谣言,否认她就是第一章里那位性滥交、服用安定剂的小明星"简"。约翰·奥斯本也发表声明,坚称自己从未见过科林斯·布雷思韦特,更没找他咨询过。伦敦主教罗伯特·斯托普福德宣称这本书亵渎神灵(书中有位访客坦承基督被钉在十字架上的形象会令他性欲高涨),并呼吁政府禁止此书继续发售。《泰晤士报》的一位主管不屑一顾地断言,虽然这本书确实可能是"我们所处的这个放纵时代的号角……但这并不能成为这种内容出版的理由"。毋庸置疑,这一切只会让更多客户蜂拥前往安格路。

罗纳·莱恩直到此时才开始关注布雷思韦特。在这之前,莱恩一直是伦敦的波希米亚圈子首选的精神科医生,现在他的地位却被一个没有资质的江湖郎中篡夺了。据莱恩的同事约瑟夫·伯克所述,仅仅是提到布雷思韦特的名字,就会使莱恩开始格拉斯哥式的、长篇大论的攻击,但他精明地拒绝公开争斗,认为这只会让布雷思韦特更加出名。

安格路两层楼之间的界限开始变得模糊了。布雷思韦特

---

[1] 朱莉·克里斯蒂(Julie Christie, 1940—),英国演员,"摇摆的六十年代"的流行偶像,获奖众多,她的代表作有电影《日瓦戈医生》《花村》《亲爱的》等。

开始邀请某些客户在咨询治疗后下楼共享一支大麻烟,有时也会在咨询期间继续抽烟喝酒。与不同客户的预约开始合并。一位客户回忆说,她到的时候发现还有其他三人在场。布雷思韦特开始询问她之前与他讨论过的私密问题,甚至邀请其他访客回答。于是她离开了,再也没回去过。

泽尔达并不赞成这一切。姑且不论其他,她彼时正在写第二本小说,不愿不断有人来打扰。她也对布雷思韦特扮演的角色,以及他对待那个角色的方式感到不安。"他没有保密的概念。他兴高采烈地复述楼上听到的最耸人听闻、最放荡的细节。"然而,直到他开始在楼下进行咨询时,泽尔达才意识到整件事是场闹剧。她说:"这很荒唐。"

那年10月,最后一根稻草不期而至。《星期日泰晤士报》的记者丽塔·马歇尔来安格路采访泽尔达。[1]虽然泽尔达已事先吩咐布雷思韦特要待在楼上,但他当然不可能听话。他闯进客厅,兴高采烈地说了句"别管我",然后从厨房拿了一瓶啤酒。然后他开始劫持那场采访,对自己的工作进行了长篇大论的描述。马歇尔礼貌地点点头,然后试图继续与泽尔达交谈。当布雷思韦特开始替泽尔达回答时,泽尔达提醒他,

---

[1] 1965年10月24日,马歇尔在发表于《星期日泰晤士报》的《泽尔达·奥格尔维:时代的女性》一文中描述了这一事件。——原书注释

他答应过不会打扰她们。"这是我的房子,"布雷思韦特回答道,"我连在自己的房子里拿瓶啤酒都他妈的不可以吗?"记者找了个借口告辞。当天晚上,泽尔达也走了。

第四本笔记

这几天，开普勒小姐的话一直萦绕在我脑子中：自杀并不愚蠢。当然，她是对的。她的语气不带斥责，但我体会到了那重意思，所以很为自己的表达方式而懊悔。事实上，我们的不期而遇让我觉得自己是天杀的傻瓜。开普勒小姐一定觉得我很不正常。我安慰自己说，既然她也找布雷思韦特医生，那么她本人一定多少有点疯癫。不过，我们的这次谈话还是让我重新思考起我姐姐的死亡。

虽然听起来可能很怪，但我从来没有仔细思考过韦罗妮卡死亡的细节和**现实**。如果仔细想一想，那么我确实因认为她做了蠢事而愧疚。我认为她这么做不是因为没法忍受自己的存在，而是一时冲动所致。但我现在明白了，事情不可能是这样的，选择把她的行为看作一种一时的冲动，只是一种让她的死变得可以忍受的方式。这就是布雷思韦特所说的"防御机制"。

在去世前几个月,韦罗妮卡从剑桥回家,原因并不完全清楚。她只是喃喃低语"累死了累死了",但我丝毫没觉得她疲惫,她看上去远比任何时候的我都要有活力。无论如何,父亲很高兴她能回家。晚餐时,韦罗妮卡会兴致勃勃地谈论学业上的事,父亲则用欣赏的眼光地看着她。有天晚上,她把切片水果比作宇宙模型,解释了什么叫作红移效应。橙子是太阳,葡萄是地球。韦罗妮卡告诉我们,在夜空上看到的许多星星,其实已经死了千百万年。她一边慢慢地把一个苹果(我忘了它代表什么)朝着餐桌外缘移动,一边碎碎念着什么波长和频率。就连卢埃林太太也停下来聆听,接着摇摇头嘀咕道,现在的女孩都被与她们无关的事情搞得一团糟。就这么一次,我与她意见一致。

韦罗妮卡和我之间,很少有交集。我不知道她那几周是怎么度过的,也不知道她对未来有什么打算。说实话,我并没有多想。我以为在某个时刻,她会重返剑桥那个镀金的圈子。要说我们渐行渐远也不合适,毕竟我们从来没有像一般姐妹那样亲密无间过。我认可,一向都认可,她比我优秀,所以她才对我没什么兴趣。尽管如此,我还是很高兴有她在家,她的存在让家里的氛围变轻松了。至于我因为父爱遭到稀释而心生怨恨，全都是毫无根据的怀疑。恰恰相反，不用在晚餐时编造关于在布朗利先生那儿工作的故事以取悦父亲，对我来说是一种解脱。

一天晚上，我在客厅阅读乔吉特·海尔[1]的最新小说打发时间，韦罗妮卡观察我一段时间后，叹了口气说："哦，真希望我能像你一样沉浸在小说中。"这不是在赞美我，而是在宣扬她的心智更为成熟优越。韦罗妮卡所**说**的话和她想**表达**的意思，有着典型的不一致。多年来，这一直是我们之间经常发生误解的原因。在她十三岁时，说反话变成了她的癖好。如果那一天阳光明媚，她会说天气"很阴冷"，或者如果大雨倾盆，她会说"真令人愉快"。这后来发展成她和我父亲之间的私人密语。他叫她"韦罗反卡"[2]，而她则称他为母亲。如果韦罗妮卡报告说在学校考试中考了第一名，父亲就会说她太丢人，不能吃晚餐，只能直接上床睡觉。韦罗妮卡会回答说这太好了，还说她该挨顿打才是。父亲则会向她保证，他非

---

1 乔吉特·海尔（Georgette Heyer，1902—1974），英国小说家，擅长言情、侦探、历史题材，活跃于20世纪20至70年代，创作了数十部小说，深受大众欢迎，她的作品有《黑娥》《爱与恨的抉择》《摄政公子》等。
2 原文为Ironica。Ironica由韦罗妮卡的名字Veronica与Irony（反话、讽刺）重组而成。

常高兴把她狠狠地揍一顿。他们会一直玩这个游戏，没完没了，二人建立起一个秘密结社，不容许其他人加入。如果我把韦罗妮卡的话当真，她会大翻白眼，重重地哼一声，就好像我是这个世界上最大的白痴。如果我想加入游戏，她就会宣称她所说的都是真的。和韦罗妮卡在一起，你永远不知道自己站在什么位置。和她谈话始终存在遭受羞辱的威胁。

有一次，我狠狠地瞪了她一眼，希望她知道我明白她是在瞧不起我。她脸红了，意识到自己也许做得太过分了。父亲从他的填字游戏中抬起头来。"我们不可能都像你一样飞得很高，韦罗妮卡。"他说，接着就像对一个弱智儿童一样对我笑了笑。我站了起来，讽刺地为我冲淡了家里的知识分子氛围而道歉。当我大步走出房间时，他们交换了一个懊悔的滑稽表情，这只会让我更生气。

虽然我和韦罗妮卡的关系并不亲密，但在大多数情况下，我们仍能和谐相处。我从很小的时候就接受了韦罗妮卡比我优秀这一点。她是聪明人，而我不是；她有自制力，而我没有。她在公开场合不会放肆无礼，也不会厚颜无耻地盯着被我母亲贴上那类别标签的女人。如果我们入住酒店，她会正确地使用餐具，不会把肉汁溅洒在她的衣服上。她不看电视上的益智节目，也不浪费时间去剪杂志上的时装图片。韦罗妮卡生活在一个不同的社会阶层，正因如此，我们唯一的竞争就是争夺父亲的宠爱。我不努力提升自己心智的潜在原因，可能是害怕做了之后只会证明我不够聪明。而拒绝竞争，我就能自欺欺人地活在我们只不过是不同的人的幻觉里。她时不时地会对我的"小工作"表示嫉妒。她会说："你真是个都市女孩啊！"我很乐于让她相信，在布朗利先生那边的工作远比实际情况更光鲜亮丽。父亲则认为韦罗妮卡一定会觉得我的工作很无聊，这种看法无疑是正确的。我有能力做重复性的工作，或者长时间凝视虚空，而一点也不觉得无聊。只要努力用心寻找，总有一些事情正在发生。我们每个人身边都在上演着许多迷你剧。然而，像韦罗妮卡这样的知识分子对此视而不见。他们忙于思考，无暇注意这一切。

在韦罗妮卡去世的那天晚上，警察在8点50分来敲门。我知道这一点，是因为当门铃在夜里响起时，人的第一反应是看一眼时钟。父亲从他的填字游戏中抬起头来，说："应该是她回来了，她一定是忘了带钥匙。"韦罗妮卡没回来吃晚饭时，我们就已经有些惊慌了。父亲猜她一定是去看电影了，或碰巧遇见了剑桥的那些聪明朋友（韦罗妮卡不仅有朋友，她还有聪明朋友），但我怀疑他跟我一样，不是很相信这两种情况会发生。

我丝毫不认为会是韦罗妮卡按的门铃。我有一种从纤微之处预见灾祸的能力，所以当卢埃林太太把两名警察领进客厅时，我一点也不觉得惊讶。第一位警察，我记不得他的名字，是一名穿着剪裁简陋的棕色西装和大衣的警探。他摘下了帽子，把它紧扣在胸前。他的同伴则是一个穿制服的警员，他的脸颊红润，长满了青春痘，很年轻，看上去刚从学校毕业。二人站在一起，宛如音乐厅里的二重唱组合，我半信半疑地期待着他们会突然唱起名曲《拱桥下》。警探首先确认我们确实是韦罗妮卡的亲属。当然，我们不太可能是冒名顶替者，但我在此之前早已明白，在危机时刻，那些执法人员会花费大量时间和精力来核实这些不言而喻的事实。这种对章程的严格遵守，有助于在说话的人和他即将谈论的任何令人不安的事件之间拉开距离。你会把自我抛诸身后，变成一个正在执行功能的齿轮，只是公事公办。在母亲去世后接踵而来的那些废话中，我开始喜欢被无数次地问及我是否是"死者的女儿"（这个短语的沉重节奏至今依然让我高兴）。"是的，我是。"我会严肃地回答，熟练地扮演这个角色，并以此为荣。

在确认了我们的身份后，警探接着说，有个坏消息要告诉我们。他停顿了一下，行为举止有点像问答节目主持人，然后才通知我们韦罗妮卡出了意外。他说，她看起来是从卡姆登的一座铁路天桥上跳下来的。他似乎没有意识到这两句话中的矛盾，但那一刻并非指出这一点的合适时机。我不敢看我父亲。我疑心这个消息会令他崩溃，而应付这个局面的担子就会落在我肩上。我做出我想象到的表示颇为不安的表情，把一只手放到脸颊上，暗忖着不能表现出早已预料到的样子。我很好奇，警探进入陌生人的家中，通知他们的亲人已经去世，是否能在其中享受到一定的乐趣。不过就算有，他也没有表现出来。他只是把帽檐边缘插入指缝中几秒钟，显然认为这已经给了我们从震惊中恢复的充足时间，然后问了一些问题：我们知道韦罗妮卡为什么会出现在那个地方吗？她是否看起来不开心或很沮丧？她是否有异于平常的举止？当我父亲回答说不知道时，警探问他可否到韦罗妮卡的房间"瞧一瞧"。我对这种偏离官僚惯用语的表达方式感到很恼火。这种不恰当的口语使他恢复了个人身份，而不是在执行任务。他肯定觉得自己是个"人物"，对他来说，大模大样地去人家家里通知他们家有人死了，很快就会成为沙龙酒吧里的逸事。不过，卢埃林太太仍领他上了楼。

那个穿制服的男孩留在客厅里，似乎是在监视父亲和我。我发现他在看我的腿，于是本能地把裙子下摆往下拉。为了找点话说，我问他们怎么能确定那是韦罗妮卡。男孩回答得很迟疑，似乎不确定他是否做了逾越职责的事。他说在现场发现了她的手提包。我记在了心里，哪天要是想往火车前面跳，一定要先彻底清理自己包里的东西。那个男孩开始说一些关于她尸体的身份证明，但越说越小声。他右手的指关节被擦伤了，我好奇他最近是否曾与人斗殴。我站起来，走到父亲坐着的地方。报纸已从他腿上滑落，他正双手掩面。我把我的手放在他的肩膀上，他把他的左手放在我的手上。我们一直保持着这个犹如舞台静止场景的人物姿势，直到那个粗鲁的警探回来为止。他解释了接下来要走的程序，然后猛地一歪头，向他的年轻同事示意他们现在可以走了。

在死因调查中，一个名叫西蒙·威尔莫特的年轻人描述了他目睹韦罗妮卡爬上天桥栏杆的过程。在那之前，我一直避免去想她真的这么做了的事实。我骗自己去相信那是个意外事故，她只是不知为何失足坠落了。当然，"自杀"这个词曾在我脑海中闪现过，但我像挥打一只讨厌的苍蝇一样把它赶走了。我当然没有考虑过韦罗妮卡是故意这么做，是坚决选择结束生命的。这个想法太荒谬了。西蒙·威尔莫特回忆说，维罗妮卡曾犹豫了一会儿，所以他跑过去想抓住她的脚踝，可她一跃而起跳了下去，他最终只抓到她的一只鞋子。那只鞋和其他衣服，以及手提包里的东西，后来都还给我们了。另一只鞋子没办法修复，不过鉴于她的脚比我大上两个码，我无论如何也不可能穿上它。

我羞于承认我对韦罗妮卡之死的最初反应完全是自私的：我再也不用争夺父亲的宠爱了。晚餐时，我再也不会被别人比下去，觉得自己很愚蠢，或觉得自己的存在多多少少是无足轻重的。因为我活得比她久，我第一次赢过了她。我知道这些都是狭隘的、可鄙的心绪，但它们完全是我这种人会有的心绪。我打小就知道，我是一个不讨人喜欢且心怀恶意的人。事情不是对我有利就是对我有害，除此之外，我无法从其他角度来看待。我不信任那些声称为公共利益而行动的人，或者闲暇时间都用来做慈善活动的人。在我看来，那些公然宣称的利他主义，似乎只说明了一种渴求赢得别人敬佩的欲望。然而，在韦罗妮卡去世后的几周，我开始有了不同的感觉。一方面，这样的重新评估与我先前的利己主义完全一致。然而，我父亲的悲痛那么巨大而持久。有好几个月，我回到家时都发现他泪流满面。他吃得很少，而且似乎逐渐消瘦到不成人形，脸色灰白，头发越来越稀少。卢埃林太太维持着欢欣鼓舞的假象，但就连她的哄骗也无法让他多吃一口。我们自然不会去谈及他痛苦的原因，仅仅是提到韦罗妮卡的名字，都像是一种毫无意义的残忍。所以，我们就像什么都没发生过一样谈论其他事情。正是在这种情况下，我对韦罗妮卡的死有了不同的感觉，父亲的不快乐让我也变得不快乐。

然后，发生了别的事情。一天晚上，当我们坐下来吃晚饭时，我转向韦罗妮卡不久前坐过的位置，准备跟她说些什么，然后我审视了自己的举动。那是我第一次强烈地感受到她不在了。从那一刻起,我以不同的眼光去看待她的死亡。这世界上俨然出现了一个韦罗妮卡人形的空洞。随着她身体的消失,她的心智也消失了。我当下想问她的问题永远得不到回应了。她所学到的一切,她所积累的记忆,她未来的想法和行动,全都随着她烟消云散了。这个世界因为她的不存在而收缩了。我心头一酸哽咽了,虽想硬咽下去,泪水却不肯就范。我假装被噎到,旋即冲出了餐厅。

当我第四次来到布雷思韦特医生的咨询室时,黛西默默地比手势让我坐下来。开普勒小姐的貂皮大衣挂在衣架上,我很高兴世界恢复了秩序。不过,当我坐下来时,我突然想到韦罗妮卡一定也坐过同一把椅子,等着黛西给她一个可以单独进去的手势。她会像我现在这样挺直脊背坐着,双手放在腿上,双膝并拢。然而,我好奇她会不会注意到黛西肩膀上方的墙面,那如同蛇信子的墙纸裂纹。我无法想象她会像我一样为这道壁纸裂纹而烦恼,她也不会想到要去赞美黛西的羊毛衫。黛西的羊毛衫对她来说并不重要。韦罗妮卡是那种务实、不说废话的人,对时尚与打扮的漠不关心使得她与众不同。她穿着不合身的裙子、笨重的鞋子,有时还穿着如同男装的粗花呢长裤。我偶尔会想,她是否更愿意做一个男人。如果哪天她抽起了烟斗,我一点也不会感到惊讶。

黛西非常专注于她的工作，这有点反常。自从上周我们谈论别人被逮个正着后，我想她大概希望我打消跟她聊天的念头，或许布雷思韦特在他的办公室里训斥过她一顿。我想象他可能给她的惩罚，却突然有了一个想法，而且我知道自己如果对某件事想得太久，就会找到一百个理由阻止自己采取行动，所以我想都不想就直接说了出来。

"我想知道你记不记得布雷思韦特医生以前的一位客户？"我说，"她的名字是韦罗妮卡。"我用手比画着，想表达这不过是一个偶然钻出来的念头，而她的回答不会造成任何后果。

黛西先是看了我一眼，然后她的眼睛飞快地扫过咨询室的门。她皱起了眉头，把头缩进肩膀里。"你很清楚我不能和你讨论其他访客。"她说，原先那种和蔼可亲的友好态度完全消失了。

"我只想知道你是不是还记得她。"

"我记不记得不重要，"她故意用别人能听得见的耳语说道，"你不能问我这种事情。"

她继续打字，用力敲击键盘，尽可能发出最大的声响。

我开始描述韦罗妮卡。"布雷思韦特医生甚至在一本书里写到了她，"我在打字的喧嚣杂音中说，"他叫她多萝西。我一直觉得对她来说那是个相当合适的名字。"

我幻想我从黛西的脸上看到了一丝想起来了的表情，但她很快就压制住了,我无法确定自己究竟是否真的看到了。

她停止了打字,看着我。"我还没有读过他的书。"

我感觉她被吓到了。"不过,从某种程度上说,我是因为她才来这里的。"我接着说下去。

"我不在乎你是为了什么理由来这里的。"她双颊的颜色已经变了。

就在这时,咨询室的门开了。开普勒小姐走了出来,她看上去不像平时那样镇定自若。她的脸涨得通红,睫毛膏晕染开来,头发乱糟糟的,黛西帮她穿上外套时,她心不在焉地把一缕头发塞到耳后。她的视线一度落到我的身上,却非常茫然,仿佛我们之间什么都没有发生过。我感到很受伤,但她表现得如此令人费解,想必一定有她自己的理由,所以我也会意地保持沉默。

她离开后不久,布雷思韦特出现在门口。这一切就像业余戏剧团体喜欢的那些可怕的乡村别墅闹剧。虽然他人并非高头大马,但他如同君权超越国界的小国家,身躯填满了整个门框。他瞥了我一眼,但没有打招呼,甚至没有微笑,我怕他听到我在质问他的秘书。他告诉黛西,他要到楼下去几分钟,然后就离开了。我听到楼梯上传来他的脚步声。

黛西指示我可以进入咨询室,无疑是为了避免跟我进一步交谈。我把门在身后关上,环视整个房间。独自待在这里是一种奇特的体验。尽管获得进入的许可，但我觉得自己像个入侵者。我轻轻地走过薄薄的地毯，站在沙发边上，摘下手套。我的目光落在了桌子后面的文件柜上，那里肯定有不得了的秘密！和平日一样，最上面的抽屉敞开着。我朝门外瞥了一眼。布雷思韦特说他会离开几分钟，现在时间还没超过30秒。我把手提包放在地板上。我的头皮刺痛。我有这个胆量吗？我告诉自己，这是一个需要行动而非沉思的时刻。迟疑只会让我沉沦。我往前走了四步、五步、六步，低头看了看打开的抽屉，里头没有按字母顺序整齐排列的隔板，只有一堆杂乱无章的笔记本。我竖起耳朵紧张地听着脚步声，打开最上面的一本。第一页上有两个古怪的大写字母"SK"，我猜这个"K"应该是代表开普勒。我的心怦怦直跳，眼睛匆匆扫过那一页。布雷思韦特的字迹非常难以辨认。我纳闷这是不是某种密码或速记法，因其所表达的思想过于有煽动性，以至于非加密保存不可。它们在我眼中和象形文字没什么差别。不过，文件柜里一定有一个专门记录韦罗妮卡言行的笔记本。如果我能够偷到它，或许以后便能破解上面的文字。我小跑着穿过房间去拿我的手提包，准备把笔记本藏在里面。我仔细翻找抽屉里的东西，随机地翻开几本笔记，然后强迫自己暂停下来。韦罗妮卡来这里已经是近两年前的事了。我把下面的抽屉拉开，它甚至比第一个抽屉更加混乱。

我强迫自己有条不紊地打开每一本笔记，寻找韦罗妮卡的名字缩写或其他的什么线索。我停了下来，紧张地听着。没有声音。我决定再打开五本就退回到沙发去，但就在拿到第一本时，我听到身后的门传来的咔嗒声。

我把笔记本放回抽屉里，慢慢转过身来。布雷思韦特站在门口，双手在胸前揉捏着，一副准备动手掐死我的样子。他的脸上没有表情。我感觉到抽屉抵在背部。他慢慢走过房间，站在我面前，我们的身体几乎相触。他把双手放在文件柜的两个边角，用他的手臂把我围住。

"也许你愿意告诉我你正在做什么？"他平静地说。

"没什么。"我用一种老鼠都发不出来的微弱声音回应。

"没有只能换到没有，重新说过。"他语调短促，他的嘴唇与我的额头持平，他的呼吸中散发着酒精的味道。

"我很好奇你用的是什么档案系统，"我说，"在布朗利先生那里，我按照字母和年份进行归档，但看到你——"这么愚蠢的话，我实在编不下去了。

"把你的话修正修正，否则你要毁坏你自己的命运了。"[1]他说，他的胸部在衬衫下一起一伏。他用左手轻易就捍住了

---

[1] 本句和上文的"没有只能换到没有，重新说过"均出自《李尔王》第一幕第一场，为李尔王对小女儿考狄利娅说的话。

我的下巴，抬起我的头，逼我直视他的眼睛。他用舌头舔了舔他肥厚的嘴唇，将手指轻轻地搁在我袒露于外的喉头上。我的五脏六腑翻滚了起来。

"怎么样？"

我紧张得吞咽了一下口水。他放在我脖子上的手是温暖的，如果情境有所不同，这种感觉几乎是愉悦的。"我只是好奇，关于我，你到底写了什么。"我说。

布雷思韦特把他的手从我的脖子上移开，以富有个人特色的猥亵方式揉擦着他的下巴。他的右手放在我的肩膀上，像一块肥厚的牛排。

"不过，你知道好奇心做了什么，不是吗？"

"它杀死了猫。"我顺从地说。

"而我们不希望这种情况发生，对吧？"

"对，我们不希望。"

他抬起放在我肩上的那只手，往后退了一步。我慌忙快回到我在长沙发上的位置。"我很抱歉，"我说，"我不该看你的文件柜，我错了。"我低头以示忏悔。

布雷思韦特现在正靠在那件遭我冒犯的家具上，他的双手紧紧地抱在后腰后面。他的裤子（也就是他上周穿的那条难看的灯芯绒裤）拉链没拉，但现在似乎不是提醒他注意这件事的好时机。我提醒自己我是丽贝卡·史密斯，并尽量使自己平静下来。我往下伸手拿烟,手提包却被搁置在文件柜的脚下。我从未如此强烈地需要尼古丁。

"你认为我可能写了什么?"他问。

"我一点都不知道,"我回答,"所以才会这么好奇。"

"那我来告诉你,"他说,"我什么都没写。"

"什么都没写?"我复述他的话。

"一个字也没写,"他看起来对自己的回答非常满意,"让我来告诉你为什么。没什么可写的,我相信我从来没有遇到过像你这样空洞的人。我开始怀疑你是否真的是你所说的那个人。"

"我也常常这样怀疑。"丽贝卡回答,在我看来,她答得相当机智。(她比我聪明得多,有时我想是否应该让她完全掌控局面)。

"你故意装得很世故,整个人却又坐立不安。然后,你在外面跟黛西悄悄说话[1]。现在开普勒小姐又告诉我,你上周在公园里拦住她。这个可怕的女性团体似乎要集结力量来对抗我。"

"拦住她?"我复述了一遍。开普勒小姐竟然给我们的谈话投上了这样的色彩,这让我很受冒犯。

---

1 悄悄说话,原文为法语tête-à-têtes。

他用力一推,离开了文件柜,把直背椅拉到我的面前,跨坐在上面。他的裤子拉链像青少年的嘴那样张开。我站起来,起身去拿手提包。终于,在点燃一支烟后,我感觉恢复了自我。没有什么比满足不了的欲望更令人烦恼了,这就是到目前为止我尽可能无欲无求地生活的原因。如果有欲望,你就会处于一种永恒的渴望中,抽烟除外。抽烟是你能控制的渴望。你可以让那种渴望缓缓增强,然后抽上一口将其熄灭。

"哦,不论是拦了还是没拦,"布雷思韦特接着说,"考虑到你做作的样子,你对黛西的哄骗,还有,现在你竟翻查我的文件,我不得不断定你是在谋划什么。"

"我这辈子还没谋划过什么。"我说。

他忽然自嘲地笑了起来。"你是记者,对吗?"

"记者?天啊,不是。"他这么说,我真的很惊讶。

"很多人来这里窥探过,相信我。"他说。

"我可以向你保证,我跟那些人没关系。"我说。

"那为什么?你是什么人,史密斯小姐?"

"我谁都不是。无名小卒,"我说,"只是丽贝卡。"他没有回答,我因此大胆了一些。"还有,我真的没拦过开普勒小姐,"我补充说,"我只是在公园里遇见了她。"

"她说你跟踪她。"

"我离开这里后,到公园里转了一圈,想让自己的头脑清醒一下。我怎么会知道她在那里呢?"

布雷思韦特抿着嘴,看着我。他似乎接受了我话里的逻辑。"可你确实跟她说话了?"

"对,我说了,"我接着说,"我在等候室见过她,所以向她问了好。不打招呼很不礼貌,真的没有别的意思。"

"除了说你好,还有别的吗?"他按摩着太阳穴。

我觉得我被审问了,也这样说了。

"开普勒小姐的问题,"他说,"可以说是在于她喜欢想入非非。"

"显然是。"我说。

"我的建议是,不要和她有太多牵扯。"

"我没打算和她有太多牵扯。"

"那么,你们谈了什么?"

我耸了耸肩。"没谈什么。我想,谈了天气吧。"

"还有别的吗?"

"我们自然会提到你。"

"她说了什么?"

"如果我告诉你,恐怕你会太得意,而我认为你已经够自大了。"

他疑惑地看着我。虽然我对男人了解得不多,但我确实知道他们对奉承没有免疫力。男人是有自尊心的。当丈夫下班回家时,妻子应该总是告诉他,他是多么聪明,看起来多么英俊潇洒。这是我们女人的责任。那些忽略这些责任的人会发现自己就像我一样,无人问津。

"如果你一定要知道,"我刻意用了一种意在传达我其实并不赞同的语气,"她告诉我,你是个天才。"

布雷思韦特无法掩饰他唇上掠过的那一抹微笑。

"如你所说,"我继续说,"她显然喜欢想入非非。"

"即便是精神最错乱的病人,也有清醒的时刻,"他说,"那个时候就是,不是吗?"

"实际上,"我说,"我们确实谈了点别的事情。"

他疑惑地睁大了眼睛。

"自杀。"我说。

他用认可的语气重复了这个词。"怎么会谈起这么沉重的话题?这不是两个年轻女子在公园巧遇时通常会聊的内容。"

"或许我们是受了你的影响。"我说。

他仍然沉默不语。

我把烟放进嘴里,慢慢地吐出烟雾。这是第一次,我觉得我成功地引起了他的兴趣。"事实上,"我说,"一段时间以来,我一直有自我毁灭的想法。"我对这句话相当满意,但布雷思韦特似乎对我的措辞和表达的情感无动于衷。

"这个嘛,"他回答说,"如果你决定这么做,请确保先打电话给黛西,取消预约。"

我疑心他在开玩笑,但我低头看着自己的手,好像被冒犯到了一样。"恐怕你没把我的话当真。"我平静地说道。

"我向你保证我是认真的,"他回答,"没有什么比失约更让我生气的了。"他挺直了背,换上严肃的神情,两个手肘搁在大腿上,手指比了一个尖塔的形状,两根手指轻敲上唇的唇纹。他问我有这些想法多久了。我瞥了他一眼,不确定他是否仍在取笑我。

"好几个月了,"我说,"或许更久,有时我会发现自己站在泰晤士河边,想知道为什么我不就这样跳下去。"

"那是什么阻止了你?"他说。

"你说什么?"

"是什么阻止了你?"他又说了一次,"大多数人时不时会想到自我了结。老天知道,我也会,但多数人不会真的去这么做,有什么东西阻止了他们。那么,是什么阻止了你?"

我看着他。"我想是因为我还没有考虑清楚。"

"那么,你还继续活着只是因为缺乏规划?"

"不是,"我说,"不是这样。更重要的是,我觉得我可能会后悔。我怕我跳河之后可能会有不同的想法,但那时已经晚了。"

"那是你会选择的方式,对吗?从河边跳下去不见得会万无一失,说不定有某个年轻人会逞英雄,跳下去英雄救美,或者求生本能会起作用,你会游到岸边。"

"我不会游泳。"我反驳道。(把自己浸泡在水里,对我来说根本就是件不自然的事。)

"即便如此,"他接着说,"你选的不是煤气炉或成把的药丸,也不是绞索或用枪打爆脑袋。当然,开枪是男人的做法。上吊,如果做对的话,会很可怕,如果做错的话,那么你就会把屎拉到地毯上却没死成。无论哪种方式,都不是漂亮的死法。"

"你还没提到火车。"我说,想到一个多小时前经过的铁道天桥,我的头皮突然发麻。

"当然!"他大声说道,"跳到火车前面。优秀的传统,多亏了安娜·卡列尼娜。出错的可能性很小,而且没时间改变主意。不过,伦敦到处都是火车,而你还没跳到任何一辆火车前面。"

"没有,只是每当站在月台上时,我就情不自禁地想:就这样一了百了,多么容易啊。"

布雷思韦特轻哼了一声,好像我说的话完全合理。"你不觉得月台上其他的人也在想同样的事情吗?"

"没有,"我说,"我不觉得。"

"哦,他们在想。每一个人都在想。"

"但他们没有真的去做。"我说。

"没有,他们没有。"他平静地说道。自从我们认识以来,他第一次似乎无话可说。

"我猜他们有继续活下去的理由。"我大胆地说。

"比如说?"

"我不知道。老公、孩子、工作。"

"你有一份工作。"他说。

"我的工作很蠢,猩猩都能做。"

"那你的父亲呢?"

我耸了耸肩。"我情愿认为,我不在他身边对他来说是一种解脱。"

"好吧,既然你这么说,那么我确实想知道为什么你还没有去做这件事。"

我们停顿了一下,或许有一分钟那么久。我开始意识到硕大的雨滴正嘈杂地打在窗户上。我真粗心,竟然没带伞,这样会被淋得浑身湿透的。但我想,一个真正有自杀倾向的人不会太在意自己是否被淋湿。韦罗妮卡自杀那天,一直在下雨,我认为她并不担心身上的大衣是否会被毁掉。布雷思韦特在观察我,他的眼中透着好奇,仿佛我是畸形秀上的某种展品。也许他真的认为我是个疯子。而我也纳闷自己是否真的疯了。我敢说，疯子不知道自己疯了，所以无法确定一个人没疯。这个想法逗乐了我。疯了应该会很有趣，疯子能够为所欲为，大家都会包容疯子。

他把双手抱在脑后。"你知道，丽贝卡，"他说，"阻止你自杀不是我的工作。如果你真心想死，那你就去吧。除了你每周的五基尼，其他事对我来说真的无关紧要。但问题是，我一点都不相信你有任何自杀意图。"

我坚持说我有。

他皱起了脸，摇了摇头。"我不相信。我看着你带着一股世故的气息走了进来，告诉我你的小故事，但你所做的一切都是为了转移对你本身的注意力。你所做的一切都是在掩饰。你不是在对我隐瞒什么，你是在对自己隐瞒。你被埋在了伪装的山崩之下。你穿衣服的方式是假的，就连拿烟的方式都是假的，你是个假人。"

我垂下双眸，仿佛他冒犯了我，但其实他没有。他侮辱的是丽贝卡，不是我。"或许我就是。"我说。

"很好，"他说，"我们全都是假的。你是假的，我是假的。区别在于，我接受自己是个假货，如果你也接受，那你会快乐很多。"

"可是假装成为你不是的那个人有什么意义？"我说。

"无论你觉得自己是谁，那又有什么意义呢？"

这是真的。没有任何意义。我早上起床,去上那愚蠢的班,回到家,看电视或读小说。我上床睡觉,起床,不厌其烦地重复这个过程。我不比机器好多少。

"我无法想象改变,"我说,"或者说,无论以什么样的方式改变,结果还不是一样毫无意义。"

"为什么你这么在乎意义?"他说,"当然,一切都没有意义。接受生命是无意义的,是解放你自己的第一步。"

"既然一切都毫无意义,那又何必改变?"我说,我对这次谈话已经相当投入。

这时,布雷思韦特站了起来。他在房间里踱步,一副气急败坏的样子。"你的问题,丽贝卡,在于想得太多,做得太少。你已经把自己弄残废了。"

"那么,我应该怎么做?"我问。

"不要再等着别人告诉你该怎么做。"

我期望每周的五基尼可以换来一些建议,这似乎是合理的。我反驳道。

"那么,如果我告诉你跳到火车前面,你会这样做吗?"

"你是在告诉我去自杀吗?"

"我既没有告诉你跳,也没有告诉你不要跳。这由你决定。"

"万一我真的跳了呢?"我说。

"你不会,跳到火车前面需要意志力,你显然没有能力做到这一点。"

"或许我会为了报复你而这么做。"我说。

"那会是一场得不偿失的胜利,"他回答,"你说是吗?"

他站了起来,猛地把椅子推到一边,力道极猛,以至于椅子都往侧边摔了下去。他在我脚边蹲下,离得很近,他的胸部几乎碰到了我的膝盖。"忘了意义,"他说,"人生与意义无关,与体验有关。"

他裤子大腿部位的灯芯绒沟壑被磨平了。他每小时收取的咨询费用绝对够买一条新裤子了。

"想象一下,你在一个公园里,"他温和地说,"现在是夏天,你走过一条蜿蜒的河流,感觉阳光照射在皮肤上。你脱下鞋子,草地刺得你的脚底发痒。"

他说得很慢,让我有时间吸收每个画面。

"你买了一个冰激淋,"他假装拿着一支冰激淋甜筒,然后伸出舌头去舔想象中的甜品,示意我也照着做。他的脸离我只有几英寸远。我把手握成松散的拳头放在下巴前,舔着上面的空气。

"味道怎么样?"他问。

"不错。"我说,又舔了一下。

"是什么口味?"

"香草。"

"我的是朗姆酒加葡萄干，"他说，"你要试一试吗？"他把他的甜筒朝我递过来。因为想象出来的冰激淋没有什么传染疾病的危险，所以我接过来，伸出舌头舔了一口。（当时的感觉并不像现在写下来这么荒谬）。

"好吃。"我说，把甜筒递了回去。

他把剩下的东西塞进嘴里，然后用手背擦了擦嘴巴，我的手落回大腿上。

"你的衬衣上沾了一点。"他倾身向前，俯身从桌上的盒子里拿出一张纸巾递给我。我顺从地擦掉了被我弄脏的部分。但这实在过于怪诞，我忍不住笑了出来，并再一次感受到科林斯·布雷思韦特是个非常聪明的人，能让你对他言听计从。

在这个愚蠢的小插曲之后，气氛发生了变化。我们有了一些交流和共识。我用鼻子缓慢而平顺地呼吸。外面的雨变小了。天色昏暗，万籁俱静，有一种时间静止的感觉。我们在沉默中坐了一会儿。在正常情况下，我应该会点支烟，但当时倒不觉得很想抽。几分钟之后，他站了起来，宣布他将在下周再见到我，然后笑着补充道："如果你在那之前还没有自杀的话。"

他看着我收拾自己的东西，当我朝门口走去时，他叫住了我。他从裤兜里翻出一先令，递给我。"给自己买个冰激淋吧。"他说。

"也许我会哦。"丽贝卡说。我瞬间惊吓到了，意识到她在跟布雷思韦特调情。走到外面的人行道上后，我提醒她现在是11月，不是吃冰激淋的天气。我点上了一支烟。丽贝卡坚持说，她仍在品味布雷思韦特的朗姆酒加葡萄干的冰激淋。我反驳说她太容易接受暗示了，难道看不出来布雷思韦特是在操纵她吗？她问，为什么我总是要怀疑别人的动机？为什么我就不能单纯享受事情本身？我反驳说，那种无意识的享乐主义只会带来麻烦。她模仿我母亲的声音说："我们不想再有一次伍尔沃斯事件，对吧？"

我对这话只是耸了耸肩，并开始觉得她被布雷思韦特吸引了。

如果我就是如此呢？她回答。

我很好奇布雷思韦特是否也曾让韦罗妮卡试过这个冰激淋的花招。她才不会和他有那么多废话，她不是那种容易受影响的人，而且她甚至从未喜欢过冰激淋。父亲哄她吃，可她用一贯无可辩驳的逻辑坚持认为，大热天吃冰激淋是违反常理的，因为温度决定了人们必须尽快地大口吃掉。如果喜欢吃冰激淋的话，在天冷时吃更合理，冰激淋不会那么快融化，就能延长品尝的乐趣。不管怎么样，她朝我这里瞥了一眼，说冰激淋是给小孩子吃的。父亲坚持说冰激淋是给所有人吃的，但韦罗妮卡不为所动。

我往樱草山方向走，有点希望能再次遇到开普勒小姐。布雷思韦特嘲笑我有在最短时间内建立起常规的习性，他是对的。然而，常规的优点在于它不需要思考，只要做你每天都做的事就好。熟悉令人舒适。不过，我现在多少有些不安，我摸了摸大衣口袋里那枚先令，脑中徘徊不去的不是布雷思韦特叫我买个冰激淋的建议，而是他直截了当的问题："是什么阻止了你？"究竟是什么呢？没人会因为我的离去而悲痛。父亲已经用卢埃林太太取代了我。如果我不去上班，布朗利先生可能会注意到，但他会登广告，并迅速招募另一个积极肯干的女秘书。我是可以被取代的。我既不聪明且有天赋，也不有趣；既不美丽，也不朴素。我也没有什么能让孩子在街上驻足并指指点点的地方。我是个不上不下的人，平平无奇。这并不是说没有人会对我的离去感到惋惜，而是说几乎没有人会注意到我。

我开始意识到我身后的人行道上有人。我告诉自己，安格路是公共道路，有其他人走在同一条路上是很正常的事。然而，我非常确切地感觉到，我被人跟踪了。因为，你看，不管怎么说，我都是一个可怕的自我中心者，总以为另一个人的行为不知为何在某种程度上都与我有关。我既没有环顾四周来证实我的猜测，也没有加快我的步伐，只是把自己交付给了命运。那个人沉重的脚步声越来越近。我放松了肩膀，等待着后脑勺那沉闷的一击，我的膝盖软了。"棒击"一词开始在我脑海中闪现，一个很有分量的盎格鲁-萨克逊词语。我一边等待着那一击，一边低声重复着那个词。

相反，我感到一只手放在了我的肩膀上。

那是汤姆。当然是汤姆（或者他其实叫别的名字）。

"丽贝卡，"他说，"我在叫你。"

我重复着这个名字，好像它对我毫无意义。

"是我。"他说。

我看起来必定是一脸茫然。我的视线与他的胸口齐平。一根孤零零的线吊着他大衣最上面的纽扣，我正准备说我能帮忙缝（我手提包里永远都放着针线），但丽贝卡制止了我。汤姆对保守谨慎的小主妇不感兴趣。他开始长篇大论地解释他如何试图给我打电话，但我一定是写错了号码。接电话的人（"某个年纪大的母老虎"）告诉他，没有叫丽贝卡·史密斯的人住在那里。他知道不该在这里"伏击"我，正常情况下他是不会做这种事的。

我震惊地看着他，他平日的自信不见了，取而代之的是青少年的耿直笨拙。他戴着一顶渔夫帽，因为他的头发很浓密，帽子被顶得很高，看起来很可笑。他有些不安地看着我。我意识到，因为表面上对他的忽视，我反而获得了对他的某种操控力(或至少丽贝卡获得了)。我想汤姆这样英俊的男人不会习惯被人如此对待,而我如此残酷的效果是什么呢?他像一个愿意帮我洗脚的祈求者那样站在我面前。

"那应该是卢埃林太太,"我解释,"太多人给我打电话了,有时候我会让她那么说。"

"啊!"汤姆说,仿佛这是一个完全合理的解释。"我真不愿去想你会用一个假的号码来搪塞我。"理清了原委后,他似乎摆脱了尴尬的局面。"哦,既然我们在这里碰到了,那我们去喝上一杯吧。你看怎么样?"

我耸了耸肩。为什么不呢?我们转身,往回走向彭布里奇堡。人行道因为先前的雨而变得很滑。汤姆把他的双手深深地插进大衣的口袋里。我勾住他的手肘,挂在他的胳膊上,感觉很舒服。我的脸颊触碰到他外套粗糙的质地,它像我父亲刮胡子前的下巴一样弄得我发痒。我们看起来一定像是雨衣或者口气清新剂广告中的一对情侣。

汤姆问我找布雷思韦特咨询的进展。

"我们别谈这个吧。"我回答。

"好,当然。"他郑重地说。

我问他最近过得怎么样,他谈起最近做的各种工作。但我几乎没有听进去。我仍被困在我自己和丽贝卡之间的腹地里。我想知道丽贝卡是谁,她当然和我很像,穿着我的衣服,用我的声音说话，但她的发音方式更明确，更清脆（我有喜欢含糊说话的倾向，所以别人经常听不清我说了什么）。一般来说，她的想法就是我的想法，不同的是她有胆量表达出来。我不确定自己喜不喜欢她，她有点不知分寸，而且我怀疑她不太正经。万一我父亲遇到她，我确信他不会喜欢她。汤姆看起来倒是对她有好感，非常有好感。他追求的人是丽贝卡，在彭布里奇堡跟他聊天的人是丽贝卡，他想要的人是丽贝卡，他得到的人也必须是丽贝卡。

我们穿过摄政公园路，朝着酒吧走去。他用一只手把门推开，另一只手做出浮夸的邀请手势，就像在欢迎玛格丽特公主进入舞厅一样。我走进酒吧，那个独自一人拿着报纸的男人仍在门边的同一张桌子前坐着，一品脱的某种麦芽酒没有动过。上次那两个在吧台前的捐客被他的同类取代了，其中一人是超级大胖子，两鬓蓄着浓密的胡子，后脑勺戴着的圆顶礼帽摇摇欲坠。老板亨利背对酒柜站着，他的手指轻轻地扣着肚子。我们之前坐过的那张桌子被一个男人占了，那个男人左手指节间夹着一根雪茄，原本盯着填字游戏看，我们进去时他朝我们瞥了一眼。除了丽贝卡和我，没有其他女性。我让汤姆带路，他在"雅室"中找到一张桌子，建议我随意坐，他去买他所谓的"一些润喉饮品"。

雅室在酒吧右边的角落里，贴有酒馆标志的磨砂玻璃隔板挡住了他人的窥视。里面有两张桌子,没有人,我在窗边那张桌子前坐下。如果说雅室是远离周围颓废环境的避风港,那么它也是纵情酒色的隐秘所在。外头还有很多空位,我纳闷汤姆这样把我隔离开来的动机是什么。当然,我很熟悉男人只对一件事感兴趣的那句至理名言。然而,根据我的经验,他们对我并不感兴趣。也许这一点即将改变。汤姆不仅给我打了电话,而且还花了一番功夫来追踪我。要说他心里没打什么算盘,那不太可能。我感到胃里有一种可怕的刺痛感。我真是自作孽不可活啊。我把手套塞进手提包里,琢磨在他回来前我还有没有时间溜走。从雅室里面看不到吧台那边,我犹豫不决,也许应该喝杯杜松子酒就走,丽贝卡叫我闭嘴,说我会破坏一切。我可能不想让汤姆的手在我身上游走,但她想。她还想喝个烂醉。如果汤姆要强行分开她的双腿,她绝对会任由他去。我可能很乐意以干瘪老处女的身份死去,但她可不想,我要做的就是保持沉默,让她负责说话。任何其他可能需要处理的事情都交给她。当我反对时,她立刻用最恶毒的言语辱骂我,然后又开始用花言巧语哄我。为什么都要用我的方式来处理?为什么不让她享乐一次?我正准备说她让我恶心时,汤姆带着所谓的润喉饮品回来了,打断了我们。丽贝卡一边用最灿烂的笑容迎接他,一边提醒我:汤姆甚至不知道我的存在。

他脱下外套，漫不经心地扔在长椅上，然后在我对面坐下。他一直戴着他那顶愚蠢的渔夫帽。"这里很舒适。"他说。

"是啊，很舒适，"丽贝卡说，"不过你的两只手可得安分些啊。雅室虽然很好很私密，但我也没见谁在这里搂搂抱抱。"她顽皮地补上一句。

她非常清楚，禁止做这类事，恰恰就是把做这类事的想法植入了可怜的汤姆的头脑里。更不用说让他知道这种想法已经在她脑海中闪现过。他举起双手，并发誓它们将一直待在随时都能看得到的地方。

"如果有哪只手到处乱跑，那一定是你的。"他哈哈笑着说，举起酒杯，我们隔着桌子碰了一下杯。

丽贝卡开始描述她今天所经历的可怕的事情。沙夫斯伯里剧院合唱团的女演员人数不足，约翰·奥斯本因为新戏的选角问题大动干戈，布朗利先生却在午餐时间开溜，和特伦斯·拉蒂根[1]那个老同性恋一起喝得酩酊大醉。我听着这一连串废话，无法插嘴。汤姆却听得津津有味。

"这一切听起来非常令人兴奋。"他说。

"才不是，"丽贝卡说，"男人简直太像小孩子了。我还不

---

1 特伦斯·拉蒂根（Terence Rattigan，1911—1977），英国剧作家，20世纪中叶最受欢迎的剧作家之一，他的作品有《温斯洛》《深蓝之海》《一飞冲天》等。

如去做个保姆呢。难怪我在看精神科医生。"汤姆似乎觉得这一切都非常好笑。丽贝卡将半杯杜松子酒和汤力水混在一起，仰头一饮后咳了起来。

"来吧，让我们喝个烂醉吧。"汤姆用一种近似上流人士说话方式的愚蠢口音宣布。

"好的，不醉不归！"丽贝卡表示同意。她真是无可救药。汤姆将杯中的啤酒一饮而尽，起身去买更多的酒。

我什么都没说，不得不承认丽贝卡确实很懂该怎么享乐。也许她是对的。今晚应该让她随心所欲。说不定汤姆就是个冰激凌，注定是要被舔的。我点了一支烟，桌上正中央有一个锡制烟灰缸，上面有尊尼获加牌威士忌的广告，除了我们到达后丽贝卡抽的那两支烟，烟灰缸里别无他物。广告图片上有一个穿着黑色马靴、马裤和红色猎狐外套的人物，他一只手拿着一根手杖，另一只手拿着一副长柄眼镜，正迈着大步走着。我想象自己穿上他的衣服。或者说，我想象丽贝卡在查令十字街迈开大步走着，时不时拿拐杖去对付一些让人心烦的顽童。

酒吧里很快就人满为患了，充斥着喧闹的交谈声。汤姆给自己拿了一品脱啤酒和威士忌回来，又帮我拿了一杯杜松子酒。这一次，他溜到了我旁边的长椅上坐下，如此得寸进尺让我感到震惊且警觉起来，但丽贝卡一点也不担心。

"或许哪天我们应该一起去看部电影。"汤姆说。

"罗克西电影院正在放戈达尔的新电影。你喜欢法国新浪潮吗?"他问,"我受够了展示普通人生活的英国电影。"

我不知道他在说什么,但丽贝卡机智地回答说:"我爱巴黎。"她甚至用法语念了巴黎这两个字。

"我从没去过,"汤姆,"但我很想去。"

"那很棒,很浪漫。"她用法语说,把我在学校里学过的法语用到了极致。

汤姆认真地点点头。

"你应该去看看,"她说,"那里有很多漂亮女孩。"

汤姆耸了耸肩,一副对美女不感兴趣的样子。"我更想和你一起去,"他说,"不过我不会说法语,你得负责带着我。"

"我一向都是掌控局面的那个人,"丽贝卡娇媚地对他一笑,"还有,当然,法国人比我们更先进。我是指性方面。"

听到这话,汤姆鼓起腮帮子,慢慢呼出一口气。他用手抹了下前额,大口喝啤酒,然后又喝了一大口威士忌。丽贝卡喝了一口杜松子酒。她和我都对酒产生了兴趣,这是我们的一个共同点。丽贝卡和我都喜欢杜松子酒,杜松子酒让我们变得更加亲密。两杯杜松子酒下肚之后,我觉得自己对她的好感无限增加,也觉得她很有趣,开始欣赏她尖酸刻薄的言论。不需要什么天才就能看出,我对她的怨恨是基于嫉妒。

事实是，我想成为她。而她，也许是因为我愿意安静地坐着不插手，所以更能包容我了。她喜欢掌控局面，喜欢有听众，这一点跟我完全相反。好朋友之间也是如此，一段关系中容不下两个个性外向的人，而两个内向的人首先就没有能力出去交朋友。我又喝了一大口酒。我没有忘记之前那天晚上的意外，但我觉得我现在更习惯喝酒了。它似乎对我没有一丝一毫不利的影响。

汤姆正在谈论多部法国电影。我一部都没看过，丽贝卡却能对它们做出权威性的评价。没错，她也喜欢弗朗索瓦·特吕弗[1]，不过克劳德·沙布洛尔[2]的片子就太乏味了。汤姆的大腿现在碰到了她的大腿，但她无意挪开，相反，她要求再来一杯杜松子酒。当汤姆在吧台时，她趁机补了一下口红。她对着粉盒镜子将嘴巴张成一个淫荡的"O"形。她补完妆后还用舌头舔了舔嘴唇，使之闪闪发亮。

汤姆带着酒回来后，终于摘下了他的帽子，把它旋转着

---

[1] 弗朗索瓦·特吕弗（François Truffaut, 1932—1984），法国导演，法国电影界新浪潮运动代表人物，他的作品有《四百击》《最后一班地铁》《日以作夜》等。

[2] 克劳德·沙布洛尔（Claude Chabrol, 1930—2010），法国导演，法国电影界新浪潮运动代表人物，他的作品有《漂亮的塞尔日》《表兄弟》《屠夫》等。

扔到长椅上。他的头发仍然僵硬地维持着帽子压的形状。他深深地吸了一口气，毛衣下的胸膛赫然鼓胀着。他转过身来看着我，试着回想刚刚谈论的话题。我们沉默了好一会。然后，丽贝卡做了件非常惊人的事。她举起右手，把手指插进了他浓密的发丝里。我叫她不要这样做，她的指尖却持续深入，直至触碰到他的头皮。

"你有一头很好的头发。"她说。

"我不能居功，"他说，"我爷爷是一名葡萄牙水手。这是葡萄牙人的头发。"

丽贝卡抽出了她的手。她的手指油腻腻的。汤姆看着她。他真的非常英俊潇洒。丽贝卡噘着嘴，然后适时地低头往下瞥了一眼她的腿。过了几秒，汤姆发出了一声低沉的口哨声，并把注意力放回到他的啤酒上。我真的想知道他怎么能喝下这么多液体。啤酒很有男人味。关于它的一切都很有男子气概：厚重的玻璃杯，肮脏的泡沫，浑浊的棕色液体，难闻的味道。就连"啤酒"这个词都是结实和男性化的。我甚至无法想象把一品脱啤酒举到嘴边。但我喜欢看汤姆喝酒，他喝得津津有味，那样子像农场里的动物在水槽边喝水。

我敢说汤姆和丽贝卡之间曾经闪现过一个关键时刻，他们都在想同样的事。只不过丽贝卡虽然是个耶洗别，但依然有她的原则，而可怜、英俊、傻傻的汤姆缺少无所顾忌的胆量去付诸行动。现在时机已过,他的有色无胆在二人之间留下了一道藩篱。丽贝卡对他失望了。他对自己也失望了。他们都知道那些愚蠢的对话,只不过是那个关键时刻的热身活动,而现在也渐渐停止了。欢乐的气氛消散了。一种可怕的沉默在二人之间蔓延,他们就像突然忘记台词的演员。剧院正厅前排的观众不安地扭动身躯。汤姆瞥了一眼丽贝卡,从他的鼻子里发出一阵轻微的笑声。丽贝卡不自然地一笑,又喝了一口杜松子酒。

"哦,就是这样。"他说,可怜兮兮地试图防止沉默变得更加厚重。

"是啊,"丽贝卡说,"就是这样。"尽管她只是重复了他的话,但她的发音方式赋予了它们大得多的意义。她说得很平静,声音几乎低不可闻,而且在第一个词后暂停,以至于汤姆不得不倾身凑近了去听。然后,就在汤姆的耳朵距离她的嘴只有几英寸之际,她把每个音节都说得很清楚,好像它们异常珍贵,又加重和拖长最后的字,让整句话形成一道优雅的弧形。她的意思很明白,然而,如果有人指控她卖弄风骚,文字记录只会显示完全无害的这四个字。汤姆现在只需要稍稍转过头来,让他的嘴靠近她的嘴就行了。丽贝卡用她食指的指尖碰了碰她的嘴唇,在我能采取任何预先措施之前,他们就已经接吻了。汤姆尝起来有啤酒的味道,他的唇压在她的唇上，引发了一种色情的愉悦感。我感觉到我的两腿之间有什么在加速。接着，他把舌头伸进了丽贝卡的嘴里，碰到了她的舌尖，两舌交锋的他们像极了一对互相蹭着鼻子的狗。汤姆的手摸上了丽贝卡的膝盖，手指滑进了她的裙边，直到她的大腿内侧。有那么一瞬间，我就是查泰莱夫人。我全部都想要。我想被压倒在汤姆强壮的身体之下，被他压垮，被他制伏。他的大手绕过我的肩膀，把我拉向他。我把我的手放到他的胸膛上，把他推开，我的呼吸变得短促起来。

他看着丽贝卡，等待着她进一步的邀请。

"我要你吻**我**。"我说。

汤姆的眼睛从一边瞟到另一边。"我想我刚刚就是这么做的。"

"不是丽贝卡，"我说，"是**我**。"我的手仍然放在他的胸前，我能感觉到它像大海的波浪一样起伏。他露出困惑的表情。丽贝卡咒骂着我。

然后，我告诉他我的名字。他疑惑地重复了一遍。

"没有丽贝卡，"我说，"有的只是**我**。"

汤姆眨了好几下眼，他把胳膊从我的肩膀上抽了回来，好像我有传染病一样。

"丽贝卡只是我为了去找布雷思韦特医生而编造出来的一个人物，"我解释说，"她只是一个虚构的人物，并不真实存在。我根本不是一个疯子,丽贝卡才是疯子,我正常得很。"

汤姆看着我,似乎我远远谈不上正常。

"可是,丽贝卡,"他说,"我从来不觉得你是疯子。反正不是一个真正的疯子。而且,无论如何,就算你是,我也不会介意。我喜欢疯子。"

"我不是丽贝卡,也不是疯子。"我坚定地说。

我凑身上前去吻他,他却握住我的双肩,把我推开了。受到这般羞辱,我拿起剩下的杜松子酒,朝他脸上一泼。即使不用转头看,我也感觉得到别人在透过雅室的入口观察着这出迷你剧。嘈杂的酒吧安静了下来。汤姆呆呆地坐在长椅上。他伸出舌头,舔掉上唇的杜松子酒。

丽贝卡大声地咒骂我是个愚蠢的小泼妇。我毁了一切。她在我的包里翻了翻,发现没有其他合适的东西,就试图用我的手套去擦干汤姆的脸。"你绝对不要听她的话,"她一边轻轻抹着他的脸颊,一边说,"这只是个愚蠢的玩笑。她才是那个不存在的人。"

汤姆握住她的手腕,把她的手推开了。"多么有趣的玩笑。"他说。

我环顾四周,雅室的入口现在看起来就像一幅老勃鲁盖尔的油画。一个戴着圆框眼镜的窄脸男人正在煞费苦心地对新来的人解释事情经过。另一个男人不同意他对事件的描述,随后二人发生了争执。老板的脸出现在雅室磨砂玻璃隔板的上方，询问发生了什么事。

"没事，亨利，"汤姆说，"没什么事。"

"看起来不像是没事。"他说，然后问丽贝卡是否一切都好。

"很好。"她说。

但一切并不顺利。汤姆尽可能保有尊严地站起身穿上外套，人群分开，给他让路。他说如果冒犯了我他很抱歉，我很感动，接着他转身就走了。

丽贝卡恳切地叫唤着他的名字，但他没有回头。

我真希望我没有把我的杜松子酒泼到汤姆脸上。我渴望着酒精在喉咙里燃烧的感觉。然后我注意到，汤姆没有碰他的第二杯威士忌。我没去想有没有别人在看，拿起酒就倒进嘴里，一饮而尽。威士忌在嘴里烧灼得厉害，害我咳了起来，我却从中得到了一种宽慰。我点了一支烟，尽可能表现出对刚才发生的事情不在意的样子。烟灰缸里的广告人物现在似乎在用责备的目光看着我，我在他脸上摁熄了烟头。当我离开酒吧时，顾客们用肘部轻轻推着彼此，窃窃私语。在回家的出租车上，丽贝卡不停地说着尖酸刻薄的话，我无论怎么道歉都没办法让她停止。我在希顿百货买的仿麂皮手套被毁了，那是我最喜欢的一双手套。

布雷思韦特研究之四：
安格路事件

1968年8月17日下午5点过后不久，警方接警处置安格路上的一场骚乱。人们听到有人在大吼大叫，接着是砰砰的敲击声，还有一个女人在尖叫。在该事件的官方记录中，前往处理该事件的警员是查理·考克斯和罗伯特·彭德尔。当一个名叫安吉拉·卡佛的年轻女子领他们进屋时，房子里甚至仍持续地传出喊叫声和撞击的碎裂声。卡佛小姐站在一旁的走廊里，两名警员冲进一楼的客厅。虽然那·天阳光明媚，窗帘却没拉开。他们发现布雷思韦特和理查德·亚伦正扭打在一起。二人的手臂都圈住对方的脖子，在两名警员冲进来时，他们失去了平衡，双双倒在旁边的咖啡桌上，弄翻了饮料和烟灰缸。二人在地上仍然没松手，亚伦压在上面，试图冲布雷思韦特的头部打几拳。警员把亚伦拉开，把他带到房子后面的小厨房。布雷思韦特站了起来，嘴角流着血，衬衫也已经被撕破了。他穿着一条芥末黄的灯芯绒长裤，裤脚卷到脚踝处，两只脚没穿鞋。另一个名叫瑞秋·西蒙斯的女孩没精打采地坐在沙发上，自始至终待在那里没动。查理·考克斯在他的报告中指出，这两个女孩分别是19岁和21岁。瑞秋·西蒙斯处于"醉酒状态"，而且"衣衫不整"，房间里弥漫着强烈的大麻味。

理查德·亚伦处于暴怒的状态，不停地说脏话和丢掷陶器。罗伯特·彭德尔不得不粗暴地把他拉到房子后面杂草丛生的小花园，让他冷静下来。查理·考克斯回到了客厅。布雷思韦特似乎对自己的伤势不太在意，他还开玩笑说，如果不是警察来了，他会制伏亚伦。当考克斯问发生了什么事时，他回答说他和亚伦正在进行一场友好的摔跤比赛。考克斯说情况看来似乎不是很友好，如果布雷思韦特无法提供令人满意的解释，他将不得不逮捕他。布雷思韦特哈哈大笑，指出他还有客人要招待。不过瑞秋·西蒙斯的头松松垮垮地朝一边耷拉着，看起来完全不像被好好招待过的样子。安吉拉·卡佛背对门站着，她问自己是不是可以走了，但考克斯说不行，因为她还需要做笔录，接着问她这栋房子里是否有人吸毒。布雷思韦特说不要把她扯进来，如果他想了解什么情况，他应该一开始就说。如果布雷思韦特不是那么爱开玩笑，事情或许能当场解决，但结果四人全都被带到了肯特什镇福尔摩斯路的派出所。

理查德·亚伦，38岁，是一位著名演员，前不久在老维克剧院重演哈罗德·品特[1]的剧作《生日聚会》，并大获成功。他以前曾出演罗曼·波兰斯基[2]执导的电影《厌恶》，也曾与迈克尔·凯恩[3]共同出演了《伊普克雷斯档案》。到了福尔摩斯路分局，他指控布雷思韦特强暴了他的妻子，即女演员简·格雷辛汉姆。听说这件事后，盛怒之下，他飞奔到布雷思韦特的住所，要"打得他满地找牙"。在询问室清醒的氛围中，他承认这个举动是错的，他应该报警。尽管如此，原本此事看起来只是一场普通的争吵，现在却发生了更为凶险的转折。

简·格雷辛汉姆是1963年的"魅力女郎[4]"。她以模特身份开始她的职业生涯，后来在《热情暑假》《007之俄罗斯之

---

1 哈罗德·品特（Harold Pinter, 1930—2008），英国剧作家、导演，曾获诺贝尔文学奖，他的作品有《归于尘土》《门房》《归乡》等。
2 罗曼·波兰斯基（Roman Polanski, 1933— ），波兰犹太裔法国导演、编剧、制作人，他的作品有《水中刀》《荒岛惊魂》《苔丝》《钢琴师》等。
3 迈克尔·凯恩（Michael Caine, 1933— ），英国演员，他的作品有《加州套房》《汉娜姐妹》《教导丽塔》等。
4 原文为It Girl，指性感、迷人、受欢迎的年轻女性。该表达起源于20世纪初的英国上流社会，随着1927年上映的电影《攀上枝头》（原名为It）的流行而传播开来。

恋》两部片子中出演了小角色。没有人认为她是个好演员。这些角色对她的要求，除了摆出一些奇怪的姿势，几乎不需要做其他事情。当被要求说一两句台词时，她的演技往好了说也是很木讷。但她棱角分明的五官和内双的眼睛与时代如此完美地契合，她漂亮的脸蛋为《时尚》《时尚芭莎》的封面增添了不少风采。1964年春天，她在早已被人遗忘的音乐喜剧《伦敦女孩》拍摄现场，认识了理查德·亚伦，几个月后他们结婚了。在伦敦成为全球最时尚的城市之际，他们无疑是当红的明星夫妇。格雷辛汉姆清楚地意识到她作为一个演员的局限性，因此到皇家学院报名上课进修，但她的事业毫无起色。她被伦敦无止境的派对和首映会吸引，酗酒和吸毒开始影响她的生活。最后一根稻草是她在《春光乍现》的拍摄现场被当场解雇，原因是"喝得太醉或嗑了太多药，或兼而有之"。理查德·亚伦勃然大怒，因为正是他说服了导演米凯兰杰洛·安东尼奥尼[1]，她才能在这部声望颇高的电影中获得一个角色。

简·格雷辛汉姆的本名是苏珊·开普勒，她是德国犹太移民的女儿。父亲艾尔弗雷德·开普勒是一个布景设计师，

---

[1] 米凯兰杰洛·安东尼奥尼（Michelangelo Antonioni, 1912—2007），意大利著名导演、编剧，曾获奥斯卡终身成就奖，他执导的影片有《奇遇》《春光乍现》《红色沙漠》等。

母亲多丽丝·沃恩则经营戏服租借生意。艾尔弗雷德于1938年逃离纳粹政权，但母亲和两个姐妹皆不幸于1944年在奥斯维集中营里遭到杀害，艾尔弗雷德本人于1948年在泰晤士河溺水身亡。对他的死因调查记录在一份公开判决书中，不过他很可能是自尽。格雷辛汉姆当时九岁。

听到亚伦的指控后，罗伯特·彭德尔警员通知了哈罗德·史金纳探长，由史金纳接手处理诉讼。他们告诉布雷思韦特，他有权请律师，但他拒绝了。他们派一辆车把格雷辛汉姆接到了警局。当时，对于向记者提供突发新闻的线索以赚取几英镑的小费，警察并不反感。而当理查德·亚伦和科林斯·布雷思韦特被拘留在肯特什镇分局的消息传出去后，一群记者迅速在外头的人行道上聚集。令人难以置信的是，载有格雷辛汉姆的车竟开到了分局正门，她由前门被带进去。第二天，大多数报纸纷纷在头版登出了她用戴了手套的手试图遮掩左眼淤青的照片，旁边还嵌入了亚伦和布雷思韦特的照片。《每日快报》的标题是"恋爱三人行变味了"，《每日邮报》的大标题则是"魅力女郎被打"。相关报道都提到了在布雷思韦特的寓所发生的"骚乱"，但除此之外都是道听途说和猜测。只有伦敦的《标准报》提及了"强奸指控"。

格雷辛汉姆对安格路发生的事情一无所知。他们给她一杯茶，然后由史金纳探长进行问话，要求格雷辛汉姆说明那天下午发生的事情。起初她言辞闪烁，支支吾吾，看上去服用过镇静剂或其他药物，药物的影响似乎还没褪去。史金纳向她保证，她既没有被逮捕，也没有被指控任何罪名。当她继续含糊其词地回答他的问题时，史金纳问她发青的眼圈是怎么来的。她说她不记得了。史金纳对这一回答表示惊讶，因为伤口看起来很痛，显然是最近造成的。他问她是否是她丈夫打的，她回答是，却称那不是他的错。在进一步的追问下，她承认他们曾就她与科林斯·布雷思韦特的关系发生过争执。最后，在绕着圈子问了许久后，史金纳把亚伦的指控搬到台面上，问她是否确有其事时，格雷辛汉姆不情愿地表示她确实说过这样的话。根据她对事件的描述，亚伦回到他们的公寓，发现她喝醉了。二人随后发生争吵，亚伦说她每周去找布雷思韦特做两次心理咨询，看来似乎没什么用。格雷辛汉姆反驳说，那可比嫁给亚伦的好处多多了，布雷思韦特比他更像男人。格雷辛汉姆承认她和布雷思韦特发生了关系，亚伦听了之后就揍了她。当亚伦站着俯视倒在地板上的她时，她害怕再被打，于是说那并不是她自愿的。这时亚伦说："这么说，是他强奸了你？"格雷辛汉姆点头，亚伦就冲出门去。史金纳然后接着问格雷辛汉姆，她与布雷思韦特之间的行为是否出于自愿，她回答说是。

当布雷思韦特听到强奸指控时，他很快就承认他和格雷辛汉姆曾多次发生性关系，但否认有任何强迫的成分。当天晚上11点左右，三个人获释了。亚伦对妻子的家暴似乎没有涉及任何被起诉的问题。

尽管没有人被真的起诉，但伤害已经造成了。媒体从来没有喜欢过布雷思韦特，现在又嗅到了血腥味。在随后的几天里，许多记者守在安格路房子的外头。布雷思韦特不知悔改，仍随心所欲地进进出出，有时甚至会停下来跟人行道上的记者聊天。在《我的自我，以及其他陌生人》中，他写道："我又没做错什么，为什么要躲起来？"

不论是不是出于这个原因，或者是因为来这里找精神治疗师的人一般不想被人拍到照片，他的客户都不来了。布雷思韦特认为这只是暂时的状况，随后的日子里他在殖民地房间俱乐部[1]和苏活区的其他酒吧里狂欢，并以自己臭名昭著为荣。

这种态度在媒体和警方那里都不受欢迎。在安格路事件发生后的那个周末，《世界新闻报》刊登特写，内容是前客户对"樱草山江湖术士"的色情描述。在这些报道中，布雷思韦特会穿着内裤从书桌后走出来，在客户说话时仰躺着哼哼唱唱，和客户一起抽大麻，爱抚自己，还会问色情的、不相

---

1 殖民地房间俱乐部是一家私人会员饮酒俱乐部，位于苏活区迪恩街41号，存在于1948至1979年。

干的性方面的问题。当记者问受访者为什么会忍受这种行为时,其中一位受访者回答说,她以前从未跟精神科医生做过咨询,并误认为这种事情是正常的。另一篇于8月24日刊登在《每日快报》上的报道,替"《杀死你自己》"(原文如此)[1]的作者安上了"自杀啦啦队队长"的名号。这篇报道采访了一位年轻女性,她声称当她告诉布雷思韦特她有自杀的念头时,他的回应是反问是什么阻止了她。在那次咨询结束前,布雷思韦特要求她如果决定去自杀,务必先结清咨询费。

人们请求英国医学协会将布雷思韦特除名,但由于他本来就没有任何医学资格,所以这名也无从除起。没有什么能阻止任何人在他们的门上挂上一块牌子,宣称自己是一名精神治疗师。他在《我的自我,以及其他陌生人》中写道:"我从未为自己树立过什么大师的形象,然而如果人们都疯狂地来找我咨询,我有什么资格拒绝他们呢?"就像布雷思韦特写的很多东西一样,这不过是半真半假的自我辩解,他确实从未以精神治疗师自称,也没说过他有任何医学证书,但他也没纠正那些以为他是医生的人。虽然他声称自己只是对需求做出回应,但他还是特地在安格路设立了自己的办公室,以

---

[1] 布雷思韦特的书书名原文为"Kill Your Self",这篇报道中所载的却是"Kill Yourself"。

适应他不断增长的业务。

秉持着一贯的傲慢自大,布雷思韦特以为这一切在几天内就会平息。他错了。虽然他没有受到起诉,但即使在他的客户所处的波希米亚圈子里,"强奸"这个词依然带着污名。身为"英国最危险的男人"的客户一度能带来一定的声望,但如今他的威信已经一落千丈。

事态每况愈下。布雷思韦特在牛津大学的前女友艾丽斯的父亲,被封爵的皇家法律顾问安德鲁·特里维廉,如今在皇家检控署工作。他饶有兴趣地阅读了报纸上的相关报道之后,给史金纳探长打了一通电话,要求查看与该事件有关的笔录。史金纳解释说没必要,因为没有人被逮捕,但特里维廉非常坚持,甚至当晚就亲自前往福尔摩斯路的警察局分局,史金纳冷淡地接待了他。史金纳是从基层一级级升上来的伦敦东区男孩,不喜欢有权有势的大人物的干涉,也不喜欢对自己没有起诉这一决定的隐含批评。特里维廉阅读了五位证人的笔录,做了一些笔记后,要求与考克斯和彭德尔谈话。之后,他又根据笔录上的地址去找安吉拉·卡佛和瑞秋·西蒙斯。西蒙斯是一名艺术专业的学生,和三位女性朋友同住在卡姆登的合租公寓。几个月前,她在一家酒吧认识了布雷思韦特,他邀请她和一个朋友回到他家。他们在那里听唱片,吸大麻,然后她和他发生了关系。那"没什么大不了的"。她说科林斯很酷,而且他总是有很多大麻。在8月19日的事件之前,她从未见过安吉拉·卡佛,此后也没见过。

安吉拉·卡佛是布雷思韦特的客户默文·卡佛的女儿,默文·卡佛是一家餐馆兼夜总会的老板。几周前,卡佛夫妇在位于圣约翰伍德圣安妮排屋的家里开了场派对,他们的女儿在这场派对上认识了布雷思韦特。当特里维廉按响这个地址的门铃时,来开门的人是卡佛的太太比阿特丽斯。特里维廉递上名片,并解释说他想和她的女儿谈谈。安吉拉被叫下楼来,经过一番劝说后(特里维廉以口才出众闻名),卡佛太太终于同意让二人在卡佛先生的书房单独谈话。特里维廉首先解释说,她没惹上任何麻烦,他只是要针对安格路事件问几个问题。安吉拉的名字没有出现在报纸上,她明显感到紧张,不断地望向书房的门。如果她的父母知道她与此事有关,她就死定了。特里维廉向她保证,他对今天的谈话内容将严格保密(后来证明并非如此)。

安吉拉并不像她告诉警方的那样是19岁,实际上她年仅17岁。在她父亲的生日聚会上,她和布雷思韦特聊了起来。布雷思韦特风趣幽默,对她的学习状况和毕业之后的打算也很感兴趣。布雷思韦特猜到了她的星座(天秤座),他们聊了聊占星术和自由意志。从来没有一个成年人这样跟她说话,布雷思韦特对她的关注让她受宠若惊。几天后,布雷思韦特的秘书打电话来，邀请她到布雷思韦特家聚会，她没告诉父母便私自接受了邀请。当她在那个周六下午2点到达安格路时，惊讶地发现现场只有另外一个客人，一个叫瑞秋的大女孩。布雷思韦特向她保证，很快就会有更多人过来，并给了她一杯酒，她接受了。布雷思韦特抽了一支大麻烟，但他没有拿给她。下午的时光逐渐流逝，却依然没有其他人出现，安吉拉开始感到不安。布雷思韦特播放音乐，敞开衬衫在房间里跳舞，只偶尔停下来卷大麻烟或去厨房拿来更多的酒。她喝了两三杯酒后，也和他一起跳了舞。瑞秋说服她共享一支大麻烟，不过布雷思韦特说不要闹她，她只是个孩子。特里维廉问布雷思韦特是否对她进行过性骚扰。安吉拉回答没有，但说他在沙发上亲吻瑞秋时勃起了，她不得不浏览书架上的书来转移自己的注意力。当理查德·亚伦突然闯入时，她几乎松了一口气。

特里维廉告诉史金纳，他将签发一份搜查令，让警员到布雷思韦特的家中进行毒品搜查。虽然布雷思韦特给人的印象并不好，但史金纳认为逮捕抽大麻的披头族[1]是他所不齿的

---

1 披头族（beatnik），20世纪五六十年代欧美文化中一个亚文化群体的统称。他们奉行反物质主义的生活方式，拒绝美国主流文化的消费主义和循规蹈矩，借诗歌、文学、音乐、绘画等艺术形式表达自我，并热衷旅行、灵修、性、毒品等生活实验。这一名称由专栏作家赫布·凯恩于1958年首次使用，以嘲讽"垮掉的一代"这一文学流派。

行为，但他别无选择，只能听命行事。两天后，他和考克斯、彭德尔一起到安格路执行搜查令。他们缴获了大量的大麻，布雷思韦特因为意图供应和持有大麻而被逮捕。然而，意图供应大麻的部分欠缺证据，因此对布雷思韦特的指控只剩下了持有大麻。对于这样的罪行，现在警方只会给予官方警告，但在那个年代的确有入狱的实质性风险。同年，滚石乐队的基思·理查兹因被指控允许将其住宅用于吸食大麻而被判处12个月监禁。理查兹提出上诉，该判决后来在上诉过程中被撤销，但如果布雷思韦特被判处监禁，他将无法得到公众同样的同情。

案件在纽因顿堤道的内伦敦王室法院进行审理，公众旁听席上挤满了记者和好奇的旁观者。布雷思韦特没听取律师的建议，坚持做无罪辩护。安德鲁·特里维廉亲自负责起诉工作，安吉拉·卡佛和瑞秋·西蒙斯则被传唤为证人。布雷思韦特没有否认那些呈堂的药物是他的，但他坚决不承认政府对他选择把什么物质放进自己的体内这件事有管辖权。虽然这种辩护在反文化人群中可能会得到认可，但对治安法官琼·艾特肯没有任何影响，而且也没有任何法律依据。布雷思韦特对法庭的态度（他脱下鞋子，故意在特里维廉进行结案陈词时专注地抠着自己的脚），以及他一贯的傲慢，使他无法赢得陪审团的心。特里维廉把此案描绘为具有象征意义的重要案件。他说有个阴谋团伙相信，他们的名气让他们凌驾件法律之上。"被告可能视法律为无物，"他又说，"但这并不意味着他或任何其他个人有权利藐视法律。"根据《每日快报》的报道，他"持续对布雷思韦特的人格进行了详细的阐述，以至于艾特肯女士不得不打断他，并警告他要紧贴本案的事实"。艾特肯在总结陈词时提醒陪审团，受审判的不是被告的人格而是他的行为，陪审团的唯一职责只是将法律适用于他们听取的证据。陪审团用了不到15分钟就判定布雷思韦特有罪，听到这个判决，布雷思韦特转过身来，对陪审团"支持压制人民的司法机构"讽刺性地鼓掌。艾特肯女士判处他60天拘役，现在轮到她来斥责他在审判期间的所有不得体和无礼的行为了。

特里维廉在他的自传《控辩双方》里谈到，布雷思韦特在学生时期与他的女儿有绯闻，并导致她"住院"，这个说法不露痕迹地为艾丽斯的自杀未遂蒙上一层面纱，并暗示布雷思韦特对她造成了身体上的伤害。特里维廉高傲地宣称，他追捕布雷思韦特并不是为了报复，而是为了保护公众免受"危险的江湖术士"的伤害。这些年来，他惊恐地看着布雷思韦特崛起，"那些看起来很聪明的人似乎天真地把他的胡言乱语奉为某种嬉皮士圣典，我感到震惊不已"。

罗纳·莱恩乐见事态的发展。他对友人约翰·达菲说，那个"可恶的骗子"几年前就应该被抓起来了。话虽如此，十年后，他自己也因非法持有迷幻药而遭到逮捕和起诉。

布雷思韦特在监狱里服刑40天。他写道："监狱里的社会比外头的社会要正常清醒得多……我入监狱六周所学到的人类行为知识，比我在牛津大学和纨绔子弟相处的六年里学到的更多。"

出狱后，布雷思韦特发现他被逐出了安格路。他的家具、衣服、书籍和文件都被打包，存放到了阿克顿的仓库。泽尔达和她的新男友，即剧作家乔·卡特，答应让他暂住在他们位于诺丁山的家。但她明确表示，她的容忍只能维持几天的时间。他在那里总共赖了一个月。他酗酒，不知悔改地吸食大麻，逼得卡特在芬斯伯里公园替他找了间小公寓，"几乎是强制性地让他搬到那里"。

布雷思韦特没有试图东山再起，他两本书的版税仍有进账。他告诉任何愿意听他说话的人，他已经厌倦了听那些"生活过于优越的平庸者对他们的身份认同危机喋喋不休"。是时候再写另一本书了。莱恩当时正在欧美的校园里巡回演讲，给人扎堆崇拜他的学生做讲座。从未去过法国之外其他国家的布雷思韦特，也想参与其中，分一杯羹。他最终设法说服爱德华·西尔斯请他吃顿午餐，却发现对方对这个想法不是很买账。西尔斯建议他最好写一本小说。"小说？"布雷思韦特反问道，"该死的小说有什么用？"当西尔斯拒绝把午餐延长为全天的饮酒作乐时，布雷思韦特说他会把书拿到别的出版社出版。西尔斯付了账，并告诉他，悉听尊便。

第五本笔记

我已经两周没去上班了。当初我欠考虑地跑去找布雷思韦特时假装的心神不宁现在依然存在。我觉得很吃不消。我应该把我的忧伤安全地锁在门外才对。我真是蠢！蠢，蠢死了。昨天，我在床上躺了整整一天，完全想不起来梳妆打扮。我的头发打结了，我可怜的脸已经好几天没有上过妆了。我的肌肤又干又薄，像纸一样。我知道，哪怕是在新鲜的空气中走几步路，也可能会让我振作起来，只是我连打开窗帘的力气都没有了，也拒绝让卢埃林太太代劳。我不想让别人提醒我，我房间以外的世界在继续运转。

布朗利先生上周打了三次电话过来，但我不肯和他说话。卢埃林太太告诉他我身体抱恙，但她的语气出卖了她对这件事的真实感受。几天前，我收到布朗利先生的一封信，信中他对我的情况表示同情，但没有我他没办法处理事务。如果我不能明确告诉他我什么时候回去上班的话，他将不得不找人来替代我。我的心碎了。我喜欢布朗利先生，也知道他已经变得很依赖我。一想到了不起的丹多趴在地上拼命寻找他的魔术硬币时没有我的掌声捧场，我就更难过了。丽贝卡说我总是在这些人身上浪费时间，布朗利先生不过是个演艺经纪人，就像了不起的丹多就只是个魔术师一样。他们就像那些自告奋勇来到我办公桌前的容易受骗的无望者一样，都是误入歧途。当然，丽贝卡说得没错，她什么都对。即便如此，我还是想念他们，想念搭公交车去上班，想念在查令十字街上步行，想念午餐时间只逛街不购物，想念在意式咖啡吧打量那些披头族和涂了眼影的女孩。我想念自己曾假装是这个世界的一分子，尽管我一直知道自己与这个世界是毫不相干的。因为丽贝卡，我才明白，我错了。

两天前的晚上，我被说服下楼吃晚餐。我没有想到要换衣服，只穿了件脏污的睡衣就坐到了餐桌前。我可怜的父亲，他眼睛都不知道要往哪里看才合适。卢埃林太太帮我拿来睡袍，我穿上之后，这才对自己的裸露感到羞耻。父亲温和地询问我是否感觉好些了，我看到他很担心，就安抚地说我好了。除了这些话，我们整顿饭都在沉默中度过。我只吃了几口，而且是吃给他们看的，其实每一口都让我想吐。

之后，卢埃林太太带我上楼，叫我脱下衣服，我毫无抗拒的意愿。她为我放了洗澡水，坐在浴缸边上轻柔地帮我洗头发。泡在温水里的感觉很舒适，我没有去想自己是浑身赤裸的。我站在浴垫上瑟瑟发抖，像个孩子，卢埃林太太帮我擦干身子，然后在我头上套了一件干净的睡衣。回到我的卧室后，她让我坐在梳妆台前的凳子上，为我梳理头发。我很感激她的好意，更感激的是她做这些事时没有给予任何评论或劝告。当她做完这些事后，她让我上床睡觉，把毯子拉到我下巴位置，祝我睡个好觉。我本应该感谢她，但我没办法说出这句话。

在做这些事情时，丽贝卡一直对我指手画脚。我已经向她保证，不用她说，我也知道自己是个一文不值的废物，偏偏她还要找更详尽的方式来表达这种情绪以供她自娱自乐。然而，更糟糕的是，她对我心怀怨恨。我拖累了她。如果没有我，她会在外面享受生活。如果不是因为我，她现在已经和帅哥汤姆做过了（她的语言很粗俗）。我提醒她，我已经道歉了，并保证下次我不会再插手。她反驳说，多亏了我，不会有下次了；没有我，她会过得更好。我无法反驳。我同意，没有我，我们都会过得更好。这种对话的变体不断上演，只有在睡着后，我才能逃离她的欺压。我讨厌她，尽管我小心翼翼地从未表达出来，但她似乎能读懂我的想法。"你恨的不是我。是你自己，你这个没骨头的软脚虾。"她经常把我骂到痛哭，而我的眼泪只会增加她取笑我的弹药。要摆脱她的方法似乎只有一个，那就是听从她的建议，把我自己除掉。这种想法像个虫子在我脑子里，以这样的思绪为滋养，就像苹果中的蛆，饱食而茁壮。

如果说到目前为止有一件事拯救了我，那就是我总是懒得要命，对任何任务都缺乏勉力行动的意志力。然而，懒惰似乎不是可以阻止一个人自我了结的适当理由。仅仅因为懒得去自杀而活着，既不高尚也不浪漫。然而，这似乎是我目前的状况：我没有活着的兴趣，也没有自杀的能力。即便是处在这般倦怠的状态，我也仍能笑对这种讽刺。生命就是活下去。没有干预，生命就会延续，就好像它是一个独立于其监护人而存在的实体。终结生命需要意志力。自杀（如果我们这一次要用正确名称来称呼它的话）需要某种决心，需要规划和决断，这些是我完全不具备的品质。自杀不适合优柔寡断的人，而我向来是优柔寡断的人。这是韦罗妮卡和我之间的另一个区别。韦罗妮卡有能力专注于一个行动方案，并将其贯彻到底。我应该要更像她一些才是。

周一，也许是周二早上，我强迫自己从床上起来。洗漱和穿衣服花了我好大的力气，我惊讶自己竟能一心一意地完成。任由浴缸的水流干，让水从我的皮肤上蒸发掉，感觉远比站起来擦干身子要简单。坐在梳妆台前，我感觉手中的粉扑像石头一样沉重。

父亲在早餐时看到我很高兴。"啊，太好了！感觉你好多了。"他说。

"对，好多了，爸爸。"我让他放心。

他说布朗利先生会很高兴看到我回去上班的。他和卢埃林太太一直很担心我。

我虚弱地笑了笑。我确信他丝毫没有被我的举动蒙蔽。我知道他很担心我，虽然他从来不表露这些情绪，但我有时会看到这些情绪的影子从他脸上掠过，或者在他用眨眼作伪装、眼睛多闭了几秒时，感觉到他的疲倦消沉。我在一块吐司上涂了一些黄油和橘子酱，然后趁父亲盯着报纸的时候，把它塞进了我的手提包。

我相信没有必要说我不打算去上班。不过为了面子上好看，我仍沿着埃尔金大道出发了。但才走到公交车站，我所有的心气便已耗尽。我走进那里的里昂茶馆，疲惫地坐在离门最近的桌子前。服务员出现时吓了我一跳，好像她把我从沉睡中唤醒了一样。她是一个瘦小的女孩，顶多18岁。她有一头栗子色的头发，一字夹固定出发缝，她说话时操着柔和软糯的爱尔兰口音。我很好奇在里昂茶馆做个服务生能否满足她的职业野心，还是像那些接二连三找布朗利先生的无业女孩儿一样，她有一种在苏活区那些眼神色眯眯的男人面前炫耀自己的强烈渴望。她漂亮是漂亮，可惜身材不太行。她会找一个慈悲为怀到能够忽略她的平胸的年轻男子，用野心换来一生繁重枯燥的家务活。她跟我说话，因为我的反应时间过长，她的脸上出现了关切的神情。她睁大了眼睛，把头向前猛地伸了一下。也许她认为我是个外国人，所以没听懂她的问题。我记住了在这种场合下应当遵循的脚本，于是我轻轻摇了摇头，仿佛在赶走一个白日梦，接着点了壶茶。直到这时，我才意识到自己正坐在窗前，所有路过的闲杂人等都看得到我。我父亲不可能路过（他很少离开家），但卢埃林太太可能会在出门采购时路过这里，然后我的小小伎俩就会暴露。不过，现在要换到室内比较靠里面的位置已然太迟，我的反复无常只会把服务生惹恼，我将被迫对我给她带来的不便做一些复杂的解释。如果我不能解释我的行为，她会认为我是那种不愿意对女服务生解释的自命不凡的人。

由于时间尚早，所以大多数桌子边的位置都没人坐，不像正常用餐时间有餐具和瓷器的碰撞声。服务生三三两两无聊地站在一旁，等候顾客上门。其中一个心不在焉地摆弄着她上衣最上面的纽扣，另一个对着柜台后面的镜子偷瞄自己，并用手指抚摸自己的头发。我旁边那张桌子最远的桌脚下，垫着一个对折的厚纸板。我很好奇这是因为桌腿太短还是因为地板不平。我把双掌放在我桌子的两边往下压,它非常稳。这些桌子都是同一款,在里昂茶馆的各个分店都能见到,所以我得出结论,旁边桌子下面的地板一定有个局部的凹陷。地板的这种不平整,不足以构成担忧这栋建筑即将倒塌的理由。尽管如此,这仍是我正在想象的事情。开始只是轻轻颤动,橱柜里的茶杯和玻璃杯摇摇晃晃,服务生彼此对视了一眼,客人们不再看他们的司康,抬起头来。接着,天花板的收边条出现了裂缝,一块块灰泥开始掉落,打中了一个女人的头,她脸朝下撞在她面前的桌子上。然后震荡越来越剧烈。平板玻璃窗碎了,整个天花板塌了下来。服务生尖叫着跑向门口。房梁和砖石如雨点般纷纷落下。我被砸得失去意识,身体埋在残垣断壁之中。第二天的报纸刊登了事故后的照片,一个女人的腿从建筑物的废墟中伸出来。我父亲在翻阅《泰晤士报》时看到了这一幕,但他没有理由怀疑这是我的腿,因为按说事故发生时,我应该是在上班。

女服务员没有察觉到即将发生的戏剧性一幕,她把我的那壶茶、杯碟都放在桌子上。她甚至还说了一句"天气真好"。

"是啊,"我回答,"好得不像这个季节了。"然而,后面几个字不知何故在我舌尖和上颚之间卡住,最后一个音节还没说完就逐渐消失了。女服务员露出一个职业性微笑,我连最简单的句子都说不好,这已经证实了我是个外国人,因此值得她同情。这个互动结束后，再没有什么可以分散我对周围环境的注意力。没带报纸是我的疏忽。如果我是个男人，我就会请服务生出去帮我买一份报纸，但我从来没有对国家事务产生过任何兴趣，而现在似乎不是纠正这一点的时机。

三张桌子外，坐着一个穿着可怕的红褐色大衣的女人，她正在看我。她把一块司康塞进嘴里，但有一小块司康碎裂掉落了下来，颤颤巍巍地挂在她的围巾上头。她的上唇还留有一抹果酱污渍，看上去就像嘴上挨了一巴掌。她一边咀嚼，一边和同伴说话，我可以清楚地看见她嘴里的司康变成了小小的面团。如果不是因为我现在胃里空无一物，我肯定已经吐了出来。我移开了视线。后面最远处墙上的大钟显示现在的时间是9点20分。所有声音都消失了，安静无比，就和你把头埋进浴缸里的水时一样。我感到很害怕，也很自责。如果有人问我为什么在这里，我该怎么回答？对此我能有什么合理的解释吗？我就住在离这不远的地方。我为什么要离开有充足热饮供应的家，独自坐在这家茶馆里，花三先令六便士买一壶我甚至不想喝的茶？

我把壶里的一些液体倒进店家提供的茶杯里。它散发出袅袅的蒸汽和淡淡的茶香。我倾身凑近，低下头闻了闻。这一生中，我喝过的茶不计其数，但在那一刻，这黄褐色的液体并不比女服务员在我的杯子里撒尿后再递给我的东西更吸引人。我提醒自己这是一杯茶，是一种熟悉且令人舒心的饮品。我从装饰着里昂茶馆图标的小壶里倒了些牛奶出来，看着两种液体在汤匙的搅动下交融。是的，就是这样，一杯好茶。"喝杯茶吧。"我告诉自己。一杯茶会让一切都好起来。但情况并未好转。我举起杯子，让茶水碰触到我的嘴唇，很难想象自己之前是多么心甘情愿又热情洋溢地喝下这样一种混合物。

我把注意力转移到外面的街道上。不能换桌子就算了，至少我能观察卢埃林太太有没有经过。外面的人行道上，早些时候熙熙攘攘的上班人潮已经减少了。现在，家庭主妇们为了准备先生的晚餐，开始去肉店买肋排了。她们没有匆忙的必要，一天的任务就是买一块肋排。稍后，她们会把一些卷心菜、土豆和肋排一起煮。她们会布置好餐桌，等亲爱的老公从外面的世界回家。从现在到晚餐，她们的时间安排是一片空白。或许她们会在公园停留一会儿，也许她们会在里昂茶馆喝一壶茶犒劳自己。也许她们可能会读本小说，或把门挂上锁链，躺在床上取悦自己，双眼死死地盯着天花板。不管这种活动会带来什么短暂的快乐，它们的目的只有一个，分散自己对时光正可悲地流逝这一点的注意力。

外面的人行道上有一个电话亭，我就是在那里打电话咨询了布朗利先生刊登的广告。一个男人停下脚步，检查了一下裤兜里的零钱,然后走进电话亭。他的外套下摆被门夹到了,一番手忙脚乱后才解开。他三十多岁,头顶的帽子被推到脑后,似乎某个时候他曾停下来,擦拭额头上的汗水。他看起来似乎有些慌乱,拿起话筒后先用脸颊与肩膀夹着,一边拨号,一边用左手拿着一枚硬币悬在投币孔上,等着电话发出咔嗒一声。他记得电话号码,想必是打给熟人。拨完号后,他改用右手拿话筒,在等对方接电话的同时,两只眼睛滴溜溜地转向四周,似乎想确定是否有人在观察他。没有。完全没人在注意他。他等待着。或许他正在往家里打电话,以检查他的妻子是否在家。也许他是在给他的情妇打电话,安排幽会的地点。无论如何,在别处的某个房间里,有一部电话在响。或许那个房间里没有人,或许有一个女人正静静地盯着电话,正在犹豫是否要接听。我开始感到一种逐渐增强的紧张感。这时,那个男人开始行动了,他用手指将硬币推入了投币口。我读得出他的唇语。他像是说了"你好"两个字,而且连说了三遍,但显然没有人回答。他把听筒举到脸前,反复地用力敲击电话的拨号盘,好像拨号盘犯了错一样,然后才把话筒挂回去。他调整好雨衣的领子,走到外面的人行道上,环顾四周,看看是否有人目睹了他粗鲁的破坏行为。他满意地发现没被看到后,便大步走到街上去了。他的雨衣上曾经被门夹住的地方,留下了一块油渍。

我的茶已经凉了。我把茶杯放到唇间，假装还在喝。我忘了戴手表，但我低头看了看手腕，似乎在查看未来某个预约好的时间。一种僵硬感淹没了我，我觉得自己没办法成功地站起来而不弄翻桌子、引起骚动，服务生会因为我而大惊小怪，并把经理叫来，可能要求我赔偿打碎的餐具。我裙子的前面会被冷茶淋湿。到了外面，路人会把目光避开。我在这里待得越久，肢体就变得越僵硬。趁着我自觉还能体面地待下去，我凝视着窗外。卢埃林太太没有出现，电话亭也没有其他戏剧性的场面上演。终于，我受不了了，我从手提包里拿出了我的钱包。钱包上粘满了我先前藏在那里的烤面包的果酱。我把正好的金额留在放零钱的锡制托盘上，心里盘算着服务员会以为我是外国人，对这里的风俗民情不了解，所以没给小费。经过一番努力，我终于顺利地从桌边挣脱出来。在外面的人行道上，我感到头昏眼花。我强迫自己走了几码路，不想让任何旁观者以为我漫无目的。我小心地过马路，有点期待能被一辆公交车撞上。我想象着我身体周围的骚动。一个年轻人会跪在我身边，抓住我的手，告诉我坚持住，救护车马上就要到了。我会虚弱地笑一笑，然后合上眼睛，离开人世。

我沿着人行道走了一段，挡住了所有人的路。有个人的狗链缠住了我的脚踝。我真想踹那只讨人厌的杂种狗一脚。

想到还要这样度过几个小时,我就觉得难以忍受。我在伦道夫新月街区旁的花园里的一张长椅上坐下,不久后一位大约七十岁的妇人在我旁边坐下来。她说这是一个愉快的早晨。这是一种几乎不需要回应的乏味评论。但我勉强牵动嘴角,说:"是啊。"她把双手放在膝盖上,直视着前方光秃秃的树木和房屋的背面。她戴着结婚戒指,但很明显,她的丈夫早已经不在了。我猜她每天都会来这里打发时间。或许她有时会找到一个比我更健谈的同伴,我对没能多给一点回应感到内疚。我很想起身离开,但我不想冒犯她,而且无论如何,我也没有别的地方可去。几分钟后,她从大衣里的某个地方拿出一个牛皮纸袋。她从这个袋子里拿出几把面包屑,撒在小路上。不出几秒,一群鸽子犹如街头乞儿争抢硬币一样把我们团团包围。它们从四面八方飞来,仿佛是了不起的丹多变出来的。我轻轻地将双脚移到凳子下面,不想表露出不自在。鸽子们自以为是地走来走去,把头转向一边,盯准一块面包屑,然后用喙戳下去。有一只特别丑的鸽子待在边缘,没办法挤进鸽群。她全身的羽毛油腻且蓬乱,一只脚在胸口下蜷曲着,像一只枯萎的手。我突然对着这一人群鸽子踢出一脚,它们瞬间乱糟糟地分散开来,旋即又扑向我的脚边。我把脸转过去。那个老妇人无动于衷地观察着这一幕,这似乎并没有给她带来任何乐趣。这些鸽子只是在为她提供服务而已。

过了一会儿，她看了看袋子里的东西，然后把袋子倒过来，把面包屑倒空。鸽子们最后一次忙乱着，然后这些可怕的生物匆匆散去，就像它们到来时一样迅速。只有那只有一只脚萎缩的丑鸽子还在徘徊，徒劳地啄着柏油路面。那里连半点面包屑都不剩了。

昨天，或许是前天，卢埃林太太轻轻地敲了敲我卧室的门。她最近一直对我很好，想到我之前那样对她，我真的不值得她这么好心。我把这看作她知道我在这个世界上时日无多的信号。当我允许她进来时，她告诉我埃尔德里奇医生要求见我。当然，他不是"要求见我"，而是被请来的，但我还是同意见他。他等了一会儿才进来，我猜是给我点时间让我整理一下。我用手撑在枕头上支起身体，把头发梳理得齐整一些。我的外套和房间混乱的状态让我觉得羞愧，房间里的空气很污浊。埃尔德里奇医生没有表现出注意到这些迹象的样子。他走进房间两三步，问我是否愿意和他谈几分钟。我同意后，他关上了身后的门。自我父母从印度回来后，埃尔德里奇医生一直是我们的家庭医生。我出生时（我母亲总是不厌其烦地提醒我，她生我时有多么辛苦），他很可能在场。我希望在我离开这个世界时，他还会在身边。在我认识他的这段时间里，他似乎一点也没变老。他穿的深色粗花呢三件式西装，和我五岁时因为得了腮腺炎被带去他的手术室时他所穿的，简直就像是同一套。我从来不是一个有点小毛病就跑去看医生的人。父母从小就教导我们把疾病视为一种弱点，不应该惯着它。小时候的咳嗽和感冒都被当成抽鼻子似的小事，而对其他疾病的抱怨总被认为是装病。因此，我与埃尔德里奇医师几乎不算认识。我猜如果我告诉他，我想自我了结，他除了抿着嘴发出一丝啧啧声外，应该不会有别的反应。

他走到窗前。"给房里来一点日光，好吗？"他说着，拉开了窗帘。

令我惊讶的是，外面的光线很好。我已经完全分不清白天黑夜了。

他在床边坐了下来。"你父亲告诉我，你最近心情很不好。"他说。

我假装不知道他在说什么。"我只是有点累，"我回答，"我每个月到了生理期都会这样。"

埃尔德里奇医生对这个答复发出了一声轻笑。如果我以为提到女人的生理期就能摆脱他，那我就想错了。"即便如此，既然我来都来了，那么让我确定一切都好好的，好吗？"

他拿起我的一只手，然后轻轻地按住我的手腕，他的大拇指按在我永远没有勇气去割的肌腱上。他从背心口袋里掏出怀表，等着秒针走到时针的位置。他的手指碰到我的皮肤，触感令人愉悦，我克制住了想抓住他的手的冲动。三十多秒后，他把我的手放回毯子上，掌心朝上，同时自己轻轻地点了点头。他在脚边的格莱斯顿医生包里翻了翻，拿出一个有着一条宽帆布带、几根橡皮管和测量仪器的装置，对我说要给我量一量血压。他把那个装置包在我的上臂上并将其固定，用一个小橡胶球打气，直到带子收紧。

"只是一点压力，亲爱的，没什么好担心的。"他喃喃自语，面无表情地看着测量仪器，然后把固定带子的尼龙搭扣撕下来。他取出听诊器，要我敞开睡衣，我的肋骨在皮肤下根根分明。他把耳塞塞进耳朵，再把听头贴上我的胸部。金属的边缘很冰冷。他的脸离我的脸只有几英寸。他的脸颊上布满了断断续续的毛细血管。我可以感觉到他的呼吸给我的肋骨带来的温暖。他身上有烟草和石炭酸皂的味道。他的脸色看起来就像正在听肖邦协奏曲一样，毫无忧虑之色。我的手原本掌心朝上地放在毯子上，待在他刚刚放下来的地方，现在我翻过手掌，用我的手指尖沿着覆盖在他大腿上的粗糙布料轻轻划过。他示意我深呼吸一下，接着像从短暂的午睡中清醒过来一般，他的身体向后靠了靠。

"哦，好消息是你还活着。"他说。

我发出了一个听起来可能像是笑的声音。"我能听听看吗？"我说。

他垂下嘴角,扬起眉头,把头略往旁边一歪,从脖子上取下耳塞,让我把小小的扩音器塞进耳朵里。外面街道上的声音被隔绝了。然后他把听头重新放在我的胸前。我把手放在他的手上。接着,我听到了:我自己的心脏正在快活而持续地跳动着,好像没有任何不妥。我把手仍放在他手上,聆听着那温和、令人安心的节奏。我爱我的小心脏,因为它一直不停地跳动着,因为它不在意它的监护人是个废物。我配不上它。

埃尔德里奇医生在看着我。我猜通常只有小孩才会向他提出这样的要求。我取下耳塞还给他。我不知道他是否觉得我们之间发生了什么。这一直是我的问题。我从来不晓得别人是否与我有相同的感觉。对他来说,这一切不过是例行公事。他只是在执行他已做过数千次的程序。他把设备小心翼翼地装进他的包里,但没有站起来。

"那么,这种疲惫,"他说,拉长了中间的音节,仿佛那是他从未听过的外来语,"跟我说说这种疲惫的情况。"

我没告诉他我早上(或是下午,又或是任何时候)醒来时,觉得盖在我身上的毯子是如此沉重,重到简直无法想象自己能挪得开。我没有告诉他,到目前为止,我生命中的每一刻都似乎完全没有目的或意义,也看不出以后会有任何改变。我没有告诉他,虽然我可以(勉强)想象最后一次感受阳光温暖肌肤的愉悦，但我连考虑要不要出门的力气都没有。

相反，我避重就轻，我当然会这么做。我只是在犯傻。我没有什么问题。我只是一个百无一用的懒人。一两天后，我就会活蹦乱跳（我真的用了这个白痴的说法）。我对他说，我很抱歉让他费心来看我。他用他那平和的表情看了我好一会，向我保证这并不麻烦。我渴望他能告诉我，我说的这些都是废话，渴望他说我病得很重，需要长时间住院休养。布雷思韦特医生会直接看穿我的这些谎话，但埃尔德里奇医生不会。他紧抿着嘴唇，慢慢点了点头。然后他拿起他的包，站了起来。

"试着去运动一下，"他和蔼地说，"去走走，散散步。我们都会有时觉得有点累。但整天躺在床上是不行的。而且你必须吃东西。你太瘦了。"

说完他就走了。我真希望他能留下来。我把脸埋在枕头里啜泣，以免被别人听见。丽贝卡在我耳边低声呵斥：你这个可怜虫，现在哭有什么用，没人听得到！

我想象着我父亲在楼下焦急地等待诊断结果，埃尔德里奇医生会用沙哑的声音告诉他，他发现我没有任何问题，至少是身体上，他看不出有哪里不对。然后他会问一连串问题，父亲则会尴尬地代替我回答这些问题。不，她从不出门。她几乎不吃东西。她没有任何朋友。过了几分钟，我听到前门咔嗒一声关上了，医生走了。

我决定最后一次去找布雷思韦特医生。这是丽贝卡的主意，我缺乏抗拒她的意志力。当我今天早上醒来时，她花言巧语地哄骗我。她不能再忍受这些了。我可能已经放弃了人生，但她没有。她说这不公平。我明白她的意思，这的确不公平，她为什么要因我的失败而受苦呢？

她试着用哄骗的办法把我从死气沉沉中拉出来。我提醒她她辱骂我时曾用的那些可恶的字眼。她道歉了，解释她只是太沮丧了才那么说。我很难责怪她，毕竟谁能忍受跟我被束缚在一起呢？

我推开毯子，双脚落地，脚底下的地毯感觉好粗糙。我从被丢在床边皱巴巴的一堆衣服中拿了件晨袍套上。我可以闻到我腋下的恶心气味。我走到窗前，拉开窗帘，外面正在下雨。嗯，这有什么关系呢？丽贝卡说。一点小雨不会伤害任何人。她让我先去洗个澡。我在楼道里遇到卢埃林太太，她惊讶地看着我，然后笑了。丽贝卡问她能否好心地替她放洗澡水，她们之前从未见过面，但卢埃林太太毫无异议地答应了。

"我很乐意，亲爱的。"她说。

我坐在盥洗室的椅子上，卢埃林太太放着水，像对待孩子那样不时地测试温度。当她关上水龙头时，丽贝卡向她表示感谢，那意思就是不再需要她了。我脱掉衣服，走进浴缸。我把一条法兰绒巾盖在脸上，往后仰躺着，眼前一片漆黑的感觉很舒服。我本可以很轻易地滑到水底下，丽贝卡却让我坐起来洗澡。我用肥皂涂抹腋下和私处，再以打湿的法兰绒巾冲洗干净。丽贝卡喜欢把自己打扮得漂漂亮亮的。她绝不允许自己像我一样自暴自弃。她也不准我待在温暖的肥皂水里，她命令我从浴缸里出来，并大力地擦干我的身体，直到皮肤都刺痛了。我想象着卢埃林太太在楼下通知我父亲我已经起床，并决定我应该和他一起吃早餐。我穿上浴袍，走下楼，父亲坐在桌前一贯的老位置上，正在敲开一个水煮蛋。

"早上好，亲爱的。"他说，"看到你起来了真好，感觉好多了，是吗？"

"确实好一点了。"丽贝卡说。你说的是你吧，我暗忖着。"今天要下雨。"她继续说。

父亲好奇地看着她。他在水煮蛋上撒了一点盐，然后拿起吐司抹黄油。丽贝卡表示她也要一个水煮蛋，事实上要了两个。我自己从未在早餐时吃过水煮蛋，但父亲立刻站了起来，把餐巾纸放在报纸上，走到门口，吩咐卢埃林太太再煮两个鸡蛋。

丽贝卡根本不知道我和父亲之间维持对话有多么困难，

所以她没有算到煮蛋需要的时间会带来一段令人焦虑的沉默。然而,这似乎对她没有任何影响。她先把一块吐司抹上黄油,切成四个三角形,然后开始小口小口地吃。父亲似乎对这个不像我的行为没有丝毫不安。丽贝卡接着问他今天有什么计划。

"计划?"他说,"我想我今天早上有一点信件要处理。"

"我认为人让自己忙起来是很重要的,不是吗?"她这话显然是针对我说的。

父亲点头表示同意。我告诉丽贝卡,如果她不听话,我大可以回到床上去。她还没来得及抗议,卢埃林太太就端来了水煮蛋。事实证明,这是一个受欢迎的分散注意力的好办法,能让我们省去那些闲聊。丽贝卡热情地准备开始吃蛋,先是熟练地给鸡蛋剥壳,把蛋捣碎,然后把它们放在另外两片抹着厚厚黄油的吐司上。很显然,丽贝卡并不担心她的臀围,父亲疑惑地看着她。丽贝卡对他微微一笑,热情地咬下一口,一些蛋黄落在她的浴袍上,但她似乎并没有注意到。我拿起一张餐巾纸,尽我所能地把它擦干净。

早餐结束后,我们回到了自己的房间。丽贝卡开始挑选外出的衣服。把掌控权交给她,让我松了一口气。她开始责备我衣橱里的衣服太过时了,但她意识到在某种程度上她仍然受制于我,因而仍尽力克制自己,改用亲密的口吻建议我们应该偶尔一起去逛街购物。我回答说我非常愿意。别的不提，仅仅她想和我当朋友这一点，就让我受宠若惊了，或许我也不是真的那么蠢。

她选了一件白色的上衣和灰色的毛呢套装。我很高兴，第一次去找布雷思韦特时，我穿的就是这套。她有时似乎忘记了，没有我，她甚至不会存在，但由于（这一次）我们关系越来越好，提醒她这一点似乎并不明智。如果不是她，我现在还赖在床上，像个可怜的废人，所以我必须随她想做什么就做什么。她对布雷思韦特的看法也是对的。蒙蔽埃尔德里奇医生的双眼很容易，但科林斯·布雷思韦特没那么容易受骗。如果说到目前为止我还一直在抗拒他，那完全是出于固执。我强烈地感觉到，只有他能帮助我，我必须对他建议的任何方案照做不误。

我穿上内衣裤，在梳妆台前的凳子坐下。我看着摆在那里的熟悉物件：一套有贝壳浮雕的梳子，小时候在托尔坎度假时买来放耳夹的小锡罐，从前因为希望至少有一次会有男人说我好香而用的香奈儿五号香水的矮胖的小瓶子。在开始化妆之前，我把每样东西都精准地排列好。当把粉拍在脸颊上时，我看着自己消失。上了一点点胭脂之后，丽贝卡出现了。她对我笑了笑，我也笑着回应。我在睫毛上涂了睫毛膏，然后又涂上了专门为她买的红色口红（那对我来说太大胆了)。丽贝卡在镜子前抿唇,又对着镜子噘起嘴,很满意我化的妆。我必须说,她看上去明艳极了。

然后她仔细地穿上衣服,对着衣柜门内侧的镜子检视自己。她已经准备好了。我要求出发前先让我在笔记本里写上几行字。我们没和布雷思韦特医生预约好时间,所以几点到都无所谓。丽贝卡同意了。我在我的小书桌前坐下来,打开了我存放这些笔记本的抽屉。现在我写完了,我想是时候走了。我预计这将是我的最后一篇日记。

布雷思韦特研究之五：
逃离

布雷思韦特人生的最后岁月是在达灵顿韦斯特兰兹路的老宅度过的。他的哥哥乔治于1962年去世后，那栋房子一直没有出售。到了1970年，他所写的书籍不再有任何版税进账，而那些准备借钱给他支付房租，或资助他变本加厉酗酒度日的人，也已经被他耗光了耐心。他在伦敦的最后几个月是在苏活区的各种旅馆里度过的，在那里他向女人求欢，并对听力范围内的任何人就那些自命不凡的出版商、当权派，还有"莱恩那个蠢蛋"高谈阔论。他时不时地被请出门外去。

他在1971年1月写给爱德华·西尔斯的一封信中提到，伦敦已经"完蛋"了，他打算到别的地方重新开始。他决定按照西尔斯的建议写小说，要求西尔斯给他支付一笔预付金。西尔斯一个字都不相信，但仅仅是或许终于能够不用再见到布雷思韦特这一点，就足以说服他寄出五十英镑的支票。西尔斯没有指望会再听到他的消息。1971年2月4日，布雷思韦特在46岁生日那天，搭火车回到了达灵顿。这个鼓吹"永远革新自我"的煽动者，最后回到了起点，睡在了他父母的床上。

1971年的达灵顿与布雷思韦特所居住的伦敦反文化圈子相距甚远，不仅仅是地理距离上的250英里。达灵顿仍是一个传统的北方城镇，当地居民以工程师和羊毛工人为主。战后的城市规划要求拆除达灵顿中心的部分建筑，为新的环城路系统让路。但总的来说，自20世纪30年代以来，街道没有什么变化。除了女性裙子的下摆，传说中的"摇摆的六十年代"[1]对这里没有什么影响。人们对新奇的想法抱着冷漠的态度来到这里，仿佛穿越了时空。

对某些人来说，返乡或许是件值得庆祝的事，但对布雷思韦特来说，踏上达灵顿火车站的月台无异于"承认自己失败"。

风光不再确实有损颜面，但倒是不必担心当地人会如何

---

[1] 20世纪60年代中后期在英国由年轻人掀起的一场文化运动，强调现代性和享乐主义，以伦敦为运动中心。音乐是其重要部分，代表性乐队如披头士。时尚、艺术、性解放也受其影响而蓬勃发展。随着年轻人活力、创造力的爆发，伦敦由战后灰暗阴沉的首都变成了流行与时尚之城。

看他。因为在达灵顿，没有人知道他是谁。由于他没有韦斯特兰兹路的房子的钥匙，他砸碎了后门旁边的一个窗户，才得以进去。邻居阿格妮丝·贝尔太太看到后打电话报了警，说有人入室盗窃。当地方警察弗雷德·赫斯特敲开前门时，他见到了一个外表看起来完全就是流浪汉的男人。"我是阿瑟·科林斯·布雷思韦特，这里是我家。"流浪汉宣称。布雷思韦特让警察在门口等了十分钟，然后才拿着驾照回来。驾照本身并不能证明什么，而此人虽然不修边幅，但行为举止不像是个小偷，赫斯特别无选择，只能离开。第二天下午，他打电话给贝尔太太，通知她警方已完成相关的核查，小偷事实上正是这栋房子的合法主人。贝尔太太对自己的错误感到羞愧，因此登门道歉。如果是几年前，布雷思韦特会严厉责备她。但现在他只是摇摇晃晃地站在门槛上，好奇地望着她。他自我介绍说自己是阿瑟，并解释这栋房子是他父亲的。"他开枪自杀了，你知道的，那个愚蠢的混蛋。"

贝尔太太现在已经守寡，仍住在韦斯特兰兹路。当我拜访她时，她很乐意讨论从前的这位邻居，她对他既喜爱又怜悯。当时她二十多岁，五官迷人，身材苗条。在拜访她的邻居之前，她没有想到要换掉围裙，而在布雷思韦特的注视下，她突然觉得害羞。她回忆说："他看人的方式与我见过的任何人都不同。"

他安抚她说没有必要道歉,若真要说的话,他才应该要为吓到她而感到抱歉。贝尔太太说他真是宽宏大量,他们要做邻居了,因此她邀请布雷思韦特当晚到家里吃晚饭。布雷思韦特起初拒绝了,但经过一番劝说,最后仍接受了。不管怎么说,他在家里没有什么可吃的。

这场邻居间的聚会并不成功。布雷思韦特带着一袋叮叮当当的棕色艾尔啤酒瓶来到这里,他没有把这些酒作为礼物交给对方,而是放在脚边,随着夜幕的降临慢条斯理地喝了起来。自然,都是阿格妮丝在维持谈话。她在附近的柯克顿小学担任兼职图书馆馆员,她的丈夫罗伯特在镇上雇员最多的企业佩顿与鲍德温羊毛厂上班,是一名会计。夫妻俩有两个年幼的儿子,彼得和安德鲁。不过,在布雷思韦特到来时,他们已紧裹着棉被在床上安睡了。房子装修得很时尚。贝尔夫妇是急于摆脱战后资本良性紧缩的一代。他们是麦克米伦和威尔逊时代的孩子,对他们来说,革新并不意味着打开认知的大门,而是走向分期付款和参与消费主义的新时代。"通过**物质**的获取,"布雷思韦特刻薄地写道,"贝尔一家已经如此有效地安置了他们在存在与性方面的挫折,甚至不知道他们的灵性已死。他们是我见过的最幸福的人。"

阿格妮丝费尽心思准备了一些流行的开胃菜,布雷思韦特贪婪地大快朵颐。他还热情地品尝了主人提供的雪莉酒,自行拿取咖啡桌上的酒瓶。当阿格妮丝去厨房里准备饭菜时，两个男人勉强维持对话。罗伯特是个狂热的足球迷，布雷思韦特则对体育赛事没兴趣。当邻居问他从事什么工作时，他用含义模糊的手势回避问题，唯一主动提起的话题是阿格妮丝"穿了条很漂亮的裙子"，罗伯特回以冷冷的道谢。当阿格妮丝回来并宣布晚餐已准备好时，二人都松了一口气。

晚饭是在一个与厨房送菜小窗口分隔的小餐厅吃的。阿格妮丝端来了红酒炖鸡，她周到地告诉布雷思韦特那是"法国菜"。罗伯特和她希望等儿子再大一点后，能带他们去法国玩，她认为如今体验外国文化很重要。无论是因为吃多了还是喝多了，或只因他们刚好谈到布雷思韦特有兴趣的话题，他放松了下来。在接下来的半个小时里，他用战后在法国的经历来取悦这对夫妇，而且不忘提及他在性方面的一些征战逸事。在说完一个特别淫荡的故事之后，罗伯特抗议说这种谈话不适合他妻子听。布雷思韦特用一种假装无辜的眼神看着他。"你们楼上有两个儿子，"他说，"一定有某个时候她不反对好好来一炮。"阿格妮丝借着清理桌上餐盘的机会缓和局面。她这样做的时候，布雷思韦特无耻地赞美她。她进厨房准备甜点，嘴里哼着一首曲子，两个男人安静地坐着。当她回来时，她把话题转向了他离开后这个镇上发生的变化。布雷思韦特说他还没注意到。

罗伯特一度上楼去看看两个男孩。布雷思韦特把椅子转向阿格妮丝，盯着她看了好一会，她发现自己脸红了。布雷思韦特说了道歉之类的话，说他其实无意冒犯，只是不习惯跟礼貌周全的人相处。阿格妮丝安慰他说，自己丝毫没有被冒犯。有一个这么老于世故的客人，真的挺刺激的。他一定觉得他们太过时、保守了。布雷思韦特回答他并没这么想。那个晚上就这样友好地结束了，但他没有再收到共进晚餐的邀请。

韦斯特兰兹路的房子年久失修，屋顶缺了几片瓦，水漏进了阁楼，导致二楼的天花板变形塌陷。湿透的灰泥堆掉落到了一楼楼板上，导致地毯腐烂。楼梯上的壁纸已经剥落，每样东西闻起来都透着一股霉味。布雷思韦特在位于房子前半部分的他父母的卧室，还有他用煤气炉供暖的厨房之间活动。在最初的几个月里，除了喝酒，他日常几乎没有别的事。他很少在中午之前起床。早餐是一支裴莱尔牌香烟和一瓶放在床边的苏格兰威士忌，他总是留意不要在前一天晚上就把这瓶酒喝完。屋子里没有热水，所以他只做最基本的洗沐，而且从不洗衣服。他变得越来越瘦，越来越憔悴。他在高北门街的铁路酒馆度过每一个下午。他坐在角落里的一张桌子旁，一品脱又一品脱地喝着艾尔啤酒，凝视虚空，发呆。只要他有钱买酒，店老板布赖恩·阿米蒂奇并不在意他那流浪汉似的外表。布雷思韦特对其他常客没有敌意，但他从不参与他们对当天新闻或当地八卦的讨论。他们反过来也觉得不用理他很省心。在回家的路上，他会到诺斯科特排屋的杂货店，买一罐沙丁鱼和水蜜桃罐头。他晚上待在厨房里，懒洋洋地躺在他从前厅搬来的沙发上，看书和喝威士忌。有时他躺在那里就陷入了昏睡，其余时间则会上楼睡觉。

"不管怎么说，我都只剩下皮包骨了。"他把自己比作萨缪尔·贝克特的小说《无法称呼的人》中那没有实体的声音，一种与物理世界脱离的意识流。"那是一种自由。除了肉体的生存，无须思考其他事。此外，虽然我想溺死在酒精里，但我的思想不断发出威吓，无休无止。"

然后春天来了，事情发生了变化。

"4月的一个下午，我醒了，"他写道，"有一束阳光从窗帘的缝隙中刺进来。我环顾室内，发现每样东西都污秽不堪。墙壁有污渍，床单有污渍。我下楼去了厨房，地板上堆放了许多酒瓶，角落里还有一堆罐头，老鼠在视线范围内匆忙地逃窜。我对自己感到厌恶，我之前任由自己陷入一种荒废的状态。"

或许是在同一天，或许是在此后不久，阿格妮丝·贝尔发现隔壁邻居在清除垃圾。首先，房子前面的小花园里出现了一箱箱的瓶子和其他垃圾。接着，后花园里堆起了布雷思韦特用斧头劈开后的家具。他想把这些东西烧掉，但由于太潮湿而无法点着，于是它们就像破破烂烂的雕像一样在那里放了数周。他甚至着手清理杂草丛生的花园，经常从早忙到晚。阿格妮丝开始隔着栅栏和他聊天，有时还给他端来一杯茶。他的谈话常常是心不在焉的，但他的态度还算友善，而且克制自己不要说些粗俗的话。他曾问阿格妮丝是否认识他的父亲，但她摇了摇头。她说不记得斯金纳门的五金店时，他似乎很失望。她太年轻了。"我父亲对这栋房子十分自豪，可看看它现在成什么样子了。"布雷思韦特对她说，然后继续用镰刀攻击一些灌木。某个周六的早上，阿格妮丝看到布雷思韦特在屋顶上试图修复掉落的瓦片。由于担心他可能会坠楼，她让内心颇不情愿的罗伯特出去帮忙稳住梯子。"你是要抓住梯子，还是把它拉走？"布雷思韦特朝下方大吼。终于，那些家具干到可以烧了，后门外有了足够的空间，可以摆放小小的一桌一椅。

在接下来的几个月里，贝尔太太常常看到他打着赤膊，蜷缩在打字机前埋首打字。当她问他在写什么时，他回答说："悲剧，一个该死的悲剧。"

《我的自我，以及其他陌生人》的打字稿有将近500页。即使在人生的低谷，布雷思韦特也仍相信自己的天分。如果他沦落了,跌得惨重,那不是他自己的失败所致,而是他的敌人决心要摧毁他。为了使当权派长久存在,"那些从当权派的存续中获利的人就必须摧毁其反对者,"他写道,"所有的极权主义系统都是如此,无论是政治上的还是精神上的。"他声称这是一种自然反应。

虽然这个观点可能有一定的道理,但它显示了布雷思韦特不变的、巨大而膨胀的自我。真相却不那么美好:尽管短暂出过名,但他从来没有重要到值得别人发动如他所称的精心策划的攻击。参与这场反布雷思韦特圣战的机构和人,有警察、媒体、法律制度,还有爱德华·西尔斯、理查德·亚伦等人,以及——当然——还有罗纳·莱恩。没人能逃得过他辛辣的批评和谩骂。他的成功主要归功于德克·博加德,但他把博加德贬低为"一个真空。这个男人是如此虚荣和做作,他几乎不存在"。西尔斯"像所有的同性恋者一样,内心是个懦夫,是个平庸的人,他伤害别人以转移对他自己的失败的注意力"。不过,他把最多的戏谑和嘲讽专门留给莱恩:"他坐在粪堆筑起的帕纳瑟斯山[1]上,他的尿被阿谀奉承的弄臣当作有年份的香槟啜饮。"

---

[1] 帕纳瑟斯山是希腊中部山脉。在希腊神话中,此山是狄奥尼索斯、阿波罗的圣地,缪斯的家乡。在现代,此山常被用作知识、诗歌、艺术、灵感的象征。

《我的自我,以及其他陌生人》的内容漫无边际,充斥着夸夸其谈、自我辩解,并狂野地罔顾事实。但从某种程度上说,它也是布雷思韦特最好、最有趣的作品。当他没在算旧账,或者夸大自己的学识时,这本书的主体部分是真正的回忆录,即今天可能被称为"自传"的东西。他用了不少篇幅描述他的童年和在法国度过的那段岁月,这两部分的长篇描述是抒情的、令人回味的。有关奈特利的部分充满了激昂的愤慨,而且确实言之有物。爱德华·西尔斯说他应该写本小说,这建议或许不像布雷思韦特所想的那么糟糕。

谈及在父亲的五金店工作,虽然经常被命令做这做那,很没尊严,还会因为最微小的过失而遭到贬低,但他回忆起斧头柄的曲线和斧头的重量给手掌带来的触觉享受,有滋有味。"拿着一把斧头,"他写道,"你会感觉到它渴望被挥舞。比起挥舞一支笔,斧头邀请你做的事更适合男人。"

回忆两个哥哥打他打得特别凶残的那一次时,他对他们感同身受:"我犯了自作聪明的罪。他们是恶棍,我几乎不能指望和他们讲道理。"这种殴打是在他父亲的默许下进行的,他"大概认为这样做可以治疗我的疾病"。

布雷思韦特的叙述,无论是在字面还是隐喻意义上都不断有隐瞒的需要。他说自己最早的记忆,是父亲从酒吧回到卡特梅尔排屋的卧室,强压在妈妈身上时,他假装睡着了。

母亲抗议说阿瑟会听到，但当她轻声唤他的名字看他是否醒着时，他紧紧地闭上了眼睛。他僵硬地躺在黑暗中，听着父亲的呼噜声，觉得自己是母亲被强奸的同谋。无论这段经历是否是他记错了，是否被美化过，或仅仅只是幻想，都透露出布雷思韦特早在四岁的时候，就已经学会了如何让自己不在场。

到了十三四岁的时候，他从母亲的衣柜里拿了一件母亲的睡衣，并把它带到自己的房间。他穿上这件睡衣并自慰。他描述了法兰绒睡衣的柔软和香气如何让他与母亲靠得更近。这可能让人感觉很污秽，但这也是一个被母亲遗弃的小男孩的行为，他没有其他渠道来发泄所激起的情感。在后来，他甚至剪下长裤口袋的内衬，这样躺在可卡贝克的河岸看着路过的女孩时，他就可以偷偷自慰。"我从来没有想过，"他写道，"我可以接近那些女孩，问能不能带她们去散步或一起去看电影，那些正是我真正的全部的所求。我从小就认为自己不够好，认为自己配不上任何的情爱，所以总把这些感受隐藏起来。"

读到这里，我们很容易看到布雷思韦特的性格缺陷的起源，明白为何他没办法把其他男性看成敌人以外的人；为何他盛气凌人，谎话连篇；为何他蔑视女人。这一切都根植于他对被拒绝的恐惧。

这本书中最令人快乐的段落是他对法国岁月的回忆。"置身于另一个国家,说着另外一种语言,就是成为另外一个人,而在成为另外一个人的过程中,我第一次感到我是我自己。"布雷思韦特很享受葡萄收割工人间的同志情谊,他喜欢一天适当的劳动后产生的身体疲惫。他享受阳光照在他的背上,以及上唇汗水咸咸的滋味。他享受午餐时段板桌上可免费畅饮的葡萄酒,还有大家彼此交换但似懂非懂的奇闻逸事。他最喜欢的是,这一切所营造出的随兴性爱的轻松环境。"我了解到,做爱不是男人对女人的侵犯,不是男人对女人做的事情,而是供两个人享受的行为,除快乐外没有任何义务。"阅读布雷思韦特对橘色土壤,还有柠檬、薰衣草和普罗旺斯粪肥气味的描述,你会惊讶于他竟然会回到英国,而返回英国可以说是悲剧性的。

他没有详细描述个别客户的情况,或许他觉得在《反治疗》中已经写过了。更有可能的是,他只是厌倦了听伦敦的聪明人向他描述他们"微不足道的焦虑"。"如果我学到了什么,"他写道,"那就是不论你给一个人多少物质上的安慰,他总会找到某件事来让自己变得悲惨。我们生来不知满足。我们总是想要更多。更多的家具,更多的小玩意,更多的性,更多的爱。我们觊觎别人的东西,就像别人觊觎我们的东西一样。这就是永远不满足的根源。"

（"所谓的"）精神治疗师做的，是世界上最简单的工作。"从来没有哪个访客完全不了解自己的问题，他们需要的只是有人聆听与观察，接着我再把自己的观察告诉对方，说出对方早已心知肚明的事。这是个简单的过程，然而，一次又一次，他们告诉我，我的洞察力非常敏锐。我真的理解他们，但我做的其实只是聆听。当来访者认为你是某种大师时，你的思想就被赋予了深度。作为治疗师，你所说的话会得到访客的感谢，而同样一句话如果在酒吧里说，你的下巴会挨上一拳。当有人付你一小时五基尼，你的话语就已经被预先神圣化了。精神治疗不过是一种交易，一种与信心有关的技巧。"

这是一个愤世嫉俗的观点，传统的精神病学家和当代的心理咨询师无疑都会反对。这种观点或许也拉低了布雷思韦特身为治疗师的天分。毋庸置疑，他有能力识别客户的不满情绪的根源，说出其他人可能会回避的真相。

他写道：

> 当一个女人告诉你她的人生让她感到窒息，你不用是个天才也能建议她应该做出改变。
>
> "可我不能。"她会绝望地说。
>
> "为什么不能？"你回答。

"我就是没办法，"她说，"情况太复杂。我被困住了。"

"如果你真的想，你就能做得到。"

"我做得到吗？"

人们，特别是女人，寻求的是认可。

她们被家庭、礼仪和责任那一套压得喘不过气来，以至于她们无法自主行动。他们需要外部授权来实现自己的愿望。她们需要的只是前进，拒绝被过去束缚。

"如果我有五个基尼，我不如替自己咨询，"他写道，"但我没钱。"布雷思韦特在他童年住宅的花园里写下的这句话，充满了讽刺意味。

1971年夏天，就在他埋头写书时，阿格妮丝·贝尔注意到了他的变化。除了在后门的小桌子上专注工作，他开始自己做简单的饭菜。他的体重增加了。他仍然酗酒，但他的手在早晨不再发抖。他的个人卫生改善了。他洗了自己的衣服，并把它们挂在两棵树之间临时搭的晾衣绳上。如果阿格妮丝在晾晒自己的衣服，他会帮她一把。一段时间后，由于贝尔夫妇拥有一台洗衣机，她提出帮他洗衣服，他也接受了这份好意。作为回报，他会等罗伯特出门工作后，在花园周围替她做一些杂活。她有时甚至让"阿瑟叔叔"在她不得不跑去杂货店或邮局的时候，帮忙照看两个儿子。

有时候，布雷思韦特过于沉浸在自己的写作中，听不到阿格妮丝在栅栏边上叫他，但他经常会停下来，点上一支烟，友善地与她聊上几句。阿格妮丝坦言，她之所以嫁给罗伯特，只是因为她怀上了他的孩子。他是个好丈夫和好父亲，但她并不爱他。她对伦敦表现出了极大的好奇心，她只在18岁那年去过一次。布雷思韦特告诉她，那里到处都是骗子，她还是留在原地比较好。"可是这里太沉闷了，"阿格妮丝说，"我觉得自己就像是被关在一个笼子里。"布雷思韦特回答说，他遇到过许多处境类似的妇女，还问如果笼子的门开了，她会做什么。阿格妮丝笑着说，她可能会把门锁上，待在她的栖木上。

尽管他们的关系日渐密切，但布雷思韦特从未对阿格妮丝有任何逾矩之举。甚至当她承认自己有时会幻想有一个情人时，布雷思韦特鼓励她放手去做，却没有毛遂自荐。

每周有两三个晚上，布雷思韦特仍会去铁路酒馆。他仍然独来独往，但会和几位常客交流几句。一大晚上，他受邀参加酒馆飞镖队，以凑齐人数。他在运动方面一直是朽木难雕，轮到他上场时那盘总会输。他经常完全偏离镖靶，但他的新队友对他的表现很宽宏大量。他在一家二手商店买了一个镖靶，把它挂在房子的后门，量好投掷距离，每天早晚各练习一小时。当酒馆的一个常客过世时，他已经练到了一定的水准，可以取代那个人的位置，在团队中占据一席之地。在与当地一支名为"石板瓦工之臂"的飞镖队比赛中，当他投出制胜的一镖后，他替两队选手买了好几杯酒以示庆祝，布赖恩·阿米蒂奇甚至罕见地同意在法定营业时段结束后延长营业。布雷思韦特在凌晨时分离开，喝得酩酊大醉，但兴高采烈。他写道："我已经很久没有体会过这种简单的快乐了。我被一群只知道我的名而不知道我姓什么的同伴接受了，除了我能命中二十分双倍区[1]的能力，他们对我没有兴趣。我发现了人生的新层面。"

1971年11月，布雷思韦特把《我的自我，以及其他陌生人》的打字稿寄给爱德华·西尔斯。他一如既往地傲慢，既没有提供一份干净的打字稿，也没有删除稿中对西尔斯的嘲讽贬低之词。收到稿件之后，西尔斯如临大敌，但仍尽职尽责地读了一遍，为了确保没有让自己的偏见影响他的意见，他把稿件交给了一位同事看。因为不希望让布雷思韦特以为他没有对稿件给予适当的考虑，他特意等了六周才回复。在1972年1月12日的信函中，他措辞礼貌但语气坚定，他先对

---

[1] 在这种飞镖游戏中，玩家需要尽快通过投镖将自己的起始分数降为零，先达到零分的玩家获胜。玩家还剩二十分时，击中镖靶上的二十分双倍区可算四十分，即获胜。

布雷思韦特"一贯的无所顾忌"与"丰富多彩的散文体"略略进行表扬之后,再以"遗憾的是,我无法想象有足够大的市场来证明出版这本书的合理性"作为结论。他退回了稿件,并向布雷思韦特致以谢意。

等候回复已等到怒不可遏的布雷思韦特,第二天给西尔斯打了一通电话。西尔斯疲惫地听着预料中的谩骂,当布雷思韦特意识到他的前编辑不会改变立场时,吹嘘说其他几位出版商都急于出版这本书,他只是出于错误的忠诚才把书寄给西尔斯。西尔斯祝他好运,便挂断了电话。

布雷思韦特是否曾将稿件寄给其他人,不得而知,但就算他寄了,得到的也会是类似的回复。因为那本书从未出版,唯一的一份打字稿现存于杜伦大学的档案室。几周后,布雷思韦特写信给西尔斯,要求把前两本书所有未结算的版税寄给他。版税为零。《杀死你的自我》《反治疗》都已绝版,不过,西尔斯仍出于好意地给他寄了张20英镑的支票。大约在同一时间,布雷思韦特也给泽尔达写了信,祝贺她取得的成功(那时她已经出版了四部小说,其中《阵雨》被路易斯·吉尔伯特[1]搬上银幕),并请她归还欠他的50英镑。她没

---

[1] 路易斯·吉尔伯特(Lewis Gilbert,1920—2018),英国导演、制片人、编剧、演员,他的作品有《雪莉·瓦伦丁》《凡夫俗女》《击沉俾斯麦号!》等。

有理会这封信。

《我的自我，以及其他陌生人》的结尾这样写道：

> 我一辈子都讨厌达灵顿。我讨厌红砖排屋，我讨厌鹅卵石铺成的小路和臭气熏天的酒馆。我讨厌科克顿的土豪和从佩顿与鲍德温工厂鱼贯而出的粗俗工人。我讨厌在高街的基座上居高临下俯视众生的富豪约瑟夫·皮斯[1]。我讨厌达灵顿的昵称"达洛"。达洛不是我的朋友，达洛是我的敌人。达洛是一座监狱，我唯一的愿望就是逃离。为了保持神志清醒，你必须逃跑。对于从未离开的人，对这座城市愚蠢的自豪是他们的避难所，而如果你不逃跑，你就不可避免地要退回这种自豪中。直到现在回到这里，我才明白我对达灵顿的憎恨是错误的。达灵顿并不比其他地方好或坏。我憎恨达灵顿只是因为它是我的故乡。我恨的不是达灵顿，而是我自己。我试图逃离的是我自己，但我没有成功。

---

[1] 约瑟夫·皮斯（Joseph Pease, 1799—1872），英国企业家，世界上最早使用蒸汽火车从事客运业务的斯托克顿和达灵顿铁路公司的元老。约瑟夫·皮斯的雕像位于达灵顿市中心的高街和邦德盖特街的交会处，于1875年斯托克顿和达灵顿公司五十周年纪念日之际揭幕。

1972年4月14日,布雷思韦特从花园的棚子里拿了一根绳子,在房子二楼楼梯顶部的平台上自缢身亡。他没关上后门。第二天,他的尸体被心烦意乱的阿格妮丝·贝尔发现了。《我的自我,以及其他陌生人》的打字稿放在厨房的桌子上,上面有张纸,纸上写道:

> 如果我在楼上做的事情成功了,你可以认为这是我的遗书。——ACB

十天后,阿瑟·科林斯·布雷思韦特被埋葬在达灵顿的东公墓,长眠在父亲和两个哥哥身旁。参加葬礼的有爱德华·西尔斯、阿格妮丝·贝尔及铁路酒吧飞镖队的两名成员。除此之外,没有其他哀悼者。

第二版补充说明

本书在2021年秋天出版后,我收到了大量信件,指出我对20世纪60年代伦敦的描述有误。尽管我自己在序篇中已经说明我注意到了那些错误,但有几位读者指出女主角去过的酒吧名叫彭布罗克堡,不是彭布里奇堡。"只要是那时期住在伦敦的人都不会犯这样的错,"一位读者在来信中写道,"都不会误以为里昂茶馆在埃尔金大道上。"显然,最近的里昂茶馆位于莎瑟兰大道的转角处。另一位先生对主人公从乔克农场车站走到安格路的路线提出质疑。樱草山历史学会主席写信告诉我,樱草山山顶从没有如开普勒小姐那一段提及的金属栏杆,过去没有,现在也没有。摄政公园路上也从来没有一家克雷茶馆。我耐心地回复了这些信件和电子邮件。回复的要点在于,这些错误都是原始笔记中的错误,即使知晓这些错误，我也不应该去纠正它们。这些错误很容易解释，可能是作者记错了，或至少在这里那里做了些修饰。

无论如何，来信如此之多，确实让我觉得困窘，我不得不再做进一步的调查研究。或许是因为我太想相信这些笔记的真实性了，所以犯了确认偏差的错误，也就是会不自觉地寻找支持自己观点的证据。我翻阅了格拉斯哥米切尔图书馆多年的《妇女杂志》，然后在1962年5月号上找到了作者写的故事《讨人喜欢的前台》。我哭笑不得地注意到，作者用了丽贝卡·史密斯这个笔名，故事的写作风格确实和笔记作者的风格相近，而且并不像笔记作者所说的那么糟糕。很明显，这些都是同一个人的作品。我找不到布朗利公司这个演艺经纪商的踪迹，但这也不能证明什么。鉴于作者如此谨慎地保护自己的身份不被发现，我们可以合理地推测，她也改变了其他人物的名字。

然而，无论我跟自己说过多少次，这些笔记是不是真人真事并不重要，但我的疑虑却还是加深了。我决定写信给马丁·格雷先生，询问他是否可以提供进一步的信息以佐证这些故事。格雷先生回信说，他一直饶有兴趣地观察公众对本书的反应。但除了之前告诉过我的信息，他实在想不出还能补充些什么。不过，令我惊讶的是，他主动提出，在我下次来伦敦时，与我见上一面。刚好我下周要去一趟伦敦，所以格雷先生建议我们就约在樱草山摄政公园的青梅咖啡馆见面。当我问及他的长相时，他告诉我不用担心，他会认出我。

我们安排在下一周的周三下午2点见面。那是4月的一个晴朗下午。在为这本书做准备时，我已经在这个地区走动多次，甚至有一次在格雷先生选择的咖啡馆里停留，并好奇它是否就是笔记中克雷茶馆的原型。我甚至问过店主这间咖啡馆开了多久了，但她说不上来。我在1点50分到达，老板娘似乎并不记得我以前来过。我点了杯馥芮白咖啡和气泡水，在靠窗的一张桌子前坐下。这家咖啡馆里经常有很多年轻母亲带着孩子光顾，他们都是身着名牌的富人。一位衣着优雅的七十多岁的女士点了一壶茶，坐在房间后面的一张桌子上。2点一过，还是没有格雷先生的身影，我并没有过于担心。不过，到了2点15分，我焦急起来。或许我们哪里搞混了，他在这条小街两旁的其他咖啡馆里，但现在离开去找人似乎没有意义。我一离开这里，他肯定就会出现。

我又点了一杯咖啡，盯着外面的街道。如果像我猜测的那样，马丁·格雷是作者在克拉克顿的表弟，那么他一定是75岁左右。当一个年迈的男人经过外头的人行道时，我走出去喊他的名字，但那人只是愣愣地看着我，然后礼貌地道歉，说他不是我要找的那个人。我无精打采地喝着第二杯咖啡，唯愿格雷先生建议见面的地方是街尾的彭布罗克堡。我查看了手机上的电子邮件,但是没有任何信息。我把自己的电话号码告诉了格雷先生,他却没把他的信息给我。我越来越清楚,他不打算出现了。我感到失望,觉得自己傻乎乎的。显然,这整件事就是一个恶作剧,正如笔记作者所说的,我是被人放鸽子了。我结了账,开始收拾我的东西。当我穿上外套时,坐在咖啡馆后面的年长女士站起来,走到我的桌前。她穿着白色的上衣和过膝的斜纹软呢裙,戴着一顶深色羊毛帽,脖子上挂着一条打了结的绿松石围巾。一头灰色头发松松散散地绑着,留了几缕发丝来修饰脸型,浅蓝色的眼眸警觉灵动。她是一位相当标致动人的女士。或许是那条绿松石色围巾的关系,我疑心我以前是否在哪里见过她。当然,我肯定在一刹那产生了一种似曾相识的感觉。

"我想你一定是在等人。"她说,声音如音乐般悦耳动听。

"原本是的,"我说,"不过我觉得他不会再来了。"

"对,他不会,"她说,"希望你不会对我有什么不好的看法。抱歉,我一直在逗你玩。我的名字是丽贝卡·史密斯。"

我点了点头,轻声笑了。"你当然是了。"我说。

我们站着对视了一会儿。我还在消化刚刚发生的事,我估计她也在衡量我的反应。

我准备重新坐下,并请她也一起坐下,但她向我靠过来,用调皮的语气建议我们可以去这条路上的酒吧,我欣然同意。

当我们朝着不远处的彭布罗克堡走去时,她紧紧地挽着我的手肘,不仅走路的姿态看不出年纪,她还傲气地抬着头,就像一只海龟转向太阳般昂首。路人瞥向她的目光中带着赞叹,我很高兴能与她为伴。她有着年老但仍然优雅的女星的气质。

致谢

谨向以下人士致以我最深的谢意：

感谢我的出版商兼朋友莎拉·亨特。感谢你对我这个作家的无私支持。感谢你对这本书的激情与投入，我很荣幸能由你来出版本书。

感谢我的经纪人伊索贝尔·狄克逊。谢谢你的鼓励，以及你幽默又敏锐的编辑笔记。

感谢我的编辑克雷格·席尔斯。谢谢你敏锐的观察力和对细节一丝不苟的关注。是的，我还要谢谢你的那些逗号。

感谢我的好友兼旅伴维多利亚·埃文斯。谢谢你总是当我的第一个读者，你的支持对我来说意义非凡。

感谢安吉·哈姆斯，以及少数几位阅读了全部或部分原稿，并在我最需要的时候给予鼓励的人。"坚持下去"这句话一直都很有用。

感谢珍·康宁。没有你，这本书就永远写不出来。它真的是为你而写的。

另外，我也要感谢拉脱维亚文兹皮尔斯国际作家与译者之家的支持，他们让我在那里住了三周。

最后，我诚挚地感谢戴维·霍姆斯提供的宝贵的法律建议。科林斯·布雷思韦特的相关章节中若有任何错误和疏漏，责任皆由我一人承担。至于本书其余部分，除了已经标注过的谬误，若有其他不正确的地方，请向本书中的笔记作者究责。

本书引语来源：

第54页：R. D. Laing: *A Divided Self* by John Clay (Sceptre, 1997), p.48.

第137页：保罗·麦卡特尼之语：*White Heat* by Dominic Sandbrook (Abacus, 2007), p.436.

第139页：*Dirk Bogarde: The Authorised Biography* by John Coldstream (Phoenix, 2005), p.8.

第183页：*The Myth of Sisyphus* by Albert Camus (Penguin, 2013), p.58.